张瑞◎著

先秦『说』体文

叙事传统研究

/中/华/女/子/学/院/学/术/文/库/

中国社会科学出版社

图书在版编目(CIP)数据

先秦"说"体文叙事传统研究 / 张瑞著 . —北京：中国社会科学
出版社，2015.7
（中华女子学院学术文库）
ISBN 978 – 7 – 5161 – 6620 – 8

Ⅰ.①先…　Ⅱ.①张…　Ⅲ.①古典小说 – 小说研究 – 中国 – 先秦
时代　Ⅳ.①I207.41

中国版本图书馆 CIP 数据核字(2015)第 161071 号

出　版　人　赵剑英
责任编辑　任　明
特约编辑　李晓丽
责任校对　张依婧
责任印制　何　艳

出　　版　中国社会科学出版社
社　　址　北京鼓楼西大街甲 158 号
邮　　编　100720
网　　址　http：//www. csspw. cn
发 行 部　010 – 84083685
门 市 部　010 – 84029450
经　　销　新华书店及其他书店

印刷装订　北京市兴怀印刷厂
版　　次　2015 年 7 月第 1 版
印　　次　2015 年 7 月第 1 次印刷

开　　本　710×1000　1/16
印　　张　12.5
插　　页　2
字　　数　212 千字
定　　价　48.00 元

序

　　张瑞博士的这本书，从历史的积尘中挖出来一个久被忽略的文体，那就是"说"。

　　"说"体产生并兴盛于战国。当时的诸侯列强，彻底撕掉了春秋时期宗周尊王的面具，为争夺天下而互相火并、大打出手。作为知识阶层的"士"也不甘寂寞，他们席不暇暖、灶不黔突，忙碌地游走于列强之间，凭着三寸不烂之舌，不遗余力地兜售、推行自己的政治主张，以协助人主问鼎天下，成就帝业。所以，那年头人们最直观而痛切的感受，在现实生活层面上是铺天盖地的战火，在文化层面上便是同样铺天盖地的辩士的游说。刘知几《史通》有云："战国虎争，驰'说'风涌"，说的就是当时情况。

　　因为"说"是当时的文化热点，"说"体也成了最盛行的文体形式，《荀子》中的《非相篇》、《韩非子》中的《说难篇》，还有《鬼谷子》等书中，都对"说"的内容形式、艺术技巧作过专门的讨论。对于那时涌现出来的大量的"说"，当时就有人加以搜集，如《韩非子》中有内外《储说》。韩非本人就是一名"说"客，所谓"储"，就是把自己讽谏人主的"说"储集起来以备用的意思（《韩非子·内储说》题下注："储，聚也，谓聚其所说"）。"说"搜集多了，似木聚而成林，土积而为山，此即《韩非子》中的《说山》《说林》篇名之所出（《韩非子·说林》题下注："广说其事，其多如林，故曰说林"）；西汉刘安所主编的《淮南子》中，也有名为《说山训》《说林训》等篇目，他袭用了韩非的山、林之喻，再一次对说体文进行了集辑。稍后的刘向，对先秦文献的整理和流传具有大功绩，他在整理群书的同时，也编了一部《说苑》，是在更大范围上对说体文的结集，"苑"，为园苑之意，园苑中有山有林，它由山、林组成而涵括山林。故《说苑》之命名，是强调"说"的聚集更多，搜集更广。此外刘向还编了一部《战国策》，虽然没有直接用"说"的名称，可里面所收的也都是说体文。

说体文具有鲜明的特点。陆机在《文赋》中将古来文体釐分为十种，即诗、赋、碑、诔、铭、箴、颂、论、奏、说。"说"体赫然占有一席。而在谈到文体特点时，陆机把"说"与"奏"相对，作了这样的界定："奏平彻以闲雅，说炜晔而谲诳"。所谓"奏"，是谋臣写的正式奏章，因为它是呈阅给国君的正式文本，要入档备案，故宜稳妥可靠，内容上要求平和通彻，风格上强调从容雅正，此即"平彻""闲雅"；而"说"，因为是战国游士对人主口头的谏说，它以感人为期，而且求效用于即刻，要有煽动性，故不妨恣放和虚夸，所以陆机用"炜晔""谲诳"来界定它。

所谓"炜晔"，即鲜明生动，夺人眼球。说客的谏议，是以洗脑的方式对人主的征服，为了能打动人主的心，使他能接受自己的意见，说者的"说"必须有勾魂摄魄的魅力，《荀子非相》讲当时辩士的谈说之术，要"譬喻以称之，分别以明之"；《鬼谷子》谈"说"的特点，是"其言神而珍，白而分，能入于人之心"；《韩诗外传》中托孔子论说者之出语：要"欢忻芬芳以送之"，其实都说的是说体文的这方面特点。

而所谓"谲诳"，则指虚构。战国辩士的说辞，为了增加说服力，往往举事以证理，而其所叙之事并不受事实的限制，许多为蓄意编造，大似骗人的诳语。宋人叶大庆著《考古质疑》，其中曾摭取《说苑》中的说者所讲的许多故事，以事实考之，结果发现多为杜撰，"时代先后，邈不相及"。比如《说苑·复恩篇》说孔子夸赵襄子有善赏之德；《善说篇》亦载赵襄子当面奚落孔子，而据历史年代一考核，孔、赵并非同一时代的人，孔子卒后多年才有赵襄子。《正谏篇》载某隐士以"吴不用子胥而越并之"来警诫楚庄王，而实际上，越王勾践之并吴，发生在楚庄王死了一百八十年之后。这种脱离事实的凭虚杜撰，是历史家最为讨厌的，所以刘知几在《史通·杂说》中痛斥《说苑》，指其"广陈虚事，多构伪辞"。其实，"说"中虚构故事，不可全视为谈说之士对有国者的恶意"忽悠"，因为说者在讲故事时，并没有要求人主把它当作事实来接受，它只是为了证明其所说的道理权宜而用的辅助手段，换句话说，故事在"说"中只有比喻性、托喻性，《韩非子·说林》中讲过楚人的"滥竽充数"、郑国的"郑人买履"等故事，而这些故事并非纪实，它与韩非同时所讲的"二虱相讼""二蛇对话"等寓言故事性质相同。研究六国时的文献，经常会接触其中对历史事实的托喻性的记载，这与战国士人的"文德"没有关系，而正像近人傅斯年所说的，它只是当时士人言说的一种流行方式，是当时文体的一种要求。

叙事与虚构，是小说这种文学样式的特点。中国人的小说观念成熟较晚，尤其是对于虚构之合法性的承认。在古文字中，叙事的"事"与"史"是一个字，这使人们在潜意识中固执地认为，被叙说和记载的一件事情，总应是有根有据的史实。所以，本来是出于虚构的一段叙事，国人也一直以"故事"相称，故事即古事，也就是古代发生过的事情。这是潜意识中对"事"与"史"的混淆。与此相应的，对于作家创作的小说，也就要求它必须纪实，否则即不能接受，甚至斥为胡诌。清代的纪晓岚，曾多次以纪实为标准攻击《鸳鸯记》《聊斋》等小说中的虚构情节，以"谁见之而谁言之"的责问来斥其瞎编。清代已接近现代，人们对小说的虚构态度尚且如此，更不用说中古以前了。陆机提到"说炜晔而谲诳"以后没多久，刘勰在《文心雕龙·论说》中，就对陆机的说法进行了攻击："凡说之枢要，必使时利而义贞，自非谲敌，则唯忠与信。披肝胆以献主，飞文敏以济辞，此'说'之本也，而陆机直称'说炜晔而谲诳'，何哉！"他故意把陆机的"说"从固定的文体曲解成一般的劝谏行为，说臣下劝谏君主态度要贞正诚实，不能够蓄意欺诳，从而不但否定了陆机，而且把陆机所肯定的"说"的虚构原则也给否了。这反映了我国正统文人对于艺术虚构长期以来所持有的保守立场。

正是出于这种立场，先秦战国说体文的叙事性和在叙事中虚构的特征，在中古以后很少被人注意。陆游《老学庵笔记》中记载过一件事，苏轼考进士作试题《刑赏忠厚之至论》，曾有意使用过辩士说体文"炜晔而谲诳"的笔法，这是我见到的唯一的一例。苏轼在试卷中为了证明自己的论题，曾举上古之事："当尧之时，皋陶为士，将杀人，皋陶曰杀之三，尧曰宥之三。"主考官欧阳修阅卷时不知此事出于何典，但看文章中所反映的学识，断定此事不会是杜撰："此郎必有所据，更恨吾辈不能记耳。"后来见面时问他所引故事的出处，苏轼说："以意为之，何须出处！"对这件事，陆游固然是抱着对苏轼为人放任倜傥的赞颂态度来记的，但从欧阳修"必有所据"的预断来看，当时的文人早把战国说体文曾盛行一时的"谲诳"完全忘记了。

中国小说观念成熟虽晚，但其文本源头却可以追溯得很早，说体文中的叙事和虚构都可以看作小说的滥觞,在我国叙事文学漫长的发展史上占有重要的地位。张瑞博士此书,运用《文心雕龙》的"释名以章义,原始以表末,选文以定篇,敷理以举统"的方法,从概念辨析、历史追溯、例文剖析等方面对"说"体进行了细致入微的分析,在叙事和虚构两方面指出它与后世小说的关系,应该说,她在学界长期以来有关小说源流的考察链条上,补上了重要的一环,在文学史、文学思想史的研究上具有很高的价值。我衷心祝贺她通过踏实的努力所取得的这份厚重的成果得以面世,并希望她再接再厉,在学术上取得更大的成就。

李壮鹰

2015 年 4 月 5 日于北京师范大学紫雪居

目　录

绪　论

　　本书研究的是先秦散文中颇具特色的一类文体，即在汉语文本传统中，融合文字材料与口头传说之后形成的最早叙事文。

　　章学诚在《文史通义》中说："三代以上，记注有成法而撰述无定名；三代以下，撰述有定名而记注无成法。夫记注无成法，则取材也难；撰述有定名，则成书也易。成书易，则文胜质矣；取材难，则伪乱真矣。"① 按此，则先秦说体文正是在"记注无成法，撰述有定名"之时产生的撰述之作。"记注有成法"，使春秋以前形成的文字材料，都具有档案记录的性质，或记事，或记言，以事言为主，无意于文章体制，因此，"撰述无定名"；由于文随事转，所记录的文字材料，尚未形成某一特定类型的文体，参考《尚书》，便知此言不虚。三代之后，记注之法坏，所取之材②，即最真实的第一手原始记录材料，便不易获得；即使得到，由于是残篇断简，没有足够的文献相参照，变得不易理解，遂不得已从传说中借用相关背景加以补充完整，形成首批所谓"撰述"之作，故"取材难，则伪乱真矣"。不可考的传闻与真实的材料相混杂形成"撰述性"文本的情形，是追求历史真实的史学界的损失，但却是追求文本创作丰富完美的文学界的契机，中国散文文本传统由此开始从早期单纯的文字记录材料，向有作者主观理解与精神追求渗入的著作文章转化。在这种转化过程中，逐渐形成了一种融合了材料与记忆的叙事性文体，这种文体成为一种模式，在战国时期蓬勃兴起，"撰述有定名，则成书也易"，并在其中出现了一些文学性手法的萌芽，如布局、情节、人物描写、夸张、虚构等，

---

　　① 章学诚：《文史通义·书教上》，古籍出版社 1956 年版，第 7 页。

　　② 此处章学诚是从史学角度来说，自然记注之法坏后，能够被视为第一手材料的原始记录就少了，是为"取材难"。

遂使章实斋有"文胜质"之叹。这些手法,正是后世更为成熟的文学叙事文体中不可或缺的。但长期以来,这类文体却并未得到人们的关注。

一　先秦散文研究状况及本书的切入点

从结构体制,即文章体裁的角度,对先秦散文进行的研究归类,自古以来就比较罕见。这与对后世散文以文体进行分门别类,再作细致研究的情形,形成明显的差异。本书研究的切入点,即是从文章结构体制的角度对先秦文体进行分类,继而发现的一种早期叙事文体。而这也正是长久以来,先秦散文研究中所忽略的问题。

中国古代对文章进行分类的概念,最早要追溯到对言辞依据其内容及功能的不同进行分类。言辞的分类,早于对文章的分类,同时它的分类标准,在很大程度上影响着后来文章分类的观念。

先秦时期的人们,已经根据言辞的不同功能对其进行了基本的命名和分类。目前能够收集到的材料证明,早期的分类是根据语言的不同场合、不同功能和内容进行自然区分的,这些言辞被文字记录下来,就会自然成为不同的类别。根据当时社会状况,西周以前涉及比较重要社会生活内容的言辞大致有卜辞、祝词、军国之辞、乐辞(诗)等。其中,乐辞即是"诗"。卜辞形态可见于甲骨文及《易经》卦爻辞。祝词是用于各种祭祀时的言辞,如《周礼·春官》中所记大祝掌六辞:"大祝掌六祝之辞,以事鬼神祇,祈福祥,求永贞。一曰顺祝,二曰年祝,三曰吉祝,四曰化祝,五曰瑞祝,六曰策祝。掌六祈以同鬼神祇,一曰类,二曰造,三曰禬,四曰禜,五曰攻,六曰说。作六辞以通上下亲疏远近,一曰祠,二曰命,三曰诰,四曰会,五曰祷,六曰诔。"① 此外还有当时用于军国大事,政治活动的言辞,如《尚书》中的《汤誓》《牧誓》《秦誓》等。其他语言活动也有不少,据《国语·周语上》中所述:"……天子听政,使公卿至于列士献诗,瞽献曲,史献书,师箴,瞍赋,矇诵,百工谏,庶人传语,近臣尽规,亲戚补察,瞽、史教诲,耆、艾修之,而后王斟酌焉。"② 足见当时君王身边的语言现象就可分为:诗、曲、书、箴、赋、诵、谏、

---

① 孙诒让:《周礼正义》,中华书局1987年版,第1985页。

② 上海师范大学古籍整理研究所:《国语》,上海世纪出版有限公司、上海古籍出版社1998年版,第9—10页。

语等几类。这种由言辞的不同功用而来的分类方法，在形成记录性质的文本材料之后，大多仍然被沿袭下来，以命名不同的文体。

以文字形式存在的文本名称，早期多统称为"书"，并不特别在意其专名。春秋以前，根据载体的不同，所欲留传后世的文字多"书其事于竹帛，镂于金石，琢之槃盂，传遗后世子孙"①。在春秋以前，由于书写储存成本的高昂，以文字记录并流传下去，是上层统治阶层的专利，能著之竹帛的多为国家大事。这些文献，尚未有名的，均称之为《书》，前面冠以时代以示区分，如《左传》中多次出现的《虞书》《夏书》《商书》《周书》等即是。由于"书"在当时，还可以作为动词，意思为"写下"，因此，凡是被文字书写之作都可称为"书"，故"书"也可作为早期载之竹帛之作的统称。《墨子·明鬼下》有"《周书·大雅》有之……"②的说法，可见当时因《大雅》在《诗经》各部中较早形成于文字以流传，故也能以《周书》来称呼《诗经》，足见春秋战国之际"书"的范围之广。

在无所不包的"书"的总名下，人们在之前区分言辞类别的经验基础上，根据其不同的功能和对象，进行了类的区分，并加以命名，从而成为最早的文体分类方法。就春秋时期已有典籍来看，当时的文献资料已经比西周时大为丰富。《国语·楚语上》申叔时谈到太子之教时，说："教之春秋，而为之耸善而抑恶焉，以戒劝其心；教之世，而为之昭明德而废幽昏焉，以休惧其动；教之诗，而为之导广显德，以耀明其志；教之礼，使知上下之则；教之乐，以疏其秽而镇其浮；教之令，使访物官；教之语，使明其德，而知先王之务用明德于民也；教之故志，使知废兴者而戒惧焉；教之训典，使知族类，行比义焉。"③里面涉及用来教育太子的科目就有《春秋》《世》《诗》《礼》《乐》《令》《语》《故志》《训典》九种。这些为春秋时贵族史官所熟悉的文献典籍，在春秋后期，经过孔子整理的一部分成为经典，流传至今，对后世具有很大的影响；其中的另一部分，在流传过程中散佚，篇章残缺；还有一些完全失传。在战国中后期，

① 孙诒让：《墨子间诂》，中华书局 2001 年版，第 206 页。
② 同上书，第 238 页。
③ 上海师范大学古籍整理研究所：《国语》，上海世纪出版有限公司、上海古籍出版社1998 年版，第 528 页。

喜欢称引典籍的，主要是儒、墨两家。墨子好读古书，其论事之三表法①
其一便是上引古事，《墨子·贵义》中提到他南游至卫的途中，还不忘带
书以随时观看。② 但由于他对文献的态度与孔子不同，故不曾加以整理，
文中所引古书名称颇为混乱，除《诗》以外，文献类有以朝代区分命名
的《夏书》《商书》（《殷书》）、《周书》等；有以具体内容区分的《先
王之宪》《先王之刑》和《先王之誓》；也有系年记事类《相年》《距年》
《竖年》《春秋》《三代》等；此外还有《语》《法》《传》《图》等类书
籍。荀子作为儒家代表人，其称引的典籍，也具有一定代表性，《荀子·
劝学》中说：“《礼》之敬文也，《乐》之中和也，《诗》《书》之博也，
《春秋》之微也，在天地之间者毕矣。”③《荀子·儒效》：“圣人也者，道
之管也。天下之道管是矣，百王之道一是矣。故诗书礼乐之归是矣。
《诗》言是其志也，《书》言是其事也，《礼》言是其行也，《乐》言是其
和也，《春秋》言是其微也。”④ 可见其时儒家所推崇的主要典籍名称为
《诗》《书》《礼》《乐》《春秋》。写作于战国晚期的《吕氏春秋》，作为
杂家综合性著作，颇具代表性，其中所称引的典籍有《诗》《易》《商
箴》《周箴》《夏书》《商书》《周书》《志》《故记》《史记》；口头歌谣
有诵、歌、辞等，实用性文书有命、令、盟、书、法等。这些典籍名称虽
然与后世习用的称呼不同，显得颇为混乱，而且出现一文多名，或同名异
文等现象，但可视其为最早的书籍分类现象，其中体现出以功能和内容进
行分类的标准，以文章结构体制进行分类的意识尚未出现。

　　以上所述先秦时期对文献典籍的分类，基本上都是按照文献的主要内
容及其不同功用进行大类的区分。这种区分虽然在达到分类目的之外，也
自然区分了一些文体，比如诗之韵文和书之散文，但终究还是不经意的收
获。文本的有韵无韵，是记叙、描写为主还是议论为主，均未得到相应的

---

　　① “三表法”见《墨子·非命上》：“故言必有三表。何谓三表？子墨子言曰：有本之者，
有原之者，有用之者。于何本之？上本之于古者圣王之事。于何原之？下原察百姓耳目之实。于
何用之？发以为刑政，观其中国家百姓人民之利。此所谓言有三表也。”其中上本之于古者圣王
之事，从《墨子》书中依此相关论述来看，均引用古籍为证。见孙诒让《墨子间诂》，中华书局
2001 年版，第 266 页。

　　② “子墨子南游使卫，关中载书甚多”。同上书，第 445 页。

　　③ 王先谦：《荀子集解》，中华书局 1954 年版，第 7 页。

　　④ 同上书，第 84—85 页。

关注，特别是对散文的文体分类，没有得到相应的重视。在编辑文献时，人们更注意的是内容方面的因素。

秦始皇焚书坑儒，只留占卜、治病、种树之类的书，颇得儒家推崇的《诗》《书》受到了极大的损害。汉文帝后逐渐开始注重收集整理先秦典籍，至汉武帝时，已建立了国家收藏图书的制度，任命整理抄写图书的官员。成帝时，在进一步收集民间散佚图书基础上，诏令刘向整理经传诸子诗赋，任宏整理兵书，尹咸整理术数类书，侍医李柱国整理方技。“每一书已，向辄条其篇目，撮其旨意，录而奏之。”① 刘向卒后，其子刘歆依向所奏，总结群书，著为《七略》，其中有“辑略”“六艺略”“诗赋略”“诸子略”“兵书略”“术数略”“方技略”七个部分，开后世图书分类先河，影响深远。然已逸，东汉班固依其旧制，作《艺文志》，除《辑略》外，仍将图书分为六艺、诗赋、诸子、兵书、术数、方技六大类。其中涉及先秦时期的文献，除方技、术数、兵书、楚辞以其内容分别归类外，其余文献均被归入六艺及诸子类中。这种区分的背景，是汉代独尊儒术的结果，并不能体现文体自身的区别。六艺作为儒家推崇的经典，变得极为驳杂，因此又具体分为易、尚书、诗、礼、乐、春秋、论语、孝经、史籀九类，这种小类的区分，是在儒家经典的大科目下，以表现内容的不同为主来进行区别的；诸子类，又进一步分为儒家、道家、阴阳家、法家、名家、墨家、纵横家、杂家、农家、小说家 10 种，它们之间的区别，是以所持观点不同为依据进行划分的。因此，《艺文志》对先秦散文所进行的分类，基本上与文体特征无关。但由于汉代是历史上首次对先秦典籍作大规模整理时期，汉代人所使用的这种分类方法，对后世影响很大。

东汉末期，随着封建国家文教体制的完备，文章写作日趋繁荣。旧有的文献分类方法已经无法满足人们区分文章以创制其体的需要，于是出现了更为细致的文体分类。在对现存《尚书》诸篇目的分类中，汉代孔安国在《尚书序》中，把《尚书》分为典、谟、训、诰、誓、命六种文体②，而在其之后唐代孔颖达在《尧典正义》中，更细致地分为典、谟、贡、歌、誓、诰、训、命、征、范十种文体。③ 这些文体之间的区别依

---

① 班固撰，颜师古注：《汉书艺文志》，商务印书馆 1955 年版，第 2 页。
② 《十三经注疏·尚书正义》，中华书局 1980 年版，第 114 页。
③ 同上书，第 117 页。

据,主要在内容及言辞的不同功用上:典,一般而言是记载君王言论和事迹的文章;谟,主要记载君臣之间策划、谋议大事的谈话;诰,主要记载君王或地位较高者对他人的劝告教诫之词;训,是臣下劝导君王以历史为借鉴,改善统治的劝教之词;誓,是君王诸侯在征战前率部誓师之词;命,是对君主或官员接管理职位的任命之词及其情形的记载。据《左传·文公十八年》载大史克之言,提到"先君周公制周礼曰……作《誓命》曰……"① 的情况来看,这些文体所依据的言辞之区分在春秋以前就已经存在了,但是将其视为文体的类别差异则要到东汉时才出现。

这一现象在对应用文的分类中,体现得格外清楚:东汉蔡邕在《独断》中,将帝王所制命令,分为策书、诏书、制书、戒书四类,各有其不同用途,其总名又有命、令、政三个;臣子对帝王上书言事,也有四类:章、奏、表、驳议。② 汉末刘熙在《释名·释书契》中有"檄、谒、书、券、策、符"六种,《释典艺》中则收录了公文之外的其他文体:"令、诏、论、赞、叙、铭、诔、谥、碑、谱"十种。③ 有这些认识为基础,与其年代相隔不远的曹丕在《典论·论文》中便有了"夫文本同而末异"的文体分类观念,继而分文为四科八类:奏、议;书、论;铭、诔;诗、赋。④ 但这些新的分类方法主要针对汉代以来用于日常社会生活中的文章,而较少涉及对先秦文章的归属问题。

因此,用魏晋以来新兴的,意识到文章在结构体制、表现手法等方面差异,并以此为标准去区分先秦文章的情况,只有在文体论较为成熟的《文心雕龙》和《文选序》中方可见到。陆机在这个时期是较早继承曹丕的文体分类观点,对文体进行区分的论者,他在《文赋》中,将文体分为诗、赋、碑、诔、铭、箴、颂、论、奏、说十种,并对各自特点作了简单概括。⑤ 这一文体论思想,经虞挚、李充在《文章流别论》和《翰林论》中的扩充,至刘勰而蔚为大观。在《文心雕龙》中,刘勰共分了诗、乐府、赋、颂、赞、祝、盟、铭、箴、诔、碑、哀、吊、对问、七、连珠、谐、谶、史传、诸子、论、说、檄、移、封禅、章、表、奏、启、

---

① 李梦生:《左传译注》,上海古籍出版社 2004 年版,第 418 页。
② 蔡邕:《独断》,上海古籍出版社 1990 年版,第 4 页。
③ 刘熙:《释名》,中华书局 1985 年版,第 95—101 页。
④ 曹丕:《典论》,中华书局 1985 年版,第 1 页。
⑤ 张少康:《文赋集释》,人民文学出版社 2002 年版,第 99 页。

议、对论、书记等三十二个文体。在论及各体文章时，往往首先追溯其源头，这一行为本身就带有认可文体继承性的前理解，因此也涉及了对先秦文体的整理分类。但由于只是兼故，很多问题只是附带而过，泛泛提及，并未作更深入的论述，特别是关于先秦说体文的理解，还存在一些值得商榷之处。关于这一点，后文有专节论及。萧统主编的《文选》，在其序言中，将所有典籍分为诗经、楚辞、儒家经典、诸子、先秦说辞、史传、"篇翰"七大类，而只以"篇翰"作为收录对象。① 虽然不录先秦"说"体，但这种区分方法及其观念，还是非常有启发意义的。

　　开创于魏晋，确立于《隋书·经籍志》的经、史、子、集四部分类法，② 在文献分类上影响重大，先秦典籍多数被归入经、史、子部当中，而后世论文者又多以集部诸文献为研究对象，因此，在唐以后的分体文章总集中，罕见以文体为标准对先秦散文进行区分，刘勰、萧统所开创的以文体区分先秦散文的思路不再有人继承，如《文苑英华》《唐文粹》《宋文鉴》《元文类》中所涉及的各体文章，都不再涉及先秦散文。

　　独清代姚鼐在《古文辞类纂》中，将古文分为论辩类、序跋类、奏议类、书说类、赠序类、诏令类、传状类、碑志类、杂记类、箴铭类、赞颂类、辞赋类、哀祭类十三种，并在序中追溯其源头到先秦，但多不录，录有先秦文章的只有奏议类和书说类。在"奏议"类序中说："奏议类者，盖唐虞三代圣贤陈说其君之辞，《尚书》具之矣。周衰，列国臣子为国谋者，谊忠而辞美，皆本谟诰之遗，学者多诵之，其载春秋内外传者不录，录自战国以下。汉以来有表、奏、书、议、上疏、封事之异名，其实一类。"③ 在其"书说"类序中说："昔周公之告召公，有《君奭》之篇。春秋之世，列国士大夫，或面相告语，或为书相遗，其义一也。战国说士说其时主，当委质为臣，则入之奏议。其已去国，或说异国之君，则入此编。"④ 此外，还将论辩类的源头追溯到先秦诸子；序跋类的源头追溯到孔子所作《系辞》以及《说卦》《文言》《序卦》《杂卦》之传；赠序类的源头推及颜渊、子路的以言相赠；诰命类，源于《尚书》之誓；碑志类源于周之石鼓刻文；铭箴类，亦"三代以来有其体"矣；辞赋类也作

① 萧统：《六臣注文选》，上海古籍出版社1993年版，第3—5页。
② 乔好勤：《中国目录学史》，武汉大学出版社1992年版，第97、147页。
③ 姚鼐：《古文辞类纂》，中国书店1986年版，第6页。
④ 同上书，第8页。

于战国时楚人,不仅是屈子之赋,有韵无韵均可,只要是设辞无事实,义在托讽,便可视为辞赋类;哀吊类源于《诗经》中《黄鸟》《二子乘车》。可以说,他继承了刘勰文体论"原始以表末"的方法,按后世的文体分类情况,对先秦文体进行了追溯,涉及了先秦文献文体的区分,其中一些见解颇为新颖,可惜的是由于其着眼点在后世的文章类别,先秦文体只是泛泛提及,并没有作更为细致深入的考察;同时,姚鼐的《古文辞类纂》意在选取文章,以为学者之准的,并非以文体区分及其理论总结为重。

新中国成立前的中国文学史研究领域,在学科始建之初,依然延续了几千年来的经学传统,将《诗经》《尚书》《左传》《诸子》《楚辞》等经、史、子书作为先秦文学研究的对象。起初,1910年的京师大学堂《中国文学史》,虽辟专章论述先秦文体,但仍不脱经、子、史囿别分类的窠臼①;同年刊行的中学教科书《中国文学史》中将早期典籍分为记载文、典制文、韵文、论理文四大类。记载文包括《纪年》《世本》《尚书》,其后发展为《春秋》《左传》《国语》《战国策》等;典制文主要是各种礼经;韵文主要是《诗经》;论理文主要是《易》系列。至战国时,又出现诸子文学和辞赋文学,诸子文学包括儒家、道家、法家、纵横家、墨家、名家、兵家、杂家、农家;辞赋文学包括屈原所作楚辞,以及宋玉、荀卿等人所作小赋。② 可见其著者所持的是泛文学观,虽然论述重点已经从内容转移到文章形式、风格方面来,但中国典籍的传统分类方法仍然占有很高的地位。较新之处,在于用记载文、典制文、韵文、论理文等文体类型,对先秦典籍进行了归类。对先秦文学的这一研究方法,被后来的文学史研究者所继承。如1929年曾毅《中国文学史》和1930年葛遵礼《中国文学史》③,不论如何分类,均以六经、史传、诸子区分先秦散文,分析时不讲传统的经学思想,而是侧重文章形式,在前人研究的基础上对其不同的风格特点作出总结:"儒家重实践,其文多平实。道家主想象,其文多超逸。法家尚刻,其文多峻峭。纵横家尚辞令,其文多敷衍宏放。其他墨家之文质,名家之文琐,杂家之文博,……孟轲之文如长江。庄周

---

① 陈平原:《早期北大文学史讲义三种》,北京大学出版社2005年版。

② 参见《中国文学史》(中学校教科书),出版地不详,1914年版。

③ 参见曾毅《中国文学史》,泰东书局1923年版;葛遵礼《中国文学史》,会文堂书局1930年版。

之文如大海。荀卿之文如湖水。韩非之文如溪流。"并进一步提出了先秦叙事文体与抒情文体的区别"……左主叙事，屈主抒情。左淳蓄而娴雅。屈情深而文明"①。以新的文学文体类型去比照先秦散文，这些都是现代先秦文学研究中的新成果。但主张狭义"文学"观的论者作如是分析，如徐扬在1932年出版的《中国文学史纲》中，于先秦时期只讲传说时期的歌谣《诗经》和《楚辞》，绝口不谈六经、诸子。② 1933年刘大白《中国文学史》也除了主要讲《诗经》《楚辞》以及散见于先秦典籍中的歌诗外，只将汲冢古书《穆天子传》作为先秦时期的小说列入，其余诸子、史传之文均无涉及。③ 这两种不同的先秦文学观，到20世纪40年代后期开始融合，至1947年陆侃如的《中国文学史简编》起，便将先秦文学分为诗和散文两大类来论述，其中散文又分为诸子和史传两大类。④ 这种研究先秦文学的分类方法被后来的学者广泛接受。1954年谭丕模的《中国文学史纲》、1957年詹安泰的《中国文学史》、教育部审定的《中国文学史教学大纲》等无不将先秦文学分为神话、诗歌（诗经、楚辞）、散文（史传、诸子）三大块。⑤ 这种格局一直延续到今天，如1999年袁行霈主编的《中国文学史》和2004年章培恒主编的《中国文学史》中，都将先秦散文分为历史散文和诸子散文两大类。⑥ 即使在专门的先秦文学史研究著作中，如方铭的《战国文学史》，仍是把先秦散文分为论说、叙事之史传与辞赋三大类，并未细论各典籍之文体，基本上还是把诸子归入论说类，《左传》《国语》《战国策》三部书归入叙事史传类。⑦ 这些分类方法，虽然以文学四大体裁小说、诗歌、戏剧、散文为框架，套入了先秦文献，但实际上，在对先秦散文作进一步分类时，仍依旧制分为史传类和诸子类，脱不了传统以史、子相区分的老路子，未能具体细致地从文体上对

---

① 曾毅：《中国文学史》（上册），泰东书局1923年版，第52—53页。

② 参见徐扬《中国文学史纲》，神州国光社1932年版。

③ 参见刘大白《中国文学史》，大江书铺1933年版。

④ 参见陆侃如《中国文学史简编》，开明书店1947年版。

⑤ 参见谭丕模《中国文学史纲》，中央人民政府高等教育部教材编审处1954年版；詹安泰《中国文学史》，高等教育出版社1957年版；教育部审定《中国文学史教学大纲》，高等教育出版社1957年版。

⑥ 参见袁行霈主编《中国文学史》，高等教育出版社1999年版；章培恒主编《中国文学史》，上海文艺出版社2004年版。

⑦ 方铭：《战国文学史》，武汉出版社1996年版，第83页。

先秦文本进行有意识的区分。因此，从文体角度对目前存在的先秦文本作进一步研究，还是一个有待深入研究的领域。

二 本书的研究对象，研究方法及主要内容

本书研究的对象，就是从文章体裁的角度对先秦散文进行区分之后，得到的一类文体，称之为"先秦说体文"。这类文本虽以记言为主，但与语录体和对话体的单纯记言，只将言语视为承载论者理论观念的工具不同，在先秦说体文中，人物话语同时也被视为一种活动，置于该活动发生的前因及其之后产生的效果事件之间，使文本中的记言段落不仅具有承载说话者言语内容的功用，而且具有了承接前后相关事件，形成情节的功能。这就使它从记录语言的文本材料中蜕变出来，形成无法与记事相脱离的叙事性文本。这种文本，在先秦多用于表现历史内容，并且经过与《左传》《史记》的充分融合，形成了中国最早的较为成熟的文学性叙事文本。

本书所使用的研究方法，从整体上看，是刘勰在《文心雕龙·序志》中所提出"论文叙笔"的文体论原则："原始以表末，释名以章义，选文以定篇，敷理以举统。"① 并以此作为对先秦说体文进行分析总结的方法。

首先，是对这种文体名称的确定。长期以来，相对于它的存在而言，先秦说体文并没有一个相应的名称。在人们尚没有形成文体意识之前，各种文章多以其内容的相关性，集结成册，如《论语》《孟子》《春秋》《易》《诗》《礼》等，对其中所辑之文体是否一致，并不加以关注，特别是在散文领域中，更是如此。汉代起，自刘向开始整理古籍，以六艺区分，仍然是以文本内容上的差别作为区分文类的标准。魏晋以来的文体论兴起以后，有了对散文以体区分的现象，但重点是针对当时的文体，先秦散文在文体上的区别，只是在追溯当时某种文体渊源时才得以梳理，这就使魏晋人对先秦说体文的认识多有偏差。虽然意识到这一文体并给予命名，但在文本形态和特征认识上，却有不少模糊认识。此后，以"说"命篇的文本基本上都以说理为主，文体形态上与先秦说体文有了很大的不同，后来的研究者对散文文体中的"说"体均以汉以后的议论说理文为标准进行研究，先秦说体文的研究长期被搁置。这一独特的文体在当代，

_____

① 范文澜：《文心雕龙注》，人民文学出版社 1958 年版，第 727 页。

开始被研究者关注，但由于历来未对其文体进行规范及命名，因此研究者各自为政，给予了不同的命名与特征总结。为了研究的顺利进行，本书首先要做的是对文中所要论及的文体进行命名合理性的确定，以达到"正名"的目的。

其次，探讨形成这种文体的渊源——先秦记言传统与口说传统，以及这种文体对后来以《左传》《史记》为代表的史传散文的影响。先秦说体文如同《左传》《史记》一样，都有一个文本渐进的形成过程，不可能是某个杰出人物的独创之作。从文本形态的演变上看，先秦说体文与《尚书》《逸周书》及出土金文等西周文献中的记言体制有相关联之处，经过细致的分析，看到早期记言材料所形成的文本是如何与口说传统相结合，在此基础上，逐渐增加对言辞前因后果的说明，发展为记事兼记言的叙事性说体文的过程。这一文体在形成之后，经过充分发展，与纪年体记事文等多种文体相结合，成为《左传》与《史记》这样的历史叙事巨著。这些著作中的文学叙事性很强的片段，文本渊源和写作特征，正是来自先秦说体文，并在此基础上，形成中国古代叙事性文本最具华彩的篇章。

再次，选文以定篇。确定先秦说体文的标准模式，及在这种模式下的形态及特征。在确定名称，以及梳理清楚它的发展演变过程之后，需要明确具体什么样的文本才算得上是标准的先秦说体文，它的早期简单形态与后期复杂形态分别是怎样的，这类文体在先秦哪些典籍中存在这些问题。在现存的先秦典籍中，说体文比较集中的是《国语》和《战国策》，在这两部书中，有很大一部分篇目在文体上属于此类；此外，还有近年出土的马王堆帛书《春秋事语》《战国纵横家书》中的一些篇目；诸子书中的一些篇目。先秦说体文在形态上具有"事—言—事"的基本结构特征，这种特征具有一定的开放性，能够自身不断分裂，以自相似原则进行增殖，形成"事—言—事—言—事"的复杂结构，在这种量的积累中，早期说体文的记言特征逐渐淡化，叙事取代记言，成为文本的核心内容，形成成熟的叙事文本。同时，这些文本在内容上也具有一定的相似性。这样，就使先秦说体文不但在文体上开创了中国古代文言叙事作品的记事与白描的特征，同时，也使历史题材成为后来叙事文体首选的内容特征。

最后，敷理以举统，重点总结先秦说体文的叙事特征和虚构特征。叙事特征的分析结合了先秦说体文的特性，分别从人物分析、表现手法与言辞三个方面切入，分析了这种文体在叙事上具有文学性的根源。故事的核心因素是人，先秦说体文作为叙事文本，最值得关注的自然也是叙事中的人，他们既是文本中推动情节发展的要素，也是颇具艺术魅力的人物形象；它在叙事视角、场景描写及言辞表现手法上也颇具特色；更为特别的是，作为插入文本的人物语言，是先秦说体文独具特色的一个组成部分，其来源及由此形成的特色，构成了一道独特的叙事景象。对先秦说体文的虚构，根据它独有的二级叙事结构特征，进行了具体的分析探讨。在整体上，由于多以历史内容为主，致使说体文整体的虚构具有很大的隐蔽性，后来的人们往往将其作为史料来对待，事实上，它更接近后世的历史小说。细节的虚构及二级插入文本的虚构文本，经过韩非子、刘向的辑录，形成了笔记小说的雏形，在文体上对形成魏晋笔记体小说有直接影响。

　　经过对先秦说体文的定名、定篇、梳理与特征分析，发现在中国古代小说溯源研究中，先秦说体文是不应被忽视的早期文本渊源之一。

第一章

释名以章义：先秦说体文的命名与所指的确定

这种文体既然早先并没有被命名，本书中将它命名为"先秦说体文"有何依据？本章试图从先秦"说"字的本义、相近命名的缺陷及魏晋"说"体命名与理论总结偏差的纠正这三个方面，论述以"说"命名此类文体的合理性。

第一节　先秦说字本义及其命名的合理性

一　先秦说字训

何为先秦之"说"？在现代汉语中，"说"一般都是多音字，义项因而也各不相同，如在 1997 年合订本《辞源》中，就总结了它的四种读音：shuō、shuì、tuō、yuè，分别为"解释""劝说""解脱""喜悦"之意。① 这种多音多义的现象，自汉代就已经被注意到了。汉代许慎在《说文解字》中将"说"的义项总结为两条："说释也，从言、兑。一曰谈说。"北宋徐铉注音："失爇切。弋雪切。"第二种意思比较容易理解，直到今天我们还在用这个义项，是指口头语言表达活动之一；而第一种意思用"说释"来解释"说"就有些令人迷惑。对此，段玉裁注云："说释即悦怿。说悦、释怿皆古今字。许书无悦怿二字也。说释者，开解之意，故为喜悦。采部曰，释，解也。"② 根据其自名其书为《说文解字》来看，"说"当与"解"意义相近，即段玉裁所说"开解"之意。"解"字本意为用刀剖开牛角，后引申为通过分析现象，使人能透过表象看到实质，以

① 商务印书馆编辑部：《辞源》，商务印书馆 1997 年版，第 1573 页。
② 段玉裁：《说文解字注》，上海古籍出版社 1988 年版，第 93 页。

便说明问题。因此,"说"的第一义项也应当带有"分析""开解"之意。

"说"的开解之意从何而来,是否是"说"的本义?许慎认为"说","从言、兑"。而《说文》中:"兑,说也,从儿,㕣声。"以"兑""说"互训。徐铉注曰:"㕣,古文沇字,非声。当从口从八,象气之分散。《易》曰:'兑为巫,为口。'"许慎并未言明"说"的造字法,但不论古人"说"字是以形声法还是会意法而造,"兑"作为构成"说"的重要符号,显然比"说"出现的年代更为古老一些,而且应该在很大程度上参与了"说"字的意义构成。

"兑"字最早出现于甲骨文中,其意义如何,诸家说法不一,总体来看,有"悦""锐""阅"等说。李孝定所编《甲骨文字集释》中,引鲁实先观点,说明此字在卜辞中有两种意思,其一是"阅"字之初文,意为简阅师旅因以田猎。其二是"锐"之初文,并认为"其说可从"。①据于省吾先生解释,"此字本象人戴羊角帽之形,古代狩猎,往往戴羊角帽并披其皮毛,以接近野兽而射击之"。②《尚书·顾命》篇中有"兑之戈,和之弓"的说法,《尚书注疏》云:"兑、和亦古人之巧人也。……兑、和之所作不知其宝来几何世也,皆言传世宝耳。"③《顾命》是记载周成王临终时,嘱召公、毕公辅佐太子钊,及其卒后,康王继位的情形,在康王举行登基大典前,书中用了大段文字去详细地描写仪式器物,其中就有"兑之戈、和之弓"。兑既然是以做戈著称的巧匠,想必其名也非泛泛得之,恐怕多少与其所做的"戈"有关。如果于省吾先生所说"兑"为狩猎之人的象形,那么戈应当是在这种狩猎过程中,猎人手中所持主要工具。无独有偶,同时出现在《顾命》中的还有"锐"字,也与此有关:"一人冕,执锐,立于侧阶。"《说文》中此字写作"銳",解释为"侍臣所执兵也",并未说明为何种兵器。《尚书注疏》:"锐,矛属。"当代学者注:"亦是矛一类的兵器。"④可见与"兑"有关的早期汉字,的确是与狩猎有关,于省吾先生的考证是有道理的。因此"兑"之本义,当理解为与打猎有关的词——"锐"的初文比较合理,意为锋利、犀利的打猎

① 李孝定:《甲骨文字集释》,中央研究院历史语言研究所1970年版,第2789—2792页。
② 于省吾:《甲骨文字释林》,中华书局1979年版,第16页。
③ 《十三经注疏·尚书正义》,中华书局1980年版,第239页。
④ 李民、王健:《尚书译注》,上海古籍出版社2004年版,第377页。

工具。

进入传世典籍中的"兑"，则主要以《周易》中的卦名为世所知，并开始与"说"密切相关联。相传为文王所著卦爻辞曰："兑，说也。刚中而柔外，说以利贞，是以顺乎天而应乎人。说以先民，民忘其劳。说以犯难，民忘其死。说之大，民劝矣哉。"[①] 意思是说：兑，就是说。此卦象征内刚外柔，说人以利贞，因此顺应天意而合于人心。用说来动员人民争先恐后积极做事，人民会忘记做事的辛苦而从事它；用说来让人民做艰难之事，人民会忘记身家性命地去做。说的重要性，在于能让人民受到鼓励。此处就已经用"说"来训"兑"，认为在指称"说服""动员""鼓励"以促成人民依令而行方面，二者的义项是一致的。

另外，"说"既从言，从兑，"兑"有可能是义符，也有可能是声符。作为声符，古无舌上音，"兑"（duì）、"说"（shuì）在古音实为一声之转，"说"字发"兑"之音，似乎是能够说明它是声符的。但大量形声字的出现，是在秦汉以降。[②] 而"说"字能够出现在最早的《尚书》《诗经》等周代早期典籍中，就不能排除"说"为会意字的可能。例如《吕氏春秋·劝学》中就曾明确地将"兑"与"说"在意义上关联起来加以解释："凡说者，兑之也，非说之也。今世之说者，多弗能兑，而反说之。夫弗能兑而反说，是拯溺而硾之以石也。"[③] 是指当时普遍的游说之词，并不能把握"说"的实质，认为但凡为"说"，自当凭借道理得到被说者的接受认可，如同狩猎者以其矛得到猎物一样，要能清楚地抓住问题的关键，而并非要一味地迎合被说者的心理，取悦他人。如今当世从事"说"这件事的人，多数都并不能真正犀利透彻地分析问题，用正确的道理令人折服，反而迎合接受者的心理去取悦他。不能帮人看清问题，反而去投合他的心意取悦他，这和去救落水者却扔给他一个石头一样。这个理解说明，"兑"与"说"是有区别的，"兑"在"说"字中是有意义的，它是构成"说"基本意义的基础，"说"作为后起之词，应当就是指像"兑"能以其锐利一举抓住猎物一样，能够一针见血、清楚准确地分析说明问题的语言活动。

①　李道平：《周易集解纂疏》，中华书局 1994 年版，第 502 页。

②　刘又辛、方有国：《汉字发展史纲要》，中国大百科全书出版社 2000 年版，第 323 页。

③　陈奇猷：《吕氏春秋校释》，学林出版社 1984 年版，第 196 页。

《墨子·经上》也有类似解释:"说,所以明也。"《经说上》:"方不障,说也。"① 足见无障为明,通过说来分析问题,说明道理,达到通明无碍的内心世界,即是说的功效。这也说明《吕氏春秋》中对"说"的理解并非单个现象,而是战国时期人们普遍认可接受的。也就是说,在他们看来,"兑"在"说"字的构成中,是一个有意义的符号,即义符。它的意义,直接参与了"说"字本义的形成。那么,"从言、兑"的"说"字之本义,应当是与产生有如"兑"般锐利效果的言辞有关。段玉裁所注许慎之"说释"解为"悦怿",即是侧重于指称这种言辞的接受者经过"说"之后的一种特殊心理状态。

再来考察典籍中的实际用法是否与此分析相合。《尚书》中有两篇都出现了"说"字。一是在《说命》中多次出现,不过用法一样,都是殷高宗时的贤相傅说的名字。且《说命》篇属于梅赜所献《古文尚书》,其真伪未定,是否能说明早在商代高宗时,便有"说"字出现,尚且存疑。二是在《康诰》中,有"告汝德之说于罚之行"的用法。但向来注家并未对此句中的"说"加以特别关注,似乎它是一个很明白,不需要特别提出解释的词,因此我们只能于各种注解中去揣测前人对它的理解。《尚书全解》中说:"德者,本也;罚者,其辅助也;不本于德,其何以行罚哉?故罚之行,必本于德之说也。"② 意思是推行德政,是施政的根本;国家的刑罚,是德行的辅助;施政不以德为本,怎样能施行刑罚呢?因此若要刑罚得以顺利推行,一定要以人民对所行德政心怀悦服为基础。由此看来,论者认为此处的"说"为"悦服"之意。而《尚书详解》将此理解为"告汝以明德之说与其慎罚之刑"③,则此非为"悦服"之义,而是名词"道理、说法"之义了。《尚书注疏》:"告汝施德之说于罚之所行,欲其勤德慎刑也。……德由说而罚须行,故德之言说而罚言行也"④,则理解"说"为动词,意为"教化",口头宣教。可见在理解过程中,就句中"说"字所指分歧已经相当大,分别用来指"悦服""道理""教化",从词性上看分属形容词、名词、动词的三种义项。这些理解用于全句,虽无害文章主旨,但其意义已大相径庭。究竟哪种看法更接近原文,我们只

① 孙诒让:《墨子间诂》,中华书局2001年版,第315、350页。

② 林之奇:《尚书全解》,世界书局1986年版,第17—591页。

③ 陈经:《尚书详解》,中华书局1985年版,第334页。

④ 《十三经注疏·尚书正义》,中华书局1980年版,第205页。

从此一处无法得到确切答案，还须对同时代文献中"说"字作进一步考察。

　　详观《诗经》《论语》中，凡有"说"字出现的地方，除了通"脱"与"税"的意思之外，历来的解释也都颇有争议。《诗经》中的《风》《雅》《颂》三部分形成时间不一，《大雅》《颂》的年代相对较早一些，其中不见"说"的使用，而《国风》《小雅》中有其踪影。如《诗经·邶风·击鼓》中的"死生契阔，与子成说。执子之手，与子偕老"，一般理解为男女间相守一生的约定，成说，即是"成约，约定"之意①，后世人们祝福新婚伴侣"白头偕老"之说也多从此来，足见这一说法影响之广泛。但通读此诗，所涉及的人物并非卿卿我我的小儿女，而是即将上阵赴死的军旅之士，战前相互约以死生契阔云云。《毛诗传》："说，数也。"对此，申濩元在《读毛诗日记》中认为，"数"当理解为"具数"，而非"计数"②。而秦汉时"具数"，据《韩非子·难言》"家计小谈，以具数言"句，陈奇猷《集释》引尹桐阳所云："具，备也；数，计也。备计则详明。"③ 由此看来，"具数"之意重在指对于数目要明了于心，此处用"数"释"说"，当取其以言明了于心之意。郑玄认为："从军之士与其伍约，死也生也，相与处勤苦之中，我与子成相说爱之恩，志在相存救也。"朱熹注："成说，谓成其约誓之言。"军旅之士，死生均为不易，在战前与战友相互认识，并肩战斗，希望能在战场上互相救助，互相照应，能够"俱得保命，以至于老，不在军阵而死"④。则郑玄、朱熹以"说"为约，意为相明倾慕珍重不弃之意，都与语言的交流以使彼此明了的效果有关。

　　《论语》中也是如此，《学而》首句："学而时习之，不亦说乎？"历来治《论语》者均将此"说"视为"悦"，以为与言谈之意无关，相对后一句"有朋自远方来，不亦乐乎？"之"乐"，理解为："悦深而乐浅"，又或者"自内曰悦，自外曰乐"⑤，因此"说"通"悦"。"悦"字晚出，在汉代郑玄的《论语正义》中说："诵习以时，学无废业，所以为

　　① 周振甫：《诗经译注》，中华书局 2002 年版，第 45 页。
　　② 刘毓庆：《诗经百家别解考（国风）》（上），山西古籍出版社 2002 年版，第 352 页。
　　③ 陈奇猷：《韩非子新校注》，上海古籍出版社 2000 年版，第 50 页。
　　④ 《十三经注疏·毛诗正义》，中华书局 1980 年版，第 300 页。
　　⑤ 《十三经注疏·论语注疏》，中华书局 1980 年版，第 2457 页。

说怿。"用的仍然是"说"字;《说文》中亦无"悦"字。似乎,以无关语言活动的"悦"释"说",是"说"字本义。但《周易·序卦》中说:"巽者,入也。入而后说之,故受之以兑。兑者,说也。说而后散之,故受之以涣。"虞翻注曰:"兑为讲习,故'学而时习之,不亦说乎?'"李道平疏:"《兑》象曰:'君子以朋友讲习',故'《兑》为讲习'。……理义说心,必入而后说也。"① 据《兑》卦爻辞所云"说以先民,民忘其劳。说以犯难,民忘其死"的用法来看,以"兑"解"说",兼有讲习等语言活动的因素及解惑后心灵的愉悦。因此《周易·序卦》中的那句话当理解为:巽,是进入。进入之后才能以言词动之,因此承受它的是"兑"。兑,是言说。言说而后郁结散开,因此承受它的是"涣"。虞翻因此认为,学习时,教师的讲解进入了学生的内心,并被学生真正理解接受,才能"不亦说乎",从而言辞之"说"为因,导致了愉快之"悦"。"说"的本义,虽然可以简单理解为愉悦,但实际内涵要丰富许多,既不同于愉悦,又不同于单纯指称语言表达活动的"说",而是介于二者之间,以言动人,使人内心悦服的活动及其效果。

　　《左传》中的例子也颇有说服力。除了用于人名,或通"脱",通"税"意为脱落,舍止之外,一般都被后人解释为通"悦"。有三种用法,第一种是用在有道理的言辞之后,表示听者认可接受了这个看法或主张,而不是单纯的喜悦。如"襄仲说,率兄弟以哭之"(文公十五年)、"公说,执曹伯"(僖公二十八年)、"晋侯说之"(庄公二十八年)等;第二种是用以指称某种行为的效果,意为"取悦",如"郑杀申侯以说于齐"(僖公七年)、"杀子丛以说焉"(僖公二十八年)、"苟利社稷,请以我说"(宣公十三年)等;第三种是指行为主体主动选择的倾向,意为"喜好",如"说礼乐而敦诗书"(僖公二十七年)、"吴子寿梦说之"(成公七年)等。《国语》中的"说"字也基本上是这种情况。罕见意为解释、说明的"说"字用法。说明到春秋战国之际,"说"作为通过言语沟通达到内心通明舒畅的效果这一义项仍然是主要用法,但也有摆脱语言活动,专指内心愉悦的转变趋向。

　　回过头再来看《尚书·康诰》中的"说",也可作如是理解。它应该重在指"启乃心,沃朕心"(《尚书·说命》)的语言沟通活动及其良好

①　李道平:《周易集解纂疏》,中华书局1994年版,第728页。

效果，是通过语言活动解开困惑，而产生的内心认可或愉悦，甚至影响听者的行为意志。因此，"德之说"便是指由宣传施行德政，沟通上下，使老百姓对施政者产生由衷的内心认可。

由此，先秦"说"的本义，应当是指通过言语活动开解疑惑和不明所达到的愉悦服从的效果。比如《尚书》中"德之说"，《论语》中的"不亦说乎"和《诗经》中的"与子成说"等，故《说文解字》中以"说释也"解之。《尔雅》中虽无"说"，但有"悦"："悦、择、愉、释、宾、协，服也。"① 以"服"解释"悦"。都是从描述其效果的角度来解释"说"，但由于"说"字本义是指一种语言活动之后的效果，而这些解释限于各种原因无法全面展示其内涵，使后人往往只注意了"悦"为"说"之本义，而忽视了它与语言活动之间的密切关系。而恰恰正是这种关联，使"说"在使用中，具有了指称这一活动不同侧面的功能，随着这些用法的明确化，便形成了"说"字的若干个义项及不同读音。

早期"说"字的几个义项之间，由于指称同一活动的不同侧面，故而彼此间存在着相互关联。春秋末期后意义开始分化，在不同的语境中，人们在使用"说"字时，侧重它不同的内涵，有的侧重一种有针对性的语言表达，有的侧重所达到的心理状况，有的侧重语言活动，逐渐形成了"说"（shuì）与"悦"与"说"（shuō）的区别，随着时代的变化，这种区别越来越大，直到需要另外的字音及符号去表达。

"说"字作为指称有积极言语活动效果的概念，其含义是丰富的，因而有条件在具体使用中进一步分化。其中一支仍然用于指称使人内心愉悦、服从的效果，并且逐渐脱离言辞这一诱因，去描述来源更为广泛的愉悦体验，如《左传》中"说礼乐而敦诗书"（僖公二十七年）、《诗经》中"亦既见止，亦既觏止，我心则说"（《召南·草虫》）、《论语》中"子见南子，子路不说"（《雍也》）。这一用法后来一直发展为与言语活动不再有任何关联，专指内心愉悦的感受，并直接写作"悦"字。另一支主要用于指称以言开解并得到悦服的状态，如《左传》《国语》中，多次出现在充满智慧的言辞之后，表示听者已经摆脱困惑，赞同其说法的"悦服"之"说"字，并渐渐明确为指称一方用言语劝服另一方的一种特殊话语活动。这种内涵体现在战国时期形成的诸子之书中。这在《墨子》

---

① 郭璞：《尔雅注》，中华书局1985年版，第3页。

中比较常见，如"子墨子说穆贺，穆贺大说，谓子墨子曰……"① 此句中，后一个"说"完全是《左传》《国语》中的用法，但前一个"说"，就已经是从前没有过的新用法，是指用来达到使听者"悦服"效果的说话活动。除此之外，还用来指这种活动中所使用的话语，如"且主君亦尝闻汤之说乎？"②"故尚贤之为说，而不可不察此者也。"③ 其中的"说"均是名词性的，用来指在说服他人这种活动中所使用的话语。

这种内涵的分化和转变，起于战国，有其时代需要。随着诸侯兼并战争的加剧，贵族需要谋士积极参与议政，献计献策，如秦孝公所出"求贤令"云："宾客群臣有能出奇计强秦者，吾且尊官，与之分土。"④（《史记·秦本纪》）谋士也没有了西周春秋时期的理想化色彩，更多地代之以现实的功利追求，公然疾呼："人生世上，势位富贵，蓋可忽乎哉！"⑤ 谋士之策既大行于世，谋士之行便成为当世读书人积极效仿的对象，其用以建功立业之言，遂成为不刊之论，载于竹帛，流传后世。此时的"说"辞更看重其说服人的功效性，与春秋以前以某种既定理想为出发点来说服人判然不同，以义服人被以利服人所代替，说辞以被说者的利益为核心，更看重功效性，把重点放在了"说服人"之上。这就使其与用语言来进行客观的解释说明这一早期义项的区别越来越大，不但所说的内容——"说"（shuō），与进行说服人的活动——"说"（shuì）区分开来，即使在用来指所说的内容方面，也在继续分化，用于指称不同的类型语言活动。

例如，在用来指称说服他人所用话语的名词性义项上，发生的进一步的分化如下：其一是指用来进行说服他人活动时所用的话语，如"又饰其说以非子墨子曰……"⑥（《墨子·非攻下》）；"凡人亦必有所习其心，然后能听说"⑦（《吕氏春秋·听言》）；"大王诚听其说，一举而天下之从

① 孙诒让：《墨子间诂》，中华书局 2001 年版，第 441 页。

② 同上。

③ 同上书，第 73 页。

④ 杨燕起：《史记全译》，贵州人民出版社 2001 年版，第 207—208 页。

⑤ 范祥雍：《战国策笺证》，上海古籍出版社 2006 年版，第 143 页。

⑥ 孙诒让：《墨子间诂》，中华书局 2001 年版，第 146 页。

⑦ 陈奇猷：《吕氏春秋校释》，学林出版社 1984 年版，第 698 页。

述，是指通过言语活动开解疑惑和不明所达到的愉悦服从的效果，正是与这种特殊的能够达到开解疑惑和不明的言语活动密切相关。既然中国古人常以一种"言说"方式作为分类标准，那么"说"所指称的这类言语活动所涉及的文本，自然也能够成为一类文本的共名，以它独特的内容和形式特征立于先秦诸文体之林。在实际的文献中，也的确存在着这样一批具有共性的文本。

但是，通过前文对"说"字义项的分析表明，由于先秦文字记录下来的以"说"为名的说话活动多种多样，从起初到后期，各种"说"所涉及的言辞及其记录之间的分歧和差异很大，使先秦"说"所指的话语活动侧重点具有相当的复杂性。如前所述各项"说"字义项之间的关联，就使相应的记载说话活动的文体具有了一定的联系，比如最早的与"说"有关的文体，是对那些使听者解惑的话语的记录，它们并不是像战国游说之士的言辞一样重在分析利害关系，而是有相当一部分是用来陈说典故制度，或抽象的政治哲理，同时，为了说明所记录的话语，通常还要在这段话前后，加上说明的时间、地点、人物、事由及后续的文字，从而不自觉地形成了一个简单的叙事框架。此外，对所说言辞的关注，使后来的诸子书中取消了早期记录说辞文本的叙事性框架，而将说辞独立出来，将其作为主要内容直接呈现在文本中，成为哲理文章或者制度说明性文章，使文体进一步分化。同时，《论语》等语录体诸子文章也与早期说体文同出于先秦记言传统，是孔子弟子所记孔子平日具有说服力的言行，因此也与"说"有一定的关联。如果将这些说话活动形诸文字的篇目都看作"说体文"，这一概念便有了指涉先秦许多文献的可能。一个概念如果所指过于宽泛，也就失去了它存在的意义，这是在界定先秦"说体文"概念时必须要绕过去的陷阱。因此，想要较为妥当地界定先秦说体文，使其成为内涵明确，在分析先秦散文文体时具有一定意义的概念，必须要对前面分析的先秦"说"字的若干义项作一个取舍。也正是由于这个原因，在开始关注"说"体文之前，要去极力追溯"说"字的本义，力图从"说"字本义出发，来厘清说体文的名称与具体所指文体之间的关联，使这类文体的命名具有相对的合理性。

"说"的本义，如前所述，是指通过言语活动开解对方疑惑和不明所达到的愉悦服从的效果。如果要用文本去表现这种效果，最好的方式就是记录式的，即以再现的方式重现这一话语活动的过程。这一话语活动有两个特征：首先，由于这一类的言语活动，主要诉诸人的理性，而非感情，因此在听者心中唤起的，不是种种带有情感色彩的意象，如读诗之后意兴纷繁的感受，而是一种由豁然开朗的理性觉醒所带来的愉悦。因此，不可能用诗的方式去表现这类愉悦，而只能用较为理性的方式去再现。其次，由于在这类话语活动中，所涉及的是人的内心世界和精神生活，是一个动态的过程，而非静态事物的形状和体貌。其中的主体是行动着的人：劝说者具有推动情节变化的能力，被说者有前后思想的转变和行为的表现。因此，如果要完整地记录整个过程，就不可能用描写的方式，只能用叙事的方式。

这样，记录“说”这一类话语活动及其效果的文本，就具有了一些被这一类话语活动所限制的共性。事实上，现有文献证明，当时也的确出现了一批以记录“说”这种能达到使人内心悦服的话语活动为主的文献典籍。它们多以散文形式存在，以记录说辞及其前后相关人物事件过程经历为主要内容，但尚未形成文体专有名称。

在先秦时期，与“说”这一话语活动类型有关的文本，通常有两种形态。

第一种是偏重于言说者所说的内容，以记录话语本身为主，文章中只有话语内容的文本形态和极其简略的情况介绍，尚未形成完整的叙事文体。这种形态的说体文在时间上又可分为两类，一类较古老些，由于当时人们“述而不作”，尚未出现有意识的个人创作，其内容多是对他人具有说服力言语的直接记录，在文体上形成记言体，或语录体；另一类出现于战国时期。随着私学的兴起，社会对士人言说的需要，开始出现了将自己用来说服他人的语言直接形诸文字加以传播的现象，这一类文本，是后来私人论说体文章写作，即大多数诸子散文的早期形态。

第二种是不但记录话语的内容，而且也记录话语活动的相关情况，包括起因、说话者、结果等因素的文本形态，它符合今天所认识到的叙事文标准。相对上一种文本形态而言，这一类在文体归属上，历来未被定位，人们往往容易把它与前一种混为一谈，统称“语”类，或是简单地归入史传散文之列。而事实上，这种文体在当时已经具有一定的数量，在表现内容及结构特点上已经有了相当的稳定性，显示出较为独特的性质，与语录体、论说体及后来以《左传》为代表的史传体有明显的不同。同时，这类文本形态对后来文体的形成也有颇多影响，但历来对它们的研究都还很薄弱。

　　这两类文本，都可以称为先秦"说体文"，但前者由于并未记录完整过程的"说"，而仅仅关注这一类话语活动中的言辞内容，因此，是不完整的记录，可以被视为广义的"说体文"，其文体上承记言传统，下启语录体与诸子之论说体，其文体要素远不如后者鲜明、稳定。特别是在记录"说"这一话语活动中，不具有文体创新性，没有体现出"说"类言语活动的独特性，虽然作为一种记言体的分支，也值得研究，但并非本书所关注的文体。本书主要讨论的是后者，即第二种文体。它们主要以完整记录"说"类言语活动为主要内容，可以充分体现出先秦"说"字本义所代表的内涵。同时，魏晋时期的文体分类中，也将与它们有关的文本命名为"说"，因此，可以视之为狭义的先秦"说体文"。又由于它具有叙事性特征，因此称之为先秦叙事性说体文。

第二节　命名的困惑——历代先秦说体文研究综述

一　相近的命名——语类、语、语体文研究视野中的说体文研究综述

　　用"语"来称呼先秦时言辞的一类，是当时的人们在对文献进行分类时提出的。《国语·楚语上》楚大夫申叔时论太子教育时说："教之《语》，使明其德而知先王之务用明德于民也"；《国语·郑语》中也有"训语有之曰"的说法①；《荀子·尧问》中有吴起引用"楚庄王之语"②的说法。可见"语"在春秋战国时期，已经被用作对某类文献的称呼了。但究竟是指何种文献，其形态是文本的，还是口头的等疑问，都已不可考。就书籍命名而言，先秦流传下来的典籍有《国语》《论语》《新国语》③、《事语》④、《新语》等。以上的传世文献资料与书籍命名成为后来

---

　　①　上海师范大学古籍整理研究所：《国语》，上海世纪出版有限公司、上海古籍出版社1998年版，第528、519页。

　　②　王先谦：《荀子集解》，中华书局1954年版，第360页。

　　③　其名见《汉书·艺文志》"六艺略"，"春秋"目下。（汉）班固撰，（唐）颜师古注：《汉书艺文志》，商务印书馆1955年版，第12页。

　　④　其名见刘向《战国策书录》。范祥雍：《战国策笺证·刘向书录》，上海古籍出版社2006年版，第1页。

的研究者提出先秦"语"类散文的基础。

由于《论语》是儒家经典，自汉以来便有研究者加以诠释，对其书名自然也有说法。梁代皇侃在《论语集解义疏序》中，依据《毛诗传》云："直言曰言，论难曰语"①，和郑玄注："《周礼》云，发端曰言，答述为语"的说法，认为《论语》之"语者，论难答述之谓也。……此语是孔子在时所说"②，因此，《论语》之"语"只是特指孔子所答弟子提问之言，而非此类记言之书的总名。

最早把"语"作为文献中的一类来看待的，是今人张政烺先生，他在1977年发表的《〈春秋事语〉解题》中，将马王堆汉墓出土的一部分无总名，却以记言为主的帛书命名为《春秋事语》，说"这十六章的文字，记事十分简略，而每章必记述一些言论，所占字数要比记事多得多，内容既有意见，也有评论，使人一望而知这本书的重点不在讲事实而在记言论。这在春秋时期的书籍中是一种固定的体裁，称为'语'"。并认为"语之为书既是文献记录，也是教学课本"。在内容上，"语"这一类的书"虽以记言为主，但仍不能撇开记事，所以又有以'事语'名书的"，既叙事，又记言的这些帛书因此被命名为《春秋事语》。③

近年来，李零、俞志慧、张铁等人相继指出先秦存在着一类文献或材料，可以称之为"语"或"事语"。但三人在"语"类文献的具体所指上，颇不统一。

李零从史书材料的角度对先秦史料进行分类，发现材料类史书中有"一种貌似口语，但实为文学创作的史书"，从形式上讲，比较类似后世的纪事本末体，从数量上讲，是早期史书体裁中最多、最活跃、最突出的一种。这类史书，从年代上分，又可以分为三皇五帝故事、唐虞故事、三代故事和春秋战国故事，前三种在传世文献中都已不多见，散见在各种典籍和出土文献中，而春秋战国故事，于传世文献中则以《国语》和《战国策》为代表，于出土典籍中以《春秋事语》和《战国纵横家书》为代表。并认为这些"事语"类文献在古书中的类别显然既不同于严格意义上的历史，也不完全等同于诗赋，是否可以援其例而称之为语，还是一个

---

① 见《公刘》下毛注。《十三经注疏·毛诗正义》，中华书局1980年版，第542页。
② 何晏：《论语集解义疏》，中华书局1985年版，第3页。
③ 以上均见张政烺《〈春秋事语〉解题》，《文物》1977年第1期。

有待商榷的问题。但认为："不管当时有没有这种用法，它们都是属于故事类的史书，性质非常接近。"① 这一认识触及了先秦早期以记录话语为主要内容的一类文体的虚构性叙事特征，惜其未能深入。

　　俞志慧所谓的"语"有两类存在形态，散见的与集结成集的。散见的有：谚语；以"闻之""有言"等领起的有精警特色或训诫作用的话；宪言、法言、建言之类；集结成篇成集的有：《国语》之《周语》《鲁语》《郑语》《齐语》《楚语》《论语》，《逸周书》之《武称》《王佩》《周祝》，《文子》之《上德》《符言》，《管子》之《枢言》《小称》《四称》，《大戴礼记》之《曾子制言》（上、中、下）《武王践阼》《新语》《新书·修政语》（上下篇），《淮南子》之《诠言》《说山》《说林》中的记言部分，《说苑》之《谈丛》（后二者成书在西汉，但材料来源多在先秦）。出土材料中有：荆门《郭店楚墓竹简》之四篇《语丛》，睡虎地秦墓竹简《为吏之道》，马王堆汉墓帛书《老子》乙本卷前逸书之《称》篇，银雀山汉简《守法守令》十三篇之《要言》等。② 足见其所谓"语"，重在对口头言语精华的文字记录，而非对某种具有相似结构体制的文体的关注。

　　张铁将"语"类古书定义为"先秦时代"（主要是战国时代）专为谈话游说所编撰的资料，是一种谈资的汇编。因此在这种理解的基础上，将"语"类古书分为"事"类、"语"类与"事语"类。"事"类"主要是历史掌故，即故事性的资料。《韩非子》中的《说林》《内储说》《外储说》等几篇就属于这一类。……各类人物故事，也形成了一类可称之为'故事'的语书"。"语"类"所记载的，是脱离了具体说话语境的警句，类似于我们现在所说的成语，……郭店楚墓竹简中的《说之道》即是收录这种'成语'的语书"。"事语"类是"事"与"语"很难分开，每句话都要在一定的语境下才产生意义，《国语》中的许多篇目即是此类。③ 虽然他在"语"类古书的梳理中有一些独特见解，但不难看出，组成他所说的"语"类文献，就其文体结构来讲，并不相同："事"类是叙事文体，"语"类是议论文体，而"事语"类是兼有二者的文体。他的

① 李零：《简帛古书与学术源流》，生活·读书·新知三联书店 2004 年版，第 278 页。
② 俞志慧：《语：一种古老的文类——以言类之语为例》，《文史哲》2007 年第 1 期。
③ 张铁：《语类古书研究》，硕士学位论文，北京大学，2003 年，第 13—17 页。

分析主要是从功能上，对相似文献的一种全新归类，并非根据文体特征作出的归类，因而也未对"语"类作出分析总结。

上述所论之"语"类文本的具体所指，各不相同，很难看出其中的统一交集。就"语"的本义而言，《说文》称："论也。""论，议也。""议，语也。"《释名》称："语，叙也。叙己所欲说也。"① 可见"语"字主要是用来指人们关于某事的议论对话之言。因此，前述几种主张中，共同的一点是文章的"记言"性质。但"记言"文本的范围可以相当广泛，在先秦文本中，除了《春秋》《易》等少数典籍之外，几乎都可以与"记言"有关。于是要想使这一分类有意义，不得不借助其他的规定。俞志慧因此不得不感叹道："内涵的转换和概念的泛化，使得'语'的形式更加多样，并最终导致这种文类的自我消解。"② 看来，从"语"所反映的内容特征方面来归纳先秦文类，显然是件事倍功半的举措。

换一种角度来看，如果因为《国语》中这类文本比较多，而取"语"来命名这类以记言为主的文体，也是有疑问的。先秦时以"语"命名的，还有《论语》和《管子》中的《短语》。而这三本书，在文体及内容上并不属于同一类型。《国语》主要记载春秋各国君臣间相语国事之言之行；《论语》主要记载孔子及其门人弟子相问答之语；《管子·短语》从形式上看，将诸篇文章分为"经""内言""外言""短语""区言""杂篇""管子解""管子轻重"八大类，这些类别区分的原因，纪昀推测是由于"其中孰为手撰，孰为记其绪言如语录之类，孰为述其逸事如相家传之类，孰为推其意旨如笺疏之类，当时必有分别"③。其中"短语"类中的文章，与议论说理文区别不大。由此看来，先秦以"语"命名的书籍，除了在内容上都与"记录话语"有关之外，在文章结构体制方面，其内部都各有不同，更何况三者在内容、功能等方面的差异，使以"语"为名的著作之中存在着各种不同体制的文本。

除了"语"之外，也有论者提出以"语体"和"语体文"来命名先秦记言散文的一类。而这一提法也有欠妥之处，因为这是两个在语言文学研究领域早有确定所指的概念。"语体"作为语言学及其相关学科早已熟

---

① 刘熙：《释名》，中华书局 1985 年版，第 53 页。

② 俞志慧：《语：一种古老的文类——以言类之语为例》，《文史哲》2007 年第 1 期。

③ 永瑢：《四库全书总目》，中华书局 1965 年版，第 847 页。

知的概念，指"由于言语环境不同而形成的言语特点的体系，言语的功能变体"①。在传统上也没有指称文体的用法。而"语体文"，也有其特定的所指，近代以来的"语体文"是指相对于文言文而言的白话文。1933年出版的《语体文作法》中，就明确地说："语体文就是白话文，即用民众的语言很自然地写出来的文字。"② 这两个概念虽然都另有所指，但也有论者用于指称先秦文体之一种。③

相比之下，用"先秦说体文"来命名本书所探讨的这类产生于春秋战国时期，以记言为主要内容的叙事散文，相对来说合理一些。首先是从"说"的本义来看，作为指称有一定说服效果的话语活动，必然要涉及言语及对其相关情况的叙述。使记录这一活动的文本，为了达到其完整性，不但要记言，还必须叙述言语者、倾听者、言语产生的原因，对象和效果等相关情况。而在具体的写作中，言语成为整个"说服"活动的一个重要组成部分，被叙述部分吸纳进去，成为叙事文本中既具有推动情节发展作用，又具有展示言语者人物形象作用的积极组成部分。也就是说，对"说"本义所指称的话语活动的一次完整记录，必然会形成具有叙事框架，以言辞为主要内容的文本结构。因此，命名为"说"体文，是与"说"这一话语活动相一致的。其次，"说"是我国文体研究史上较早提出的名称之一，虽然在具体的指称上，历来有所变化：如魏晋时的"说"体文仅仅指文中的言辞；而后世的"说"体文在已经演变后的以"说"命名文章的导引下，成为议论说理文的类名。但毕竟在这些错位与演变的背后，所指向的文本形态与本书所涉及的这种先秦记言叙事文是一致的。这是取名为"说"，优于"语"的原因所在。

二　相同的命名，不同的所指——说体文研究综述

早于"说"字诞生的具有说服力的人类语言活动，应当是在文字出现以前就产生了。即使在有了专门形容这种活动效果的"说"字之时，它或许仍然主要以口头方式流传，而尚未被大量地用文字记录下来。我们

---

① 王德春：《语体略论》，福建教育出版社1987年版，第19页。

② 高语罕：《语体文作法》，黄华社出版部1933年版，第13页。

③ "……作为'语'体的记事之文，《国语》偏重教训，……"见郭预衡《中国散文史（上）》，上海古籍出版社2000年版，第83页；此外，张亮也持类似观点，张亮《论先秦之"语体"》，《绥化学院学报》2007年第4期。

所能见到的记载于文本中的言说活动，包括《尚书》中的一些篇目，多是在周代乃至春秋时期成文，至战国而蔚为大观。与《诗》《书》等类文体不同，"说"作为"游说"，虽然在战国时期获得了相对优越的存在与发展资格，但随着秦灭六国后，封建大一统政局的出现，它的存在环境不复存在，汉初说士"郦君既毙于齐镬，蒯子几入乎汉鼎"①（《文心雕龙·论说》）的命运昭示着"说"类言辞在社会舞台上的式微，原先以"说"的方式存在的各种语言活动开始转化为其他语言和文本形态。

先秦作者不署名，相关人员前后相继的著录方式不复存在，著书由集体活动的公共事务，逐渐演变成个体创作活动，不但要体现创作者所领会与继承的思想和文化积累，更要体现出创作者的个人才情，也使个人所作以"说"为名的篇籍与先秦以记录"说"类社会语言活动的文章大异其趣。因此，到了东汉时期，人们在对文章典籍进行初步分类的时候，记录先秦时期"说"——这一特定语言活动的文本，其重要性已经大大降低了。班固在《艺文志》中，就将以记录说辞及其事迹的《国语》《国策》放在了"六艺略"中的《春秋》目下，将其看作史官的著作之一，后世索性归为"杂史"类中，仅仅被视为历史文献和材料。汉以后，人们的文体分类意识逐渐形成并得到发展，开始认识到文章除了以内容的不同进行分类之外，还可以从它的体例体制的不同方面进行分类，记载"说"类言辞的文章因其内容的特殊性，也得到了某种程度的关注。

曹丕（187—226）在《典论·论文》中，认为"夫文，本同而末异"，将这些"末异"之文分为奏、议、书、论、铭、诔、诗、赋四科八类，并未列"说"为一体。②魏晋时期诸多文体著作纷纷出世，对日益繁博的文章进行分类，成为对文章研究有兴趣的学者不可不说的话题。在这些看法中，相比诗、史而言，说体文成为很有争议的一个话题：东晋陆机（261—303）在《文赋》中论及文章"体有万殊，物无一量"，文体不同，特点不同时，将文体总结为诗、赋、碑、诔、铭、箴、颂、论、奏、说十种，其中最后一种就是"说"，但只提到了它"炜晔而谲诳"的特点，并没有明确地指明究竟何种文体才可以称得上是"说"，也没有对这一特点进行阐述。范晔（398—445）在《后汉书·冯衍传》中，提到"说"体

① 范文澜：《文心雕龙注》，人民文学出版社1958年版，第329页。
② 曹丕：《典论》，中华书局1985年版，第1页。

文章："（冯衍）所著赋、诔、铭、说、《问交》《德诰》《慎情》、书记说、自序、官录说、策五十篇，……"① 于"说"之外，还有官录说与书记说二体，惜已不传，未知何体。据现存曹植《籍田说》来看，是由作者有意依先秦对话体所创作，用来表现个人思想观点的论说文，从主要的表述方式上看，多采用议论说明，已与"论"颇为相似，所不同的是仍然保留了先秦"说"体的叙事性开端。南朝梁时，刘勰（465—522）在《文心雕龙》中为之单列"论说"一章，分别论述了"论""说"这两种在他看来既有联系又有区别的文体，用"原始以表末，释名以章义，选文以定篇，敷理以举统"的方式加以说明。同时代的萧统（501—531）在其《文选序》中虽未用"说体"一词，但也提到"说"类文章，认为这类文字"盖乃事美一时，语流千载，概见坟籍，旁出子史，若斯之流，又亦繁博，虽传之简牍，而事异篇章"②。认为"说"类主要是因为记载了成功说服他人的事例而流传至今，从材料上看，虽然数量众多，但它们却与展示作者个人思想与文字表达才华的"篇章"大异其趣，因此不为《文选》所取。此外还有任昉（460—508）的《文章缘起》中亦无"说"类文章，其中将刘勰视为说体文的《李斯上始皇书》看作公文"上书"一类。

而在是否能将"说体"别列一类上，陆机、范晔、刘勰、萧统（虽然《文选》不录说体，但从其所论看，似是承认"说"为一体，只是较为独特，不合其选文标准，故应视其为认可"说"为一体）等人认可"说"体文的存在；而曹丕、任昉没有提及，说明在他们眼中，"说"体文并未成为值得单独关注的一类。看来，"说体文"之为文体的一种，在魏晋文体分类观念中，已经成为一种有争议的存在。自此，说体文成为文体之一种出现在中国古代文体分类中，一直绵延至今。

其后的文章总集和以文体分类来收集文章的选集中，虽然也有说体，但多是汉以后作者所著，以"说"命名的单篇文章，基本上不再涉及先秦说辞。如宋代李昉等奉敕编纂的《文苑英华》，选文自梁末以下，其体例与《文选》约略相似，其中"杂文类"中有"杂说"一类，收录梁以后作者李观、来鹄等人以"说"命名的议论说理性文章，未

---

① 范晔：《后汉书》，中华书局 1965 年版，第 1003 页。
② 萧统：《六臣注文选》，上海古籍出版社 1993 年版，第 3—5 页。

及先秦说体。① 同时代姚铉所编《唐文粹》、南宋吕祖谦所编《宋文鉴》、元代苏天爵编《元文类》、明代程敏政编《明文衡》都是如此，只取断代之文，从其分类上看，涉及"说"体，也多指当时以"说"命名之文，不及先秦说体。只有宋代真德秀所辑《文章正宗》较为特别，他把古今文章分为辞令、议论、叙事、诗歌四大类，其中辞令类与议论类均以记言为主，不同的是辞令类所记"皆王言也"，而议论则是"发于君臣会聚之间，语言问答见于师友切磋之际"②。涉及先秦的部分，均取自《国语》《左传》。用以区分二者的标准，仅为说话者的身份是君还是臣，是君，则归入辞令，是臣，则归入议论。值得注意的是，他将这些功能上与先秦"说"体相似的文章，归入了"辞令"类，而未以"说"名之。

这种有文体之用，而无文体之论的情形至明代徐师曾的《文体明辨序说》和吴讷的《文章辨体序说》略有改观。二书遍及各种文体，其分类不可谓不细。当然也论及"说"体，却一致视其为用于解释、说明的文体。吴讷在《文章辨体序说》中道：

> 说者，释也，述也，解释义理而以己意述之也。说之名，起自吾夫子之《说卦》，厥后汉许慎作《说文》，盖亦祖述其名而为之辞也。魏晋六朝文载《文选》而无其体，独陆机《文赋》备论作文之义，有曰："说，炜晔而谲诳。"是岂知言者哉！至昌黎韩子，悯斯文日弊，作《师说》，抗颜为学者师。迨柳子厚及宋室诸大老出，因各即事即理而为之说，以晓当世，以开悟后学，由是六朝陋习，一洗而无余矣。卢学士云："说须自出己意，横说竖说，以抑扬详赡为上。"若夫解者，亦以讲释解剥为义，其与说亦无大相远焉。③

其后徐师曾在《文体明辨序说》中，继承其说，对"说"体作了这样的介绍：

---

① 参见（宋）李昉《文苑英华》，中华书局1966年版。
② 参见（宋）真德秀《文章正宗·纲目》，北京图书馆出版社2006年版。
③ 吴讷：《文章辨体序说》，人民出版社1962年版，第43页。

　　说，按字书，"说，解也，述也，解释义理而以己意述之也"。说之名起于《说卦》，汉许慎作《说文》，亦祖其以命篇。而魏晋以来，作者绝少，独《曹植集》中有二首，而《文选》不载，故其体阙焉。要之传于经义，而更出己见，纵横抑扬，以详瞻为上而已；与论无大异也。①

　　在吴讷看来，"说"这一文体的来源，是相传为孔子所作的《周易·说卦》，其后继承了这一文体的是东汉许慎的《说文解字》。看来，他是把"说"看作对经典进行解释说明使用的文体，与"解"这一用来讲解阐释经典文本要义的文种，"亦无大相远焉"。也正是在这个意义上，他认为陆机《文赋》中称"说"具有"炜晔"而"谲诳"，即言辞华丽却不尽属实的特点是不对的。在他的影响下，徐师曾直接就将其与东汉时期，"说"字用来解释说明的义项等同起来。他们结合汉以后的创作实际，把以"说"命名的文章特性归纳为解释说理之文类中。在文体溯源上，不再提及先秦说辞传统，而直接追溯到《周易·说卦》和东汉许慎的《说文解字》。这种对说体文的认识因为符合汉代以后的创作实际和文体现实，人们也渐渐接受了"说"体文是指一种解释、议论、说明性文体的看法。

　　沿至当代，学者们对中国古代文体进行分类研究时，通常将"说"体文，看作一种在指称上有变化的文体：在先秦时是指对君主的游说之辞，后来逐渐演变为申说事理的说理文章。如褚斌杰先生的观点颇有代表性："刘勰……是把'说'看作是策士进说献谋的所谓'游说'之辞的。早在晋代的陆机，他在《文赋》中实际已持这种看法，……这是对于'说'的早期解释。我国的论说文源于先秦诸子，诸子散文中有论，也有说，如《孟子》书中既有论政、论学的文字，也有不少游说诸侯的绚烂、耸听的文辞，……但至秦汉以后，这类文字已基本绝迹。汉以后以'说'命名的篇章论著，一般乃是表示说明或申说事理的意思。"②褚先生的这一看法影响颇大，许多古代散文文体研究者都持与之相类似的观点。

　　历来人们对"说体文"的理解，可以总结为以下三种倾向：其一，

① 徐师曾：《文体明辨序说》，人民出版社1962年版，第132页。
② 褚斌杰：《中国古代文体概论》，北京大学出版社1990年版，第337页。

将其看作策士游说君主之辞，以刘勰、萧统等人观点为代表；其二，将其看作中国古代散文中论辩文的一种，认为《周易·说卦》是它的源头，把说体文看作用来进行解释说明的文章，如刘孝严、王湘所说："说体文是就某种事理、事件、事物加以说明解释的文章，是论辩文的一种"①；其三，以历时的眼光审视说体文，将它的发展演变看作一个动态的过程，既有先秦游说之辞为其早期形态，又经过汉代的转变，至唐、宋演变为一种较为成熟的说理性文章，与"论"区别开来，成为更侧重于说明性、解说性的文体之一种，持这种看法的以姜涛、褚斌杰先生为代表。

　　可以说这三种理解都具有一定的合理性，因为他们在界定说体文时都有相应的对象及其时间限制。第一种说法是在当时文体分类意识兴起的大背景下，特色鲜明的策士游说之辞便在他们眼中自成一体予以归类，概括的时间是从先秦到汉魏。第二种看法总结了唐以后以"说"命名散文的总体特征。第三种说法是结合了前两种研究的视野，将说体文理解为一种有自身发展流变特征的特殊文体来看待。

　　经过以上的分析和梳理，我们发现，在历代的说体文研究中，存在着一个内涵的断裂。先秦说体文与魏晋以后的说体文，在论述者那里，有不同的文章为代表，代表着两种完全不同的文章体制。人们观念中的先秦说体文，照大多数学者的说法，是战国游士之说辞；而魏晋以后的研究者所称述的说体文，却往往是指以《说卦》为代表的说理文。这种断裂至少说明了三个问题：一是先秦乃至汉代，以"说"为主的文体，的确以其独特性，表现出与其他文体截然不同的风格气势，令人在感性层面上即可意识到它的不同一般。而后世的"说体文"，除了以"说"命名，从而命体之外，在文体上缺乏更鲜明的特点。二是先秦说体文在被感性意识到不同，加以命名之外，并没有在其文体上作更多更深入的理论探讨。对它的认识相对来讲相当贫乏，而且留有很多值得商榷之处。三是先秦说体文在其时盛极一时之后，其要素渗入诸多后起的文体中，成为后世各主要文体的源头之一，但由于社会文化侧重点的变迁，在很长的历史时期内，并没有显赫继承者出现。这些问题的存在，昭示着今天仍有对先秦说体文作出进一步研究的空间。

---

　　① 刘孝严、王湘：《中国古代常用文体规范读本》（散文卷），吉林人民出版社 2004 年版，第 71 页。

第三节　正名——魏晋南北朝说体文研究中的模糊认识辨析

既然新的文体命名无法完成指称这一文体的任务，我们还是回到文体分类的最初阶段，发现当时的确存在一个与我们所论及的文体相关的名称——魏晋诸文体中的"说"。但这一概念在诞生伊始，便伴随着一些认识上的问题，需要加以辨析才能更好地使用。

一　魏晋南北朝人对先秦说体文的认识

魏晋南北朝时期，论及文体的著作中，挚虞的《文章流别志》已逸，无从得知其中是否论及"说"体；任昉的《文章缘起》中没有将"说"视为一种文体。涉及"说"体的论者只有三家：陆机、刘勰与萧统。

最早把"说"作为一类单独提出来的，是陆机，他在《文赋》中论及十种文体时道："……说炜晔而谲诳。"① 非常简单，只提到了"说"是文体的一种，具有"炜晔而谲诳"的特征。其次，是刘勰，他在《文心雕龙·论说》中，对"说"体作了比较全面的总结概括。从特征上，他把"说"视为"述经叙理"的"论"体的一个分支文体来看待："故议者宜言，说者说语，传者转师，注者主解，赞者明意，评者平理，序者次事，引者胤辞。八名区分，一揆宗论。"② 在刘勰看来，"说"与"议""传""注""赞""评""序""引"一样，都是"论"体下面的次级文体，是"论"体在"陈政，则与议、说合契"的表现。因此，"说"的特征是有针对性的，注重实际效果的说理："凡说之枢要，必使时利而义贞，进有契于成务，退无阻于荣身。"由于"说"多用于臣下向君主进言，刘勰认为，从臣子应守的本分看，自当竭忠尽智以事其君，其"说辞"也应"披肝胆以献主，飞文敏以济辞，此说之本也"。因此激烈反对陆机所谓"炜晔而谲诳"的说法。从"选文以定篇"角度看，刘勰以为

---

① 陆机著，张少康集释：《文赋集释》，人民文学出版社2002年版，第99页。

② 范文澜：《文心雕龙注》，人民文学出版社1958年版，第326—329页。本节中所有《文心雕龙·论说》中引文，均出自此篇，不再一一作注。

"说"的代表篇目分为口说和文本两类,"不专缓颊,亦在刀笔"。"伊尹以论味隆殷,太公以辩钓兴周""烛武行而纾郑,端木出而存鲁"、苏秦游说诸侯合纵以佩"六印",张仪游说各国连横而封"五都"等为口说之善者;范雎之言事,李斯之止逐客,邹阳之说吴梁、敬通之说鲍邓为"上书之善说"者。从"说"的文体发展来看,他认为"说"体发端于殷商初期,春秋时期也有记载,但到了战国时期,才是"说"的黄金时代:"暨战国争雄,辩士云踊;从横参谋,长短角势;转丸骋其巧辞,飞钳伏其精术;一人之辩,重于九鼎之宝,三寸之舌,强于百万之师。"战国时能言善辩之士,无论是从说辞的精辟高妙方面,还是从说辞所能达到的社会功用及辩士所能获得的现实利益来看,都是空前绝后的。至秦始皇统一中国,汉承秦制,各国角力的时代不复存在,在各国的利益制衡中被需要的辩士,也不再有其辉煌,"至汉定秦楚,辩士弥节,郦君既毙于齐镬,蒯子几入乎汉鼎;虽复陆贾籍甚,张释傅会,杜钦文辨,楼护唇舌。颉颃万乘之阶,抵噱公卿之席;并顺风以托势,莫能逆波而泝洄矣"。汉代兴起以来,战国的辩士都不敢再活动了。其间虽然也出了几个以言辞闻名的士人,如郦食其、蒯通、陆贾、张释、杜钦、楼护等人,还能勉强以言辞与王侯将相相交,但也都只能说顺风话,没有人再能逆势诤谏,改变君主的意见了。此后,随着封建等级秩序的更加巩固,臣子进言时,多用文本而非面陈,在各方面都有了一定的体制要求,不能再像从前那样当面对答了,但依然具有痛陈利害以期改变君主意见的功效。

最后,是萧统,在《文选序》中,他虽然没有明确指出"说"之为体,但也将其归入"若贤人之美辞,忠臣之抗直,谋夫之话,辩士之端"① 一类中,此类言辞、话语,具有"冰释泉涌,金相玉振"的特点。其代表是"所谓坐徂丘、议稷下,仲连之却秦军,食其之下齐国,留侯之发八难,曲逆之吐六奇"等事。但萧统注意到,此类言辞,并非单独存在,而是与其事密切相关,"盖乃事美一时,语流千载",同时在文本形态上,也与其他文章有所区别:"概见坟籍,旁出子史,若斯之流,又亦繁博,虽传之简牍,而事异篇章。"它们没有独立的文本典籍形态,而是寄寓在其他如诸子、史传一类的著作中,这一类文本,虽然很多,但与

---

① 萧统:《六臣注文选》,上海古籍出版社1993年版,第3—5页。本节中所有出自《文选》的文献均出自此篇,不再一一作注。

能够独立成文的"篇章"还是有所不同，因此"今之所集，亦所不取"。《昭明文选》是以有"论"而无"说"。

二　魏晋南北朝说体文认识辨析

这三种对"说"的理解，虽然指出了"说"体文的存在，并且都将先秦说体文视为它的典型代表。但进一步分析，就会发现这些说法在以下三个方面的认识存在问题，正是对这些问题的不同认识，导致了他们对"说"体文特征的不同理解。

（一）第一个问题，是在说体属于口头形式还是文本形式的归属问题上认识不清

任何语言都可以依照其物质载体的区别而划分为口语和书面语两种语言形式，作为文体之一的"说"，即使是对口头语形式的真实文字记录，也应该是有文本形式的，这应该是"说"能够列于诗、史传、赋等文体之林的前提之一。但陆机与刘勰显然都没有意识到这个问题。

陆机对《文赋》所谓的"说"体，没有界定，也没有具体例证，因而无法从这两方面去了解他所谓的"说"究竟指什么。但从其论十体的上下文来看，能够作一些简单的推断："诗缘情而绮靡，赋体物而浏亮。碑披文以相质，诔缠绵而悽怆。铭博约而温润，箴顿挫而清壮。颂优游以彬蔚，论精微而朗畅。奏平彻以闲雅，说炜晔而谲诳。"① 《文选》最早的五臣注以为"说者，辩词也"②。将"说"的所指看作口头形态的辩词。近人许文雨以为："而谲诳之说，刘勰独持忠信以肝胆献主之义，反驳陆说，不知陆氏乃述战国纵横家游说之旨也。"③ 可见，在他看来，陆机所谓"说"也是指战国纵横家游说之辞。这些游说之辞之所以能够具有与诗、赋、碑、诔、铭、箴、颂、论、奏等相提并论的资格，乃是因为它具有辞彩的华美。正如许文雨在提及陆机不把史传列为文体之一的原因时，以为"惟传记等体，以质为工，据事直书，弗尚藻彩者，……故其赋勿及焉"④。说明史传不入《文赋》之体的原因，与"说"入选的原因一样，其标准都是辞彩的华美与否。但论者都没有注意到，虽然这十种文体

---

① 陆机著，张少康集释：《文赋集释》，人民文学出版社 2002 年版，第 99 页。
② 同上书，第 118 页。
③ 同上书，第 119 页。
④ 同上。

在有文采这一点上是一致的，但在文本形态上却有着根本的区别，这一区别体现在前九种与"说"体之间。前面九种文体都有大量相对或独立或辑录成集的文本形态，而"说"若指称战国纵横家游说之辞，则其形态当是口头言语。在这十种文体中，"诗"中的一部分，也是存在这种可能性的文体之一，但由于有比较稳定的文本典籍，使我们能够明确它所指称的具体形态是文本，而非口说。汉字是"使用意符、音符和记号的一种文字体系"①，并非主于表音，实际口头陈说时的语音载体，在进入文本时，必然有很大的变化。因此，在战国时期，口头语言与书面语言、口头语体与书面语体有很大分别，简单地以为彼时对口头陈说的文字记录，是如今天一般，音与字能够做到一致对应的情形，无疑太理想化了。那些精彩的说辞本身如何，我们已经无从得知，今天能够看到的，只是以它们为原本进行的文本化改写的样子。陆机当时所谓的"说"体，应该也是指这些已经被改写为文字的文本形态。从这些文本与它所记录的口头形态的说辞间的关系来看，即使是最忠实的记录，在当时也至少有两个创作者的功劳：一个是说出那些言辞的人，另一个是将那些言辞以文字形式书写下来的人。创造性地说出那些话语的人提供了内容和表现手法，如比喻、夸张、寓言等方面；同样具有创造性地将其从口头形态转写为文字形态的人，贡献了文本的体制结构、文字表达技巧、文字选择等方面的成果。这样经由后者创作完成的文字作品，在形态上，与前者会有不小的差别。从辞采的角度来看，"说"之所以能够入选十种文体之列，除了口头作者的功劳之外，其中最关键的，还应当是书写作者，正是他用文字完美地保留了前人口头言辞中的精华，并将其成功地移植在文本中。可见，陆机所论的"说"其实只能是指存在于文本形态中的说辞，而非前人以为的它的原生态——战国游士的口头陈说。

"说"之为体，就这样被陆机提了出来，带着没有解决好的口头形态与文本形态的困惑。刘勰在《文心雕龙》中对诸文体进行"论文叙笔，囿别区分"时，自然地继承了陆机所区分的这一文体。在"说"体的具体指称上，对陆机的认识既有继承又有发展：在进入文本之前的形态上，与陆机一致，认为是指辩士的口头游说，并举了若干经典事例以资佐证；但在进入文本之后，是陆机所未涉及的，认为也当属于"说"体，如李

---

① 裘锡圭:《文字学概要》，商务印书馆1988年版，第16页。

斯的《谏逐客书》与范雎的《上秦昭王书》。也就是说，在刘勰看来，"说"体有两种存在形态，一是口头形态，二是文本形态。

在对口头形态的"说"体属性认识上，刘勰并没有超出陆机的认识，甚至由于受陆机的影响而与自己在《文心雕龙》中其他地方所表述过的看法相左。他在《总术》篇中说：

> 今之常言，有"文"有"笔"，以为无韵者"笔"也，有韵者"文"也。夫文以足言，理兼《诗》《书》，别目两名，自近代耳。颜延年以为："笔"之为体，"言"之文也；经典则"言"而非"笔"，传记则"笔"而非"言"。请夺彼矛，还攻其楯矣。何者？《易》之《文言》，岂非"言"文；若"笔"为"言"文，不得云经典非"笔"矣。将以立论，未见其论立也。予以为：发口为"言"，属翰曰"笔"，常道曰经，述经曰传。经传之体，出"言"入"笔"，"笔"为"言"使，可强可弱。六经以典奥为不刊，非以"言""笔"为优劣也。昔陆氏《文赋》，号为曲尽，然泛论纤悉，而实体未该。①

"文"与"笔"的区别即已为"常言"，那就是大家都已接受的共识，文章中有韵为文，无韵为笔，范晔在《后汉书》中将自己所著有韵的"赞"称为"文"，无韵的"序"称为"笔"，显然已经是这种认识的具体运用；《南史·颜延之传》中也记载："帝尝问以诸子才能，延之曰：峻得臣笔，测得臣文"②，可见颜延之在这点上同刘勰的认识没有不同。不同之处在于"言"与"笔"的关系。也就是语言与文章之间的关系在当时还是存在争议的。范文澜先生在《文心雕龙注》中认为颜延年所谓"笔之为体，言之文也"盖谓：直言事理，不加彩饰者为言，如《礼经》《尚书》之类是；言之有文饰者为笔，如《左传》《礼记》之类是。③ 据此来看，在颜延年看来，"言"与"笔"都是在文本形态的前提下进行的区别，"言"是对日常人们所说的语言的简单文字记录，而"笔"却不那

---

① 范文澜：《文心雕龙注》，人民文学出版社 1958 年版，第 655 页。
② （唐）李延寿：《南史》，中华书局 1975 年版，第 879 页。
③ 范文澜：《文心雕龙注》，人民文学出版社 1958 年版，第 658 页。

么简单，已经有了一定的书面语言修饰意识，比口头语言的简单记录要多一些有意识的文本写作技巧。经典一般是记录圣人之言的，为了不损害圣人之意，不宜多用修饰技巧，因此属于"言"的范畴；而传记是后来的作者有意为文，便有了修饰的意味，成了"笔"。所以颜延年所谓的"言"和"笔"的差异，实际上指出的是文章中注重语言艺术性、审美性与否的差别。

　　而刘勰对他的反驳则建立在对前提的不同理解之上，在刘勰的观念中，"言"就是指存在于人们口中的语言现象，如《乐府》中："匹夫庶妇，讴吟土风，诗官采言，乐盲被律。"① 很明显，此处的"言"就是指流传在人们口头上的歌谣；而"属翰为笔"，就是指以文字形态存在于纸、帛、金、石等载体之上的篇章。二者的共同前提是语言，区分标准是载体的不同，一为语音，二为文字。在他看来，"言"与"笔"，均可以有"文"，而他所谓的"文"，是广义的"文采修饰"之意，言语和文本中均可以存在。"经"和"传"虽为两种文体，区别却只在内容方面，所述内容为恒久不变的真理，是经，阐发申述经旨的，是传。二者却都是从语言形态产生，转化为文本形态的。文本形态作为记载口头语言的工具，其中的文采修饰程度却不确定，有时弱一些，有时强一些。他用了一个简单的例子，以《易》之《文言》来说明六经并非缺乏文字修饰的简单记录，推翻了颜延之"经典则言而非笔，传记则笔而非言"的命题。但却无法以此为证，推翻颜延之对艺术性强的文本与只求表意，不讲美感的文本作出区别的合理性。因此，在这一争论中，刘勰与颜延之各有其独擅之长：刘勰能够认识到在对同一内容的表述上，其形态具有口头形态与文本形态的区别。这一点作为对文章基本形态的讨论，陆机在《文赋》中的确未加关注，因此刘勰"实体未该"的评价是对的。

　　但是刘勰既然已经在此认识到了口头形态与文本形态的区别，何以在论及"说"时，却又将二者混为一谈？"说"作为"论文叙笔"之一种，"不专缓颊，亦在刀笔"，说明在刘勰眼里，"说"主要是一种话语类型，不论是口头形态还是文本形态，都影响不到它的存在实体。这与他在前述《总术》篇中自以为得意的"言""笔"之分相矛盾。

　　《文心雕龙》中有不少从先秦典籍中梳理早期文体的研究方法，特别

---

① 范文澜：《文心雕龙注》，人民文学出版社 1958 年版，第 101 页。

是在追溯各个文体的早期形态时，基本上都能通过典籍追溯到该文体无文字时的言语形态。如《明诗》中说"至尧有《大唐》之歌，舜造《南风》之诗"①，尧歌《大唐》，事载《尚书大传》；舜造《南风》，歌见《孔子家语》。祝盟、铭箴、诔碑等莫不如此。在这些论述中，虽然都将这类文体的上限追溯到无文字书写之时，但其目的是借此说明该文体形成的渊源，是某种特定的话语行为，这种话语所具有的特征及其命名，影响了后来具有同样功能的文本的特征及其命名。这一工作主要是在"原始以表末，释名以章义"的层面上展开，而在后续的"选文以定篇，敷理以举统"时，往往能以后世有明确作者的作品为代表，结合此前溯源的成果，确定该文体的主要特征。因此，他所举出的该文体前文字时期的例子，主要目的是从文本的话语渊源来说明现存文体的特征，而作为此类文体的主体还是大量存在的文本。在两种不同质的事物间，存在时间上的承继和功能上的相似，以此说明早期的事物对晚期事物之间的影响，虽然未必严密，但在逻辑上是可行的。但在论述"说"体时，却与此不同，他不但在追溯渊源时以经典中记载的片段为例，而且在"选文以定篇"方面，仍然以典籍中的记载为主，如伊尹论味，太公辨钓，烛之武退秦师，子贡退齐存鲁，张仪苏秦合纵连横，汉代陆贾、张释之、杜钦、楼护与君主的议对等，都并非当时为人所习用的文体，也没有独立成篇的文本形态，而是存在于后世目为史传类的典籍，如《春秋左氏传》《国语》《战国策》《史记》《汉书》等书中，作为人物语言被写下的，不具有独立的文章形态。

文本形式的"说"，是陆机没有涉及的，但也不是没有问题。刘勰以"亦在刀笔"，举范雎、李斯、邹阳、冯衍上书言事之文，视为"说"作为话语进入文本后的形态，而事实上，这些文本在当时已属于秦汉以来形成的章、表、奏、启等文体，从名称到属性，都已经发生了根本性的变化。《文心雕龙·奏启》中对这种关系也说得很明白："昔唐虞之臣，敷奏以方；秦汉之辅，上书称奏。"② 因此，"说"作为早期口头话语形式，与秦汉以来章表奏启类，在早期具有相同功能的话语渊源是可以理解的，但要将其视为文体形式，进入与后世章、表、奏、启并列的"文体研

---

① 范文澜：《文心雕龙注》，人民文学出版社1958年版，第65页。

② 同上书，第421页。

究",便成为很可疑的事情。

后人也都认识到了口头形态的"说"与"奏启"之间的承继关系。唐代刘知几《史通·言语》云:"战国虎争,驰'说'风涌。……逮汉魏以降,周隋而往,世俗尚文,时无专对,运筹尽策,自具于章表;献可替否,总归于笔札。宰我子贡之道不行,苏秦张仪之业遂废矣。"① 近人章太炎亦云:"'说'者,古人多为口说,原非命笔之文。""七国时游说,多取口说,而鲜上书。上书即'奏'也。"②(《国学讲演录·文学略说》)二人都认为,先秦的"说"与后世的章表有着话语功用上的一致性,都是臣子用来对君主讨论国事的语言,先秦为口说,后世渐成奏章,二者存在方式上有着口头形态与文本形态的区别。

秦汉以后,由确定作者创作为文本的章表奏启,虽然与先秦的话语活动"说"在功能上有一致性,在创作风格上有一定的继承关系,但其名称乃至具体形态都与"说"有了很大的不同。因此,对于前人所论及的"说"所指称的对象,本书赞同陆机和萧统的意见,认为以限定在先秦时期,特别是战国时期的谋臣辩士之说为宜。对于这些说辞的性质,本文也赞成前人的观点,认为它们主要是以口说的形式出现的,因此不属于文章的范畴,充其量,只能算是一种颇具技巧性的说话艺术。因此,萧统的疑其"事异篇章",不具有出现在文学批评中的资格,哪怕这一"文学"是中国传统的大文学概念,也无法将不具有文本形态的"说"列入其中,更遑论及它的文体?

综上所述,刘勰所提到的"说"的两种形态,在作为文体审视时,都是值得商榷的。先秦口头言辞形态的"说",如果是非文本的,就不应进入"文体"的范畴中被讨论;如果它有被记录下来的文本形态,却寄生于史传、诸子等散文中,不能被视为独立完整的文章。按刘勰所说,它本身后来发展为文本形态,即由口头陈说变为上书陈辞,那么从文体上讲,就成为后世所熟知的奏、启之类,再将其命名为"说"体,就是重复命名,变得没有意义了。刘勰无意识地在论及"说"体时继承了陆机混淆口说与文本的模糊认识,虽然在《文心雕龙》中使"说"得到了专论,却仍然没有辨清其文体属性,而将其简单地归入了论理文类中。

---

① 刘知几:《史通》,岳麓书社 1993 年版,第 51—52 页。
② 章炳麟:《国学讲演录》,江苏文艺出版社 2007 年版,第 212 页。

在这个问题上，萧统与陆、刘二人不同，他意识到了此类文本与他所要选取的"篇章""篇翰"的区别："若贤人之美辞，忠臣之抗直，谋夫之话，辩士之端"，固然"冰释泉涌，金相玉振"具有像破冰涌泉一样的说服力，金子和华丽玉鸣般动听的美感，但"虽传之简牍，而事异篇章，今之所集，亦所不取"。意识到了说辞与文章之间的根本不同。

（二）第二个问题，对先秦"说"体文本形式的完整性及其载体的模糊认识

对这个问题，在三人中，独萧统有所意识。他在《文选序》中解释《文选》何以不录此类"贤人之美辞，忠臣之抗直，谋夫之话，辩士之端"时，说它们虽然"事美一时，语流千载"，但"概见坟籍，旁出子史，若斯之流，又亦繁博，虽传之简牍，而事异篇章"。也就是说，这些言辞在属性上相当驳杂，虽然也是以文字方式流传，却与时人所谓"篇章"的概念不同。从这句话里，可以见出萧统与刘勰、陆机不同，他之所以不用"说"来概括这类文本，是因为他意识到作为"事"与"语"并重的"说"，在文本形式上与其他"篇章"不同。他质疑的对象很明确，正是说体文本的存在形态。这一点，是陆机与刘勰都未曾涉及的内容。

萧统所谓的"篇章"，即文章。"文章是反映客观事物的组成篇章的书面语言，是社会发展的工具。"文章的形式，"是组成篇章；它的上位概念，是书面语言"[1]。在《论语》中出现过"文章"，但其意为文采。至汉代《史记·儒林传》中的"文章尔雅，训辞深厚"，"文章"才开始有了以书面语言组成篇章的文本之意。至魏晋，"文章"观念开始确定，曹丕《典论·论文》"盖文章，经国之大业，不朽之盛事"，任昉《文章缘起》，北齐颜之推《文章篇》中的"文章"，其义均指组成篇章的书面语言。[2]

就先秦说体而言，能够接触它的口头语言形式的，只能是当时的人，至汉魏晋以后，陆机等人所了解的说辞均是通过书面语言形态的文章达到的。这种载有说辞的书面语言为何在萧统看来无法称为"篇章"呢？根据前面张寿康先生对"文章"所做的定义来看，要成其为文章，必须具

---

[1]　张寿康：《文章学导论》，湖北教育出版社1985年版，第9页。

[2]　同上书，第9页。

备三个要素:一是内容上要能反映客观事物;二是形式上要能组成篇章;三是语言形式上是书面语言。载有说辞的文本具有第三个条件,即拥有书面语言形式,是确定无疑的,但在前两个条件上,即是否能完整反映客观事物和组成相对完整篇章方面却并非完全吻合。因此,不被萧统视为篇章,是非常合理的。

《文心雕龙·章句》中说:"夫设情有宅,置言有位;宅情曰章,置言曰句。故章者,明也;句者,局也。局言者,联字以分疆,明情者,总义以包体,区畛相异,而衢路交通矣。夫人之立言,因字而成句,积句而成章,积章而成篇。"① 虽然是在说文章整体与其中的语言结构之间的辩证关系,但我们也可以从"设情有宅""故章者,明也""明情者,总义以包体""积句而成章,积章而成篇"等句中领会刘勰对文章整体性的把握。也就是说,在刘勰看来,文章是用来表达思想情感的一个完整结构,如果思想情感没有表达清楚,或语言结构不完整,都不能被视为严格意义上的文章。汉代王充也曾说过:"文字有意以立句,句有数以连章,章有体以成篇。"②(《论衡·正说篇》)也将文章理解为一个由字—句—章—篇不同层级语言材料构成的一个整体。构成文章的是由字到篇的语言材料,但反过来,并非把语言材料按照这个次序组织起来的书面语言形式都是文章,这些语言材料需要"根据表达内容的需要,按照一定的章法将语言文字合理地组织在一起,才能构成一篇结构完整的文章"。③ 绝大多数的先秦说辞的文本形式,正是在内容与结构的完整性上有所欠缺,无法被纳入"文章"的范畴中去。

如刘勰在《论说》中所举的最简单的一个例子"烛武行而纾郑",事载《左传·僖公三十年》。如果像六朝人一样,将"说"体理解为说辞,其文便是记载于《左传》中烛之武的语言:

　　秦、晋围郑,郑既知亡矣。若亡郑而有益于君,敢以烦执事。越国之鄙远,君知其难也,焉用亡郑以陪邻?邻之厚,君之薄也。若舍郑以为东道主,行李之往来,共其乏困,君亦无所害。且君尝为晋君

① 范文澜:《文心雕龙注》,人民文学出版社 1958 年版,第 570 页。
② 王充:《论衡》,上海古籍出版社 1990 年版,第 266 页。
③ 王凯符:《古代文章学概论》,武汉大学出版社 1983 年版,第 2 页。

赐矣，许君焦、瑕，朝济而夕设版焉，君之所知也。夫晋何厌之有？既东封郑，又欲肆其西封，若不阙秦，将焉取之？阙秦以利晋，唯君图之。①

　　如果不了解相关情况，这段文字会让读者很费解。乍看上去，更像残篇断简，而非一篇文章。从语气上，能看出来这是一段对话，发生在为郑国利益争取的说客与秦国君主之间。说者的目的是通过痛陈利害关系，挑拨秦晋两个盟友之间的关系，以打消听者的军事进攻意图。利害分析层层深入，处处从秦国利益出发，对听者而言具有很强的说服力。但仍然有很多的背景材料缺失，如说者与听者的明确身份，事情发生的时间、地点、前后相关缘由等，读来颇为突兀。这段说辞，作为书面语形式中的谈话语体，其特征之一是有很多省略现象。"在谈话语体中，由于谈话参加者的言语互相影响、互相衔接，在具体的言语环境中每一个言语片断之间、言语片断与语境之间都有相当程度的互补性、依存性。正是在这种具体的语境中，有谈话的生动情景，如手势、表情，特定场合和谈话双方的互相了解程度等的补充，所以在谈话语体中有很多省略现象。"② 这些省略，使这段文字虽然具有了内容上的相对完整性，但在结构上，无头无尾，缺乏完整性，无法被看作完整的一篇文章，最多只能被看作从其他文本中摘取的片段。
　　但如果把它放在相对完整的原文中，就会很容易被理解：

　　九月甲午，晋侯、秦伯围郑，以其无礼于晋，且贰于楚也。晋军函陵，秦军汜南。佚之狐言于郑伯曰："国危矣，若使烛之武见秦君，师必退。"公从之。辞曰："臣之壮也，犹不如人，今老矣，无能为也已。"公曰："吾不能早用子，今急而求子，是寡人之过也。然郑亡，子亦有不利焉。"许之，夜缒而出，见秦伯，曰："秦、晋围郑，郑既知亡矣。若亡郑而有益于君，敢以烦执事。越国之鄙远，君知其难也，焉用亡郑以陪邻？邻之厚，君之薄也。若舍郑以为东道主，行李之往来，共其乏困，君亦无所害。且君尝为晋君赐矣，许君

---

① 李梦生：《左传译注》，上海古籍出版社 2004 年版，第 318—319 页。
② 王德春：《语体略论》，福建教育出版社 1987 年版，第 37 页。

焦、瑕，朝济而夕筑版焉，君之所知也。夫晋何厌之有？既东封郑，又欲肆其西封，若不阙秦，将焉取之？阙秦以利晋，唯君图之。"秦伯说，与郑人盟，使杞子、逢孙、杨孙戍之，乃还。①

有了这些相关情况的介绍，读者就能明白说者是郑国的烛之武，于秦晋重兵压境的危难之中受命，以三寸不烂之舌去说服秦伯，救国难于水火之中。看他对秦伯的说辞，处处替秦国考虑，以利动之，最终达到秦伯被说服，"与郑人盟"而撤军的效果。晋军在看到秦军撤退之后，也撤退回国，郑国之围遂解。有了这些具体情形的交代，说客烛之武的形象及其言辞的意义都超出了言辞本身所包蕴的字面意义凸显出来，与刘勰认为"说"的特征在于"必使时利而义贞；进有契于成务，退无阻于荣身"相吻合。

萧统在《文选序》中，不录经典，是由于这些经典"与日月俱悬，鬼神争奥。孝敬之准式，人伦之师友。岂可重以芟夷，加之剪截"？出于对经典的尊重，不以其中某些篇目能文而加以剪裁；不录诸子，是由于诸子之书"盖以立意为宗，不以能文为本。今之所撰，又以略诸"。诸子之书重在论理，其意并不在文采的修饰，因此不予选取；不录史传系年之书，是由于它们"方之篇翰，亦已不同"，只重记事，与当时所谓能文之书，颇为不同，但其中的"赞""论""序""述"都是史家以能文之笔，抒一己之思的文章，具有"综辑辞采""错比文华"的特点，因此可以加以选录；但不录说辞之文，并非由于以上原因，而是由于它没有独立的文本形式，往往存在于其他典籍和诸子、史传之书中，"概见坟籍，旁出子史"，虽然这样的文辞很多，也都是通过文字流传下来的，却因为其体制与文章有所不同，而不加选取。刘勰将说体文分为两类，一类是"专在缓颊"，即通过面陈口说为载体的说辞；另一类是"亦在刀笔"，即通过文字文本为载体的说辞。萧统所不录的，即是前者，对于后者，这些以文字为载体的说辞，由于其本身在诞生之初，即具有较为完整的文本形态，当它们被史家以原始材料的方式录入史书后，仍然能够被后人从史书文本中剪裁下来，加以简单说明，编入《文选》"上书类"中，如李斯的《上秦始皇书》，裁自《史记》；邹阳《上书吴王》《狱中上书自明》裁自

---

① 李梦生：《左传译注》，上海古籍出版社 2004 年版，第 318—319 页。

《汉书》等。

六朝的文体观念，是建立在对文章的整体性认识基础上的，自身便包含将文章视为一个相对独立的，由各部分所组成的有机整体的含义。刘勰所持的"文体"观念，其具体所指虽然有所不同——或泛指一般文章之体，或专指某类文章之体，或特指经典文章之体，但显然都是将其作为文章整体来看待的。① 以具有完整结构的文本作为研究对象，自六朝以来，都是中国文体研究的前提。先秦说辞的口头形态不属于文章，在记录它的典籍及诸子史传之书中以文字形式存在的说辞，又不具有完整文章的内容和结构特征，那么它与六朝时期所形成的"文体"概念便自然有所抵牾。这些先秦说辞，严格意义上来讲，是不应该被列入诸文体之列的。刘勰虽然在陆机的基础上，分清了说体的口头形式与文本形式，但还是没有意识到，先秦说辞的文本形式并非后世专以文本形式对君主进行劝说的书、表体，不具有进入文体分类领域的资格。

（三）第三个问题，是对其文本在整体上属于记"言"体还是记"事"体的模糊认识

既然在陆机和刘勰的观念中，先秦的"说"是一种社会话语活动，对其特征的总结自然就以这种活动为中心来展开。在他们看来，"说体"最大的特点就是它所能产生的社会功用和现实效果。陆机虽然没有明确地强调说体的功效性，但实际上已经暗含于对说体特征的表述中。《文赋》李善注云"说以感动为先"，五臣注云"务感人心"。刘勰则比较明确，以为说的功效在于"进有契于成务，退无阻于荣身"，从为公的角度看，可以有助于成就国家之利；从为己的角度看，能够使说者功成名就。

实际上，这一功效单单通过对游说者言辞的记录是无法体现出来的。说体既然被理解为说辞，同时又具有这样的特点，在进入文本后，要想保持说的这一特点，就不能单单只记录游说这一社会性话语活动中的言辞，还要加入一些相关说明，才能够体现出它的社会功效性。这样就使文本形式的说辞在文体上，不能只是对说者言辞的文字记录，还要包括对这次话语活动背景的介绍，其间的对话情景及其后效果的叙述，因此，说体文的写作动机，虽然以记言为目的，但落实到具体的文章结构和特征上就不得

---

① 姚爱斌：《有特征的文章整体与有特征的语言形式——中国古代文体论与西方 Stylistics 的本体论比较》，《郑州大学学报》（哲学社会科学版）2007 年第 1 期。

不变成记事之文。

事实上也的确如此，考察刘勰、萧统所举"说"体之例，发现载有这些说辞的文本，均具有说辞与人物事件介绍相结合的文本结构，从而使说辞意义与事件背景密不可分。

先看刘勰所举之例。刘勰在《论说》中举例道："伊尹以论味隆殷，太公以辨钓兴周，及烛武行而纾郑，端木出而存鲁：亦其美也。暨战国争雄，辩士云踊；从横参谋，长短角势；转丸骋其巧辞，飞钳伏其精术。一人之辩，重于九鼎之宝，三寸之舌，强于百万之师。六印磊落以佩，五都隐赈而封。……"

伊尹之事：夏商之际的名臣伊尹以论味来论天下大事，说服汤举事灭夏，其事今见《吕氏春秋·本味》。

太公之事：商周之际，周文王访姜子牙于渭水之上，子牙以论钓起论天下之事，深得文王之心，遂辅佐文王成就大业。事见《六韬》与《史记·齐太公世家》。

烛武之事：秦晋围郑甚急，郑伯使烛之武夜见秦伯，说之以秦晋之利，秦伯乃与郑人盟而去。事见《左传·僖公三十年》。

子贡之事：齐将伐鲁，孔子使子贡出使齐、吴、越、晋各国，使齐不伐鲁。事见《史记·仲尼弟子列传》《越绝书·陈成恒内传》《墨子·非儒》《孔子家语·屈节》等。

六印五都之事：六印，指苏秦曾以游说六国诸侯，佩六国相印，"为纵约长，并相六国"，事见《史记·苏秦列传》；五都，指张仪游说诸国连横，"秦惠王封仪五邑，号曰武信君"，事见《史记·张仪列传》。

再看萧统所举之例。萧统在《文选序》中举例为："坐徂丘、议稷下，仲连之却秦军，食其之下齐国，留侯之发八难，曲逆之吐六奇。"

仲连之事：战国时期，长平之战后，秦围赵之邯郸。有客说平原君帝秦以缓围城之难，鲁仲连见客而论不帝秦，"秦将闻之，为却军五十里"，事见《战国策·赵策三》之"秦围赵之邯郸"则及《史记·鲁仲连邹阳列传》。

郦食其之事：秦末汉初，汉王刘邦派郦食其为说客，瓦解齐王斗志，使其归顺汉王。事见《史记·郦生陆贾列传》。

留侯之事：汉三年，郦食其劝刘邦分封六国之后，已刻印矣，张良至而发八难，说明此时非彼时，不宜再分封六国，言毕，"汉王辍食吐哺，骂曰：'竖儒，几败而公事！'令趣销印"，事见《史记·留侯世家》。

曲逆之事：陈平被封为曲逆侯，据说常常为刘邦出谋划策，"凡六出奇计，辄益邑，凡六益封"。但"奇计或颇秘，世莫能闻也"，故无法传诸后世。事见《史记·陈丞相世家》。

综观以上各事，虽然被后人称道的是主人公的言辞，但这一言辞之所以能被人们看重，流传千古，其原因却不仅仅在于言辞本身，而在于该言辞所产生的效果及其重要的社会影响力。而这些效果和社会影响力要想表现出来，为后人所知，单靠记录言辞本身是做不到的，必须要把言辞放在相互关联的社会背景中，交代清楚它的前因后果才能凸显出来。文本要表现这些，就不可能只是言辞的说理性质，而在整体上具有了记事的框架特征。事实上，这些关联要素也正是在文本中得以体现和存在的。从以上刘勰、萧统所举的具体例证来看，都是如此，文本中没有纯粹记言而不叙事的。言辞虽然是文章的重点，但也需要靠前后相关人物事件的叙述才能交代清楚，单纯的记言，没有相关的事件始末，这样的文本并没有被刘勰、萧统选中，作为"说体"的典型之作。

如所谓鲁仲连却秦军之事，文章的一开始，交代了秦围赵邯郸的紧迫形势及赵国执政者平原君在说客辛垣衍的鼓动下欲向秦屈服以退兵的犹豫，在这样的背景下，恰好游于赵国的鲁仲连自告奋勇，出来当面与辛垣衍辩论，说明不能认可秦称帝的原因，使对方折服，甚至"秦将闻之，为却军五十里"。如果没有这些前后情节的铺垫，其他人物作为被说服方的出现，只是将鲁仲连的说辞单列成篇，虽然也有可圈可点的精彩之处，但其感染力就大打折扣了。据《汉书·艺文志》诸子类儒家诸典籍中，有《鲁仲连子》十四篇，但均已亡佚。从传播的效果上看，这些专门记载鲁仲连言论的文章，远远比不上载于说体文中，与其传奇事迹一起被记录的说辞影响深远。可以说，没有这传奇的事迹，这些言辞本身是没有什么传奇性的。

以上所述各个说辞的存在形态，从文本上看，没有一个是对言辞所作的单纯记录，相反，都是包含时间、地点、主要对话者、次要对话者等人物、对话发生的前因后果等情节在内的叙事文本。刘勰所理解的话语活动之"说"，如果想具备列于"文体"之林的资格，必须落实在这样的文本中，即作为游士说客的言辞，是与整个事件一起存在的。离开了事件的前因后果，人物对话，单独的言辞不具备独立文体的意义。与当代小说中的人物对话一样，既没有独立完整的文本存在形态，也没有一个相对独立稳定的文体结构。

"说体文"得到刘勰等魏晋时文体学研究者的注意，将其从论体中分列出来，显然是更多地注意到了这类言辞特点所达到的效果：首先是说服与说者对话的人；其次，对社会现实生活产生真正有意义的影响。但是他们忽略了一个基本事实：这个效果就文本而言，并非存在于文本之外，而是与说辞紧密相关地存在于同一个文本中的，这类文章的核心内容是记载了游士的说辞；但就文体而言，却是以说辞为核心的叙事文。因此，刘勰所总结的说体特征"时利而义贞""披肝胆以献主，飞文敏以济辞"等，都是针对这些具有说服力的游士之词而作的总结，并非对记载说辞的这类文体的特征概括。而这些游士之词，从其本质上来讲，并非文章，而是人类社会生活中一种独特的语言活动。能够具有相对独立性而被视为文体的，只能是这些说辞寄寓其中的文本。

三　魏晋南北朝说体文名实校正

有趣的是，与唐以后的研究者，以"说"命名的篇目来确定说体文的思路不同，魏晋南北朝人所谓的"说"与他们之前继承的以"说"命名的文章典籍无关。

以"说"命名的文章，最早出现在《周易》"十翼"当中，名为《说卦》，意为对周易卦象和爻辞的解释说明。"十翼"为孔子之作，最早据《史记·孔子世家》载："孔子晚而喜《易》，序《彖》《系》《象》《说卦》《文言》。"① 但自宋代欧阳修《易童子问三》中发生质疑，认为是孔子后学所作以来，经学术界多方考证论辩，《十翼》非孔子所作已为绝大多数学者公认。今人潘雨廷所论颇有说服力："孔子之读《周易》，未必有韦编三绝之事，亦未必作《十翼》，……及战国而逐步形成十翼，始能大幅度提高《周易》的学术价值。考《十翼》作者，既非一人，亦非一时。以长沙马王堆发现的汉初帛书《周易》观之，卦次不同于《序卦》，于《十翼》的十篇，差别甚大，篇数亦非十，有少于今本者，亦有

---

① 杨燕起：《史记全译》，贵州人民出版社 2001 年版，第 2221 页。

今本中所无者。可见战国时代，作翼以解释两篇的《易》学者甚多。"①

先秦典籍中，《论语》和《老子》的时代较早，还未出现独立的文章题目，不存在以说命篇的问题。《墨子》中始有文章题目出现，其中有《经说》上下篇，是对《经》上下篇的解释说明；《庄子》中有《说剑》一篇，记载了庄子以道说服赵文王停止斗剑取乐之事，"说剑"之名可以理解为对剑道的解说。《列子》中有《说符》篇，内容是列子观点及证明此观点的小故事的集合，"说"也是解释说明之意。《吕氏春秋》中有《顺说》篇，意为顺势而说（对君主进行游说），《韩非子》中有《说难》《说林》《储说》之名，其"说"均是指对君主进行的"游说"。以此来看，先秦时期，用作篇名的"说"只出现在战国中后期，有两种义项：一是指解释说明，二是指战国策士游说之事。

汉代，以"说"命篇的著作与以"说"命篇的文章开始分化。著作类有《说苑》，《说文解字》，解释《诗经》的《鲁说》《韩说》，《中庸说》，解释《论语》的《齐说》《鲁夏侯说》等，除了《说苑》中的"说"是指游说之事以外，著作名中的"说"都是解释说明的意思。东汉个人创作之风兴起，单篇文章开始有以"说"命名的文章出现。范晔在《后汉书·翰林传》中所存"（冯衍）所著赋、诔、铭、说、《问交》《德诰》《慎情》、书记说、自序、官录说、策五十篇，……"② 可惜这些文章都散佚了，无法了解当时冯衍所著原文的面貌。今天能看到的最早以"说"命篇的文章是曹植的《籍田说》《髑髅说》，虽以论述道理为主，但与其以"论"命名的篇目相比而言，还保留有先秦说体的叙事框架。此后，文人或以能诗能赋为事，或以能作章表书奏见长，作论著说者日稀。在这样的创作背景下，随着魏晋南北朝文体论的兴起，"说"作为非主流文体之一种，也进入了当时文体研究者的视野。

但是，魏晋南北朝说体的提出及其特征总结，所针对的主要对象，却绝非以上所及那些以"说"命名的文章及著作，而是与它们无关的先秦辩士的游说之辞。这种情形，使六朝人所谓的先秦"说体文"概念，在文本的层面上，存在一个需要校正的对应文本形态。

首先，刘勰、陆机所谓的"说"，与并列的其他文体不同，所指称的

---

① 李道平撰，潘雨廷点校：《周易集解纂疏·前言》，中华书局1994年版，第2—3页。

② 范晔：《后汉书》，中华书局1965年版，第1003页。

并非文本形态而是某类言辞，前面论述已详。这就使他们的"说"在指称某类文本的时候，失去具体目标。从逻辑上讲，就像用"大象、狮子、斑马"来对艺术品进行分类命名一样，其名称只意味着作品中的内容特征，而无法用以概括其形式特征。因此，"说"与其他兼有内容和形式特征的文体形态并举，便显得格格不入。

其次，即使魏晋六朝"说"类文体的划分标准，是文章的内容特征，但就其文本的可理解性来看，用来表现那些说辞的书面形式，也应该具有相对的独立性和完整性，使读者能够从文本中将其辨识出来。人类口头言语活动中的许多类型，自身就具有这种整体自足性，如歌手演唱一首歌中的歌词，讲述的一个故事，如果该种语言的语音都有相对应的字符，则用来记录歌词与故事的文字整体，如果能大致做到与口头形态相差不远，就应该具有相对独立完整的文本形态，形成"诗"或"故事"的完整篇章。可是"说"这种言辞并非这类言语活动，是口头语中的谈话语体，而谈话语体，在日常使用中，本身就具有省略现象，①单纯地以文字符号一一对应地来记言辞，所形成的文本，并不是可以立即拿来被阅读的文本，而是需要添加一些相关情况的介绍，才能成为可理解的文本，具有文章的完整性，被读者理解。这样，单纯对"说"这一话语活动的记录，就无法直接指称某种相对应的文本，而只能在那些相关的文本形态中去筛选。这一工作，陆机没有做，刘勰做了一点点，但也只是简单地把"亦在刀笔"的言事之文划入了"说"的范畴，给后人的研究留下了相当大的空白。

最后，考较先秦与"说"这种话语活动中的言辞关系最直接的文本形态有两种，一种是对说辞的简单记录。这种记录相当于最早记言的材料，最合适的文体是如《论语》中大多篇目那样，以"某某曰"开头的语录体，这种文体在《尚书》中也有，说明它是最早的记言材料文本形态。或者表现为《孟子》《墨子》等诸子书中的对话体。另一种是说话者本人，将自己准备表述的意思以文本的形式表现出来，这种形诸文字的文本，具有相对独立的完整性和相对稳定的模式，如《战国策》中的上书开篇多以"臣闻……"起头，这种臣子与君主讨论国事的文体，在战国时称为"上书"，秦时称为"奏"，汉以后细分为"章""奏""表""议"。但是考察先秦文本事实，前一种与说相关的文本形态，即语录体

---

① 王德春：《语体略论》，福建教育出版社 1987 年版，第 36—37 页。

与对话体所承载的内容，显然不是六朝人眼中的"说"；而六朝人所指称的经典说辞，事实上也都并不具有对话与语录体的文本形态，因此这一文本形态与六朝人的"说"体概念无法对应，刘勰、陆机所谓的"说"不是指这类文本。后一种与说相关的文本形态，在《文赋》中，已有"奏"这一名称；在《文心雕龙·章表》中更有详细总结，体现出它已经是一个相当稳定、合理的概念，早已为当时人接受。论者用"说"来复指已经归纳的同一类文本，在准确性与规定性上，显然不如"上书""奏""议"等名称来得贴切，因此，对于指称这类文本，"说"根本是个多余的无意义概念。

因此，魏晋南北朝人的"说"所指称的话语活动类型，既然依然能被后人在文本中所捕捉到，它的文本形态应当是另有所属，而最合理的文本形态，就是本书所捕捉到的先秦叙事性说体文。

第二章

原始以表末：先秦说体文的形成及演变

　　先秦叙事性说体文并非一朝一夕形成的。正如童庆炳所说："一种文学体裁的形成是长期的创作实践的结果，也是一代代人探索的结果，体裁犹如语言中的语法规则，不是某个人的规定，而是一种经过长期实践后的约定俗成。"① 先秦叙事性说体文的形成，也是在战国以前长期的书写传统与口说传统的共同影响下，经过长期的文本写作实践形成的。考察在它产生之前的书写与口说的语言传统，我们可以看到这种文本的要素逐渐出现并汇集起来，形成一种新文体的过程。这种文体具有相对的稳定性，其传世篇目在数量上也颇为可观，先秦许多文献典籍中都可以看到这一文体的存在。同时，它也在影响着新的文体的形成，如著名的史传散文《左传》与《史记》，特别是其中的文学成分，更是与说体文所开创的文本传统密切相关。

　　先秦以来的记言记事传统，形成了最早的汉语文本形态。特别是其中的记言传统及材料，构成后来说体文的主体内容。但仅仅是记事记言的材料，还无法形成叙事性说体文。在若干年后，所记材料前后相关事件已经被多数人遗忘的时候，补充背景介绍，以说明这一材料重要保存意义，便成为自然而然的必要举措。而这些语言的背景情况，却并非完全存在于记事的文本中，考察先秦文化传统，一种以非文字的口头讲授继承为主的记忆系统——口说传统浮出水面，这一传统所保存的记忆，恰好可以在说明文字材料时起到重要作用，于是，口说传统中的叙事被文本化，从一开始最简单的形态，一步步向复杂化迈进。

---

① 童庆炳：《文体与文体的创造》，云南人民出版社 1994 年版，第 107 页。

第一节　先秦记言传统与说体文的形成

一般认为，夏商时期的行政机构中，就已经有了史官。甲骨文中已有"史"字。据《吕氏春秋·先识》篇记载："夏太史令终古，出其图法，执而泣之，夏桀迷惑，暴乱愈甚，太史令终古乃出奔如商……殷内史向挚，见纣之愈乱迷惑也，于是载其图法出亡之周。"①终古、向挚即是夏、商末世的太史之名，从其所携"图法"来看，那时太史的职责之一就是负责保管文书典籍。此外，很少见到其他关于夏商太史的记录。周代的史官职责，除了如《左传·庄公二十二年》"周史有以《周易》见陈侯者，陈侯使筮之，遇《观》之《否》"②中所记，掌管天文术数、贞卜祭祀等活动以外，应该也继承了前代太史掌握文字记录及典籍保管等职责。由此看来，文字典籍的出现应当与史职的出现相一致。

文字典籍的出现，必须具备的一个前提条件，就是文字系统的形成。古文字学家认为，甲骨文已经是一种比较成熟的文字。根据甲骨文中已经有"聿"字、"册"字的情况看，当时的文字除了用于刻在甲骨及器皿上之外，还应当写在竹帛之上。《尚书·多士》篇中周武王给殷商遗民训话时说："惟尔智，惟殷先人有册有典。"据廉萍考证，此处之"册"，不是泛泛的文字，而是指一种专门用来册封诸侯的重要文件，即《左传·僖公二十八年》所载"王命尹氏及王子虎、内史叔兴父策命晋侯为侯伯"中的"策"。③既然殷商之际已经可以将策命的文字写在竹帛上，我们没有理由否认商代就已经可以在竹帛上记更多的东西。

这些著于竹帛的文字，所记录的内容，据《礼记·玉藻》所谓"动则左史书之，言则右史书之"的说法，大约无外乎与王有关的言行，从时代上讲，其上限应当早于西周建国。据《史记·晋世家》记载，"成王与叔虞戏，削桐叶为珪以与叔虞，曰：'以此封若。'史佚因请择日立叔

---

① 陈奇猷：《吕氏春秋校释》，学林出版社 1984 年版，第 945 页。
② 李梦生：《左传译注》，上海古籍出版社 2004 年版，第 147 页。
③ 廉萍：《西汉政事文章研究》，博士学位论文，北京大学，2000 年，第 11—12 页。

虞。成王曰:'吾与之戏耳。'史佚曰:'天子无戏言。言则史书之,礼成之,乐歌之。'于是遂封叔虞于唐"。① 儿时成王与弟弟叔虞的一句戏言,都被旁边的史官记录下来,视为成命。如果这一记载可信,那么周初天子"言则史书之"已成定例。周公既然可以将商代乐治②加以改革继承下来,也可能将其以文字用于政治的传统继承下来。由此看来,先秦记言传统应当比现在能看得到的文字记载的历史更早。在传世《尚书》中,据顾颉刚先生考证,《盘庚》篇为可信篇目中最早的一篇③,因此,至少在商代中期,就已经出现了用文字记载君主言行的文章。班固在《艺文志》中说:"古之王者,世有史官,君举必书,所以慎言行,昭法式也。左史记言,右史记事,事为《春秋》,言为《尚书》,帝王靡不同之。周室既微,载籍残缺。"④ 这一说法,也并非是没有根据的。对君主之行与言的记载,形成了最早的文本,并开始形成早期的文体。

一　记行之文

"君举必书"(《国语·鲁语上》),所书或为系年记事体史书《春秋》。现存影响较大的儒家"五经"之一《春秋》,是春秋末期孔子依据鲁国《春秋》修订的。在此之前,各国史官系年记事已颇成制度,其书均可称之为《春秋》。《墨子·明鬼下》为了证明鬼神自古即有,以周宣王冤杀杜伯,杜伯之鬼白昼射杀宣王一事记在竹帛,引证古书曰:"当是之时,周人从者莫不见,远者莫不闻,著在周之《春秋》。"此外还有"燕之《春秋》""宋之《春秋》""齐之《春秋》"⑤ 等。《国语·晋语》中也有:"司马侯谓悼公曰:羊舌肸习于《春秋》。"韦昭注云:"春秋,纪人事之善恶,而目以天时,谓之春秋,周史之法也。时孔子未作《春秋》。"《国语·楚语》中楚庄王问申叔时以傅太子之事,申叔时说:"教之《春秋》,而为之耸善而抑恶焉,以劝戒其心。"⑥《春秋公羊传》庄公

---

① 杨燕起:《史记全译》,贵州人民出版社2001年版,第1759页。

② 李壮鹰:《逸园丛录》,齐鲁书社2005年版,第44页。

③ 顾颉刚:《古史辨》,上海古籍出版社1982年版,第201页。

④ 班固撰,颜师古注:《汉书艺文志》,商务印书馆1955年版,第13页。

⑤ 孙诒让:《墨子间诂》,中华书局2001年版,第226、230、232、234页。

⑥ 上海师范大学古籍整理研究所:《国语》,上海世纪出版有限公司、上海古籍出版社1998年版,第528页。

七年解说孔子所修《春秋》中"夜中星霣如雨"时，说："非雨，则曷为谓之如雨？《不修春秋》曰：'雨星不及地心而复。'"① 提到《不修春秋》。唐代刘知几《史通》内篇《六家》中对先秦以《春秋》记史的传统进行了总结：

> 《春秋》家者，其先出于三代。按《汲冢璅语》记太丁时事，目为《夏殷春秋》。孔子曰：疏通知远，《书》之教也；属辞比事，《春秋》之教也。知《春秋》始作，与《尚书》同时。《璅语》又有晋《春秋》，记献公十七年事。《国语》云：晋羊舌肸习于《春秋》，悼公使傅其太子。《左传·昭二年》晋韩宣子来聘，见鲁《春秋》，曰：周礼尽在鲁矣。斯则《春秋》之目，事非一家，至于隐没无闻者，不可胜载。又按《竹书纪年》，其所记事皆与鲁《春秋》同。孟子曰：晋谓之《乘》；楚谓之《梼杌》，而鲁谓之《春秋》，其实一也。然则《乘》与纪年《梼杌》其皆《春秋》之别名者乎？故墨子曰：吾见百国《春秋》，盖皆指此也。逮仲尼之修《春秋》也，乃观周礼之旧法，遵鲁史之遗文，据行事，仍人道，就败以明罚，因兴以立功，假日月而定历数，藉朝聘而正礼乐，微婉其说，隐晦其文，为不刊之言，着将来之法，故能弥历千载而其书独行。又按儒者之说《春秋》也，以事系日，以日系月，言春以包夏，举秋以兼冬，年有四时，故错举以为所记之名也。②

刘知几作为著名史家，以为春秋作为记事之史，其传统可以追溯至夏商周三代，历代典籍中，均可发现此类书籍的存在。命名为《春秋》，依儒者之说，是因为此类书籍，多以日记事，又将逐日的记录，系于各月之中。说到春季，实际已经包含了夏季；说到秋季，也兼顾了冬季，一年有四季，因此以"春秋"为此类记事之文的名称。至今传世的《春秋》，虽经孔子修订，加入了褒善贬恶，微言大义的深刻内涵，但也只是"书法"，仅仅体现在字词与所书写事件的选择上，其"以事系日，以日系月"的记事体例，仍然沿用了传统的方法。《春秋》以年为目，如在"鲁

---

① 王维堤、唐书文：《春秋公羊传译注》，上海古籍出版社 2004 年版，第 115 页。
② 刘知几：《史通》，岳麓书社 1993 年版，第 2—3 页。

隐公三年”目下，作了这样的记载：

> 三年春，王二月己巳，日有食之。三月庚戌，天王崩。夏四月辛
> 卯，君氏卒。……①

三年，是鲁隐公在位年数；春，季节之名；王二月，周王所颁之历的二月；己巳，是中国古代干支记日法的日名；日有食之，有日食，是当时发生的比较重要，值得记载的事情。这种先记年，继之以月、日，然后是重要的事件的句子排列顺序，就是以《春秋》为代表的先秦记事体的主要范式。这种记事之体其来久远，章学诚《文史通义·书教下》：“观于《太古年纪》《夏殷春秋》《竹书纪年》，则本纪编年之例，自文字以来即有之矣。”② 作为记载重要事件的文献资料，应该是从文字诞生伊始就存在的。

二　记言之文

“言则右史书之”（《礼记·玉藻》），右史所记君主之言，今天能见其依稀面貌的，应当是存在于《尚书》《逸周书》及出土器物铭文之中的某些文本。就目前所见到的文献来看，从体裁特点上，大约可以分为渐进的三类。

第一类是最简单的记言，前面只有交代言论发表行为的句子，如“王曰”“王若曰”“周公若曰”等，然后通篇都是对他们所说言辞的记载。中间或因语气的停顿或意思的转换出现中断，然后接着以“王若曰”开始，继续记载他们发表的讲话。其中，“王曰”是对周王直接发表讲话的记录；“王若曰”多是由史官或大臣代王宣命③，是后世“奉天承运，皇帝诏曰”的早期形态。此类中的一部分在当时可以被视为政府公文档案，具有实际的社会统治功用。但从另一方面看，同时也形成了较早的文本范式。如《尚书》中的《大诰》《微子之命》《酒诰》《梓材》《无逸》《君奭》《立政》《君牙》《文侯之命》《费誓》《秦誓》等篇目均属于此

---

① 李梦生：《左传译注》，上海古籍出版社 2004 年版，第 11 页。
② 章学诚：《文史通义》，古籍出版社 1956 年版，第 15 页。
③ 参见陈梦家《尚书通论》，中华书局 2005 年版，第 165 页。

类。以《酒诰》为例：

> 王若曰："明大命于妹邦。乃穆考文王，肇国在西土。厥诰毖庶邦庶士越少正、御事朝夕曰：祀兹酒。惟天降命，肇我民，惟元祀。……"①

意思是说周王命令道："现昭告天命于妹邦城。你那尊敬的先祖文王，在西方创造了国家。他曾经从早到晚告诫附属的诸侯国君及各级官吏近臣说，只有在祭祀的时候，才可以用酒。上天降下福命，兴旺我国民众，因此只有重大祭祀时才可以用酒，……"《酒诰》之作，据《史记·卫康叔世家》所记，为"周公旦惧康叔齿少，……告以纣所以亡者，以淫于酒，酒之失，妇人是用，故纣之乱自此始。……故谓之《酒诰》以命之"。②康叔是周武王的少弟，管、蔡之乱后受封于殷故都所在地，行前，惧其年少，周公以王令形式发布了《大诰》《康诰》《酒诰》《梓材》等篇以助之。其中的《酒诰》可以说是一篇非常严厉的禁酒令，是当时政府发布的公文告示，其时就应该被写定为文字，后世以文本的形式流传下来，其改动的可能性比较小。但从文体角度上看，这篇文章有鲜明的"记载"痕迹，写下这些文字的人，只是记载者，而非作者。因此屡屡以文首注明"某某曰"的形式，来提示所记之言辞的归属。《逸周书》中的《商誓》《官人》《芮良夫》（此篇为芮良夫言辞记载）等也属于此类。

第二类是在记载言辞之前，还用简单的笔墨交代了发布这些言辞的相关情况。包括发布言辞的原因、言辞的发布者和倾听者，有时也记录倾听者的言辞，形成了初步的对话。此类文章，很有可能是事后追记，其中所记的言辞，或许从第一类材料中得来，但已经过了不同程度的加工。如《尚书》中的《盘庚》篇：

> 盘庚迁于殷，民不适有居，率吁众戚出矢言。曰："我王来，既爱宅于兹，重我民，无尽刘。……"盘庚教于民，由乃在位，以常旧服，正法度，曰："无或敢休小人之悠箴。"王命众，悉至于庭。

---

① 李民、王健：《尚书译注》，上海古籍出版社2004年版，第270页。
② 杨燕起：《史记全译》，贵州人民出版社2001年版，第1698页。

　　王若曰："格汝众，予告汝训汝，……"①

　　《盘庚》所记之事，是商王盘庚为了迁都，对民众加以劝说的言辞，但是其成文时代，众说不一。从文体来看，张西堂先生所持西周初年说比较贴近实际，②认为是西周初年统治者为安抚殷民，所作的追忆性文献。故而此文一开始，便先介绍盘庚演说的背景，是在已经迁都之后，他的民众不喜欢新都的生活，因此，盘庚把贵戚大臣招来，让他们外出告谕民众说："我们的君王到这里来，已经把居住地也迁到这里，这样做是因为重视百姓的生命，不让他们在原来的地方坐以待毙……"除了这些教导民众的话，盘庚还在言辞中告谕贵戚大臣，要效法先王的旧制，饬正法纪，他说："不要有人敢将我规诫民众的话隐藏起来。"于是商王命令负责传话的贵胄众戚，都到王庭中来。王说道："过来，你们大家，我要告诉你们训诫你们，……"

　　这类记言文占《尚书》中可信篇目的大多数，如《微子》《泰誓》《牧誓》《洪范》《旅獒》《康诰》《召诰》《洛诰》《多士》《多方》《毕命》《吕刑》等。出土文物也能用于证明此类记言体在西周时期的普遍存在。现藏中国历史博物馆的大盂鼎，道光初年出土于陕西，被大多学者认为是西周康王（武王之孙）时期器物，其内壁有铭文 292 字，记载了康王对其大臣盂的训诰和赏赐：

　　　　惟九月，王才宗周令盂，王若曰："丕显文王，受天有大令，在武王嗣文作邦，辟昏匿，匍有四方，畯正其民，在于御事酉酒无敢湛。有祭烝祀无敢醻。……"③

　　意为时在九月，王在宗周命令盂（人名），王说："功业非常显赫的文王，得有天命，当初武王继承文王兴邦建国，排除奸慝，拥有四境之地，改造那里的民众，使他们那些办事的人手里有酒却不敢喝醉，在允许饮酒的祭礼中，也不敢多饮，等等。以殷朝亡于酒的教训，训诫即将走上重要

---

①　李民、王健：《尚书译注》，上海古籍出版社 2004 年版，第 148 页。

②　张西堂：《尚书引论》，陕西人民出版社 1958 年版，第 198—199 页。

③　秦永龙：《西周金文选注》，北京师范大学出版社 1992 年版，第 27 页。

统治岗位的盂，要奉守其先祖南公的功业，小心谨慎，恪尽职守。盂受王大命，故作此鼎，以王命铸于其上，以此彰显王命之美好与先祖之功业。"这种文体，与前述《盘庚》一样，都在记录言辞之前及其后，对说话者、接受者、时间、地点、原因等相关要素都作了说明。此外，《逸周书》中的《程典》《小开》《文儆》《文传》《柔武》《大开武》《小开武》《宝典》《酆谋》《寤儆》《祭公》等也都是这一类的记言文。

虽然从整体来看，这类文章与前一类差别很小，只是一点点叙事因素的加入，但这一小小的差别，就已经足以开启叙事因素在先秦记言文体中的发展之路。

记言体的第三类，是除了对发布言辞作相关介绍外，还出现了言辞之后的下一个情节。虽然言辞本身与后一情节之间的关系尚未有明确的关联，但文章基本上还是形成了较为完整的记事整体。如《尚书》中的《说命》《西伯戡黎》《武成》《金滕》《蔡仲之命》《顾命》《康王之诰》等。其中屡被后人论及的是《金滕》，谭家健先生称其为"我国最早的微型历史小说"，"是一个真假搀半的故事"①，文本的文体要素已经不再仅有单一的记言，而是呈现出高度综合的特点：有对时间、地点、人物行动、事件的叙事；有对某一情景的描写片段；有人物之间的对话；有写于竹帛的文献抄录；有事件前因后果的关联。"故事情节完整。有起因，有经过，有结果，首尾呼应，而又富于变化，已能看出周公和成王的性格特征。"② 因此，有学者认为它的写作年代当在此类文体较为成熟的战国时期，从其他角度进行的考证也支持这一结论③。因此，从文体发展的阶段性特征看，更有代表性的应当是《顾命》《康王之诰》两篇。以《康王之诰》为例：

> 王出在应门之内，太保率西方诸侯入应门左，毕公率东方诸侯入应门右，皆布乘黄朱。宾称奉圭兼币，曰："一二臣卫，敢执壤奠。"皆再拜稽首，王义嗣德答拜。太保暨芮伯咸进相揖，皆再拜稽首曰："敢敬告天子，……无坏我高祖寡命。"王若曰："庶邦侯甸男卫，惟

① 谭家健：《先秦散文艺术新探》，齐鲁书社 2007 年版，第 427 页。

② 同上书，第 427 页。

③ 李民：《〈金滕〉及其史料价值》，载《尚书与古史研究》（增订本），中州书画社 1983 年版，第 162 页。

余一人钊报诰。……"群公既皆听命，相揖，趋出，王释冕，反，丧服。①

《康王之诰》记载了康王在登基大礼之后，与群臣之间相互劝勉的言辞。文中首先描述了康王登基后从祖庙走出来的情形：康王走出祖庙，来到应门内，太保率领西方诸侯入应门立于左侧，毕公率东方诸侯入应门立于右侧，他们都穿着黄红色的礼服。谒者传令进献命圭和贡物，说："我们这些臣子，斗胆向王进献本土特产。"并再拜叩头。康王依礼谢辞，升位答拜。太保和芮保同时上前，互相作揖施礼，并一同向康王再次行叩拜之礼，他们恭敬地禀告天子，要继承文武大业，无毁祖命。康王回答，要承接天命，并且要求大臣们能像先公一样忠心辅佐王室。诸侯大公听完康王的诰命，相互作揖施礼，快步退出。康王脱去礼帽，返回居丧的侧室，重新穿上丧服。从这篇文章看，叙事、描写的成分增多了，言辞虽然仍然占有重要地位，但从文本中叙事、描写与言辞的分布来看，显然并没有给我们记事是为所记言辞服务的印象。相反，言辞成为所记事件整个过程中的一个组成部分。虽然在这个文本中，叙事还只是类似流水账般，机械地依事件发生的先后顺序记录，看不出各个单独事件之间，除了时间次序之外的其他联系，但毕竟已经与先前单独记言体有了很大的差别。以因果为线索，贯穿各个事件，形成有意义的情节，从而构成以记言为主的叙事文本呼之欲出了。

《逸周书》中也有不少篇目类似这种最古老的记言文体，如《酆保》《和寤》《克殷》《尝麦》《本典》《太子晋》等。还能见到纯记事类、纯说理类文章，前者如《武寤》《世俘》，后者如《大匡》《文政》《大聚》等。这两类也非常有特点，特别是《世俘》一文，能够让我们看到《春秋》之外的另一种记事形态：

　　惟四月乙未日，武王成辟，四方通殷命有国。惟一月丙辰旁生魄，若翼日丁巳，王乃步自于周，征伐商王纣。越若来二月既死魄，越五日甲子朝，至，接于商。则咸刘商王纣，执天恶臣百人。太公望命御方来；丁卯，望至，告以馘、俘。戊辰，王遂御，循自祀文王。时日，王立政。吕他命伐越戏方；壬申，荒新至，告以馘俘。侯来命

① 李民、王健：《尚书译注》，上海古籍出版社2004年版，第381页。

伐靡集于陈；辛巳，至，告以馘俘。甲申，百弇以虎贲誓，命伐卫，告以馘俘。①

　　这种记事体与孔子所修《春秋》不同，虽然同为系事以日，但所记之事比较详细，用字不如《春秋》简练，并且不包含微言大义。估计春秋以前的记事之史，大致便是这种形态。虽然历来对《逸周书》成书年代说法不一，不能确定其中的文本时间，但这种流水账似的记事文，与《康王之诰》中的记事，颇有类似之处。并且渗入第一、第二类的记言文，与之结合起来，开始了走向汉语传统叙事文本的道路。

　　以上三种早期记言文体差异的产生，有两个主要因素：一是写作时间与事件时间之间的关系，如第一类与第二类之间的差别。这是由记述者对与事件时间的距离意识及对事件的理解所决定的。记述者在文本中的记述视角与他所关注的言语行为之间的时间距离越近，他所记述的内容就越贴近言辞行为本身，使他无法意识到，还有需要交代与言辞相关情况的必要。而当二者的时间距离相对较远时，记述者意识到，时空的差异，会使该次言语行为的情境变得模糊，从而使言辞变得不易理解，遂有必要对所记言辞涉及的相关因素加以说明。第二个因素是记述者的态度、理解，并产生了相应的写作策略及手法。记述者已经不仅仅着眼于一次言语行为，而开始关注此次言语行为与相关一系列事件之间的关系，产生了记述者本人对此的理解，并自然而然地将这一理解运用到写作当中，对相关事件及言辞进行选择与顺序的安排。最初的理解，可能更多地受记事文的影响，注重事件之间的时间关联，其后，逐渐出现了对事件之间因果关系的理解。这一因素的加入，形成了第二类与第三类记言文之间的差别。

　　章学诚认为"古人无空言，安有记言之专书哉！"（《文史通义·书教中》）古人言不离事，事不离言，"《尚书》典谟之篇，记事而言亦具焉；训诰之篇，记言而事亦见焉。古人事见于言，言以为事，未尝分事言为二物也"②（《文史通义·书教上》），也恰好说明这种叙事文的渊源，在于公文记录的叙事化演变。

────────────

　　①　黄怀信、张懋镕、田旭东：《逸周书汇校集注》，上海古籍出版社1995年版，第436—446页。

　　②　章学诚：《文史通义》，古籍出版社1956年版，第9页。

第二节　先秦口说传统与说体文

　　叙事，从心理上说，是人类运用记忆与感知等心理功能来认识和理解这个世界的根本能力①。即使没有文字，也不妨碍人们对故事的表达，声音、图画、影像、肢体动作等，都可以用来叙事。而作为与文字最密切相关的口头叙事讲唱，在早期中华文明中，也应该是大量存在的。

　　在先秦时期，口说传统出现在宫廷中最值得追问的一个线索，就是在君主身边屡屡出现的盲人，称为瞽、矇、瞍。他们一般都具有很高的地位，受到大家的尊重，不识字而能讲史的他们，可以说是中国古代贵族文化中口说传统存在的端倪。《左传·襄公十四年》中记载师旷对晋侯说："……自王以下，各有父兄子弟，以补察其政。史为书，瞽为诗，工诵箴谏，大夫规诲，士传言，庶人谤，商旅于市，百工献艺。故《夏书》曰：'遒人以木铎徇于路，官师相规，工执艺事以谏。'"②《国语·周语上》邵公谏厉王止谤时也说："故天子听政，使公卿至于列士献诗，瞽献曲，史献书，师箴，瞍赋，矇诵，百工谏，庶人传语，近臣尽规，亲戚补察，瞽、史教诲，耆艾修之，而后王斟酌焉。"③据此所书，这些周王身边常备规谏人员中，视力不好甚至没有视觉功能的人有三种，一为瞽，一为矇，一为瞍。韦昭注：无目曰瞽，无眸子曰瞍，有眸子而无见曰矇。④这三种人虽然失明的原因各不相同，但总的来说是没有视力的。他们所从事的工作，也因此主要是以非文字符号传播为主的曲、赋、诵。我们可以猜测曲或是无词之音乐，赋诵也可能是歌词，这些都是盲乐师的强项，虽然其乐已亡，但其歌词大约形制会与流传至今天的《诗经》相仿。但"瞽""矇"之人似乎并不仅仅是以《诗》作为提供教化、典礼及娱乐之用，虽然《诗》很有可能是彼时乐师的主要材料。如《国语·楚语上》左史倚相曰：

---

　　① 董乃斌：《中国古典小说的文体独立》，中国社会科学出版社1994年版，第54—60页。

　　② 李梦生：《左传译注》，上海古籍出版社2004年版，第716页。

　　③ 上海师范大学古籍整理研究所：《国语》，上海世纪出版有限公司、上海古籍出版社1998年版，第9—10页。

　　④ 同上书，第11页。

　　昔卫武公年数九十有五矣，犹箴儆于国，曰："自卿以下至于师长士，苟在朝者，无谓我老耄而舍我，必恭敬恪于朝，朝夕以交戒我；闻一二之言，必诵志而纳之，以训导我。"在舆有旅贲之规，位宁有官师之典，倚几有诵训之谏，居寝有亵御之箴，临事有瞽史之导，宴居有师工之诵。史不失书，矇不失诵，以训御之，于是乎作《懿戒》以自儆也。①

　　其中便有瞽史之导、师工之诵。"瞽"而能有"史"之名之位，君主遇事尚且要咨询他，难道仅仅是因为会唱整部《诗经》吗？"史"，在先秦，是一个很重要的职位，其来源很早，唐杜佑云："史官肇自黄帝有之，自后显著。夏太史终古，商太史高势，周则曰太史、小史、内史、外史，而诸侯之国亦置其官。"② 在文献中，每逢国家有各种祭祀、典礼，也都活跃着太史的影子。瞽者也被称为"史"，并与其他史同列天子左右，如《礼记·礼运》中记载："王前巫而后史，卜筮瞽侑皆在左右。"③《周礼·春官宗伯》中有对他们"讽诵诗，世奠系，鼓琴瑟"职责的记录④。甚至将其祖立为神以祭祀，《礼记·文王世子》："瞽宗秋学《礼》，执礼者诏之。冬读《书》，典书者诏之。《礼》在瞽宗，《书》在上庠。"⑤瞽宗，殷学也。为乐师瞽矇之所宗，古者有道德者使教焉，死则以为乐祖，于此祭之。《国语·周语下》："古之神瞽考中声而量之以制，……"韦昭注：神瞽，古乐正，知天道者也，死以为乐祖，祭于瞽宗，谓之神瞽⑥。由此可见，其地位与受人敬重程度之高。

　　瞽者之能成为"史"，不可能仅凭《诗》之一端而身居高位。同时，考诸《国语》，发现盲人所从事的工作似乎也并不限于乐与《诗》。《国语·周语上》："先时五日，瞽告有协风至，王即斋宫，……是日也，瞽

---

　　① 上海师范大学古籍整理研究所：《国语》，上海世纪出版有限公司、上海古籍出版社1998年版，第551页。

　　② 杜佑：《通典》卷二十一，《职官三·中书令·史官》，中华书局1984年版，第126页。

　　③ 李学勤：《十三经注疏·礼记正义》，北京大学出版社1999年版，第705页。

　　④ 吕友仁：《周礼译注》，中州古籍出版社2004年版，第301页。

　　⑤ 李学勤：《十三经注疏·礼记正义》，北京大学出版社1999年版，第625—626页。

　　⑥ 上海师范大学古籍整理研究所：《国语》，上海世纪出版有限公司、上海古籍出版社1998年版，第132—133页。

帅、音官以风土，廪于籍东南，钟而藏之，而时布之于农。"《国语·周语下》："（单襄公）对曰：'吾非瞽、史，焉知天道？……'"《国语·鲁语上》"故工史书《世》，宗祝书昭穆"，韦昭注："工，瞽师官也。史，太史也。世，世次先后也。工诵其德，史书其言也。"①《世》，是古代记载帝王世族谱系一类的书，在古代很多，传于今天的还能见到《世本》，从中可以看出其特点是按氏姓分衍来讲历史，帝系是树干，王侯谱是树枝，卿大夫谱是树叶，并附论氏姓、居葬、谥法和发明②。这在当时是非常重要的文件，而瞽者参与修订。没有视力，不可能使用文字符号，那么他们在其中能起什么作用呢？最有可能的，就是他们有对早先没有文字记载时的事件的记忆。《国语·晋语四》："瞽史之纪曰：'唐叔之世，将如商数。'""瞽史记曰：嗣续其祖，如谷之滋，必有晋国。"③ 其中所谓"瞽史之纪"便有可能是对他们凭记忆，口口相传，然后被秉笔之史所书之事的记录。

这些现象，可以从侧面说明当时社会历史经验的主要传播渠道，不是由必须要使用视力的文字记录之史来掌握，而是由这些恰恰因为失去了视力，使他们某种感官及能力得到充分发挥，成为当时汲取知识最为成功的盲人来掌握。《国语·晋语四》说"矇瞍修声"，韦昭注："无目，于音声审，故使修之。"④ 用来传播经验的载体是声音，盲者用以形成记忆的方式也是声音，这是他们在平时生活中自我锻炼出来的，对声音超乎常人的敏锐辨别和记忆能力凸显出来，从而成为声音记忆历史时期的佼佼者。

他们所表现的记忆经验，应当是以讲唱的方式存在，其形态有可能呈现为以下两种：一种是有韵的史诗，另一种是无韵的讲史。不论何种方式，由于记忆的特点及其受到思维的加工和影响，瞽史的讲唱，在当时应当包含比笔录之史更为详细的历史事实，对因简略而缺乏关联的记事之史，如《春秋》，以及对原始行政文献的单纯收集整理，如《尚书》中的

---

① 上海师范大学古籍整理研究所：《国语》，上海世纪出版有限公司、上海古籍出版社1998年版，第18—20、90、174—175页。

② 李零：《简帛古书与学术源流》，生活·读书·新知三联书店2004年版，第263页。

③ 上海师范大学古籍整理研究所：《国语》，上海世纪出版有限公司、上海古籍出版社1998年版，第342、365页。

④ 同上书，第390页。

《大诰》《酒诰》等，起着补充和沟通事件之间关系的作用。人脑的整体作用，使他们在回忆所记忆的各个事件时，能自然而然地形成相互关联，于是产生了情节，形成了传达一定意义的故事。这些故事被文字记载下来，应当是所谓《训语》之类的典籍，如《国语·郑语》在史伯对郑桓公所说的长篇对话中，引用了一段《训语》中的话：

> 训语有之曰："夏之衰也，褒人之神化为二龙，以同于王庭，而言曰：'余，褒之二君也。'夏后卜杀之与去之与止之，莫吉。卜请其漦而藏之，吉。乃布币焉而策告之，龙亡而漦在，椟而藏之，传郊之。"①

这个远在夏代的传说，就应当也是由瞽史以口传的方式流传下来的。从特征上看，显然不同于《春秋》和《尚书》这类早期记言记事文本，而具有鲜明的口传叙事特征，并且相对完整。

盲人成为受到尊敬的"史"，是一种启示，意味着当时历史经验的传播方式。但并不意味着所有参与传播的人都是盲人，随着文字的功能进一步被开拓，有着充分感觉经验的人显然更占优势，而只有声音优势的人，渐渐退到了只能以声音传播的领域——音乐。于是在《左传》中，所提到的视力不佳的人几乎都是乐师，汉代以后的人们在为经典作注时，也将瞽注为乐师，遂使人们忽略了早期瞽者所具有的传播历史故事的重要意义。但是世界各地早期文明，在有文字之前也都以口传方式传承自己民族的历史，而其中一些最具传奇色彩的乐师恰恰也都是盲人，如古希腊的荷马和科拉西恩的乔尔·胡索②。虽然洛德认为"在我们的田野经验中，瞎子或别的乞丐并非都是好的歌手"③。但这并不能影响早期口传文化中盲人们光辉的智者形象。《史记·太史公自序》中说："左丘失明，厥有国语"，如果此说可信，那么《训语》类故事起初就很有可能是由瞽史以口说方式传播的。无独有偶，《隋书·经籍志》中也说："春秋者，鲁史策

---

① 上海师范大学古籍整理研究所：《国语》，上海世纪出版有限公司、上海古籍出版社1998 年版，第 519 页。

② ［美］阿尔伯特·贝茨·洛德著，尹虎彬译：《故事的歌手》，中华书局 2004 年版，第26 页。

③ 同上书，第 24 页。

书之名。昔成周微弱，典章沦废，鲁以周公之故，遗制尚存。仲尼因其旧史裁而正之，或婉而成章，以存大顺；或直书其事，以示首恶。故有求名而亡，欲盖而彰，乱臣贼子于是大惧。其所褒贬不可具书，皆口授弟子，弟子退而异说。左丘明恐失其真，乃为之传。遭秦灭学，口说尚存。"①说明汉代以前，《左传》的传播也是以文本与口说两种方式传播的。对于口头传讲历史的现象，当代学者也有所注意，认为当时历史记忆，除《春秋》经之外，"还有大量珍贵的口头文献流传于乐官中，由瞽矇以传诵的方式保存下来"②。

　　口传叙事方式的特点之一，便是同一故事在不同的表演者那里，在核心要素——事件、人物等相似的情况下，具有不同的文本。尽管继承者声称他一字不差地学会了老师的故事，但研究表明，在不识字的歌手那里，"逐字逐句"仅仅意味着对"类似"这一现象的一种强调的说法③，因此，在口传文本中，讲述同一个故事的两首歌可能属于两个版本。没有文字使用经历的人们，并没有形成严格的字句相同的观念，这一传承特点，直接被后来较随意的文体所继承。要经过很长的时间，至少以文字记载的非公文性文本具有了足够高的地位时，这一情况才开始发生转变。因此，即使到了司马迁时期，我们仍然能从文学性极强的诸多列传中，看到这一口传特点的影响。这一点，也可以通过同一件事，在《国语》与《左传》中均有记载，而其所记之事与人物对话却不完全一致的情形中，猜测之所以如此的原因，可能是当时写成文本时，所依据的是口传的故事。如周惠王三年，三大夫出王立王子颓一事，《国语·周语上》记载：

　　　　惠王三年，边伯、石速、蒍国出王而立子颓。王处于郑三年。王子颓饮三大夫酒，子国为客，乐及遍舞。郑厉公见虢叔（韦昭注：虢叔，王卿士，虢公林父也。），曰："吾闻之，司寇行戮，君为之不举，而况敢乐祸乎！今吾闻子颓歌舞不息，乐祸也。夫出王而代其位，祸孰大焉！临祸忘忧，是谓乐祸。祸必及之，盍纳王乎？"虢叔

---

① 魏征：《隋书》，中华书局1973年版，第932页。
② 徐中舒：《〈左传〉的作者及其成书年代》，《历史教学》1962年第11期。
③ ［美］阿尔伯特·贝茨·洛德著，尹虎彬译：《故事的歌手》，中华书局2004年版，第38页。

许诺，郑伯将王自圉门入，虢叔自北门入，杀子颓及三大夫，王乃入也。①

同一件事，《左传·庄公二十年》也有记载，颇详：

二十年春，郑伯和王室，不克。执燕仲父。夏，郑伯遂以王归。王处于栎。秋，王及郑伯入于邬，遂入成周，取其宝器而还。冬，王子颓享五大夫，乐及遍舞。郑伯闻之，见虢叔，曰："寡人闻之，哀乐失时，殃咎必至。今王子颓歌舞不倦，乐祸也。夫司寇行戮，君为之不举，而况敢乐祸乎！奸王之位，祸孰大焉？临祸忘忧，忧必及之。盍纳王乎？"虢公曰："寡人之愿也。"

事未完，继之以《庄公二十一年》：

二十一年春，胥命于弭。夏，同伐王城。郑伯将王自圉门入，虢叔自北门入，杀王子颓及五大夫。郑伯享王于阙西辟，乐备。王与之武公之略，自虎牢以东。原伯曰："郑伯效尤，其亦将有咎。"五月，郑厉公卒。②

对这同一件事，两书所记各有不同，暂且不论，但其中比较重要的一段话，都是一样的，那就是郑伯见王子颓"乐及遍舞"之后，与虢叔议事时的言辞。现将两段言辞着重比较一下：
《国语》：

吾闻之，司寇行戮，君为之不举，而况敢乐祸乎！今吾闻子颓歌舞不息，乐祸也。夫出王而代其位，祸孰大焉！临祸忘忧，是谓乐祸。祸必及之，盍纳王乎？

① 上海师范大学古籍整理研究所：《国语》，上海世纪出版有限公司、上海古籍出版社1998年版，第28—29页。
② 李梦生：《左传译注》，上海古籍出版社2004年版，第142、144页。

《左传》：

> 寡人闻之，哀乐失时，殃咎必至。今王子颓歌舞不倦，乐祸也。夫司寇行戮，君为之不举，而况敢乐祸乎！奸王之位，祸孰大焉？临祸忘忧，忧必及之。盍纳王乎？

　　一般认为，《左传》在编著时所采用的材料中，很有可能就有一部分源于《国语》，但也有其他现今已经看不到的材料。就这件事而言，显然《左传》所采用的是对此事记载比《国语》更加详细的材料。而且从"原伯曰"的形式上看，所采用材料的特点颇似《春秋事语》①。材料来源的不同，而导致文本中重要人物的核心言辞的差别，应该有以下两种可能性：一是流传的源头不同。同一件事，由不同的人传说出来，即使是起初都是亲见亲闻者以文字的方式忠实地记录下了自己当时的记忆，也还是存在着不同。二是流传的源头相同，后来的人们在转述过程中，根据自己的传达需要，删改增损，逐渐演变成若干不同的版本。在这段话中，两书的基本内容，甚至一些表达方式都是一致的，所不同的是一些具体的称呼和意思之间顺序的变动，如"吾"与"寡人""夫出王而代其位"与"奸王之位"，这种差别体现出《左传》的记载多一些《春秋》所具有的"微言大义"的意味，将这些传闻记为文本时，更加注重"书法"；而《左传》文在开篇，将"哀乐失时，殃咎必至"放在前面，与将《国语》将"司寇行戮……"放在前面相比，具有更强的理论意味。这两点及其后一些主要意思前后放置的差异，都体现出传播者在理解记忆这段话时的不同态度。这与后世文献文本改写的情形不同，文本的改编始终见得出前一文本的影子，后一文本一般都是在前一文本的基础上进行删改和增加。而这两段言辞之间，在内容上非常相像，看不出有什么累积渐进式的文辞修改，却在表述上有很大的不同。这种差异，应该就是叙述者在进行口头传播时，以其自身的理解加诸材料之上，对材料进行潜意识加工后的表述结果。心理学研究表明，知觉从来就不是完全无选择性的，所有的感性刺

---

①　原伯是原庄公，其时与虢公、郑伯同时为周朝卿士。早期说体文中的事件评论者，虽然与事件无直接关系，但多生活在事件发生时代，其言论为他人所记。见后文所论《春秋事语》中的评论者时代的变化。

激都要经过知觉的筛选才能得以储存于记忆之中。因此，前面推测的两种可能中，都有口传的因素在文本形成之前，使文本不自觉地具有了口传叙事的一些特点。类似的例子还可见于《国语·周语上》与《左传·庄公三十二年》"有神降于莘"之事等。

口传方式的另一个特点是，由于听众及传说者的偏好，在一段历史时期中，只有某一些片段得到格外重视。阿尔伯特·贝茨·洛德认为：鲍特在《伊利亚特的传统和设计》中所证明的，口头诗人每一次演唱都只集中关注一个段落，这一说法更接近真实。[①] 在中国宋代说话艺术中，便有一类"说三分"[②]，即专门说三国故事，相对于宋以前漫长的历史时期而言，大部分的历史故事都分布在三国时期，说明这种口头流传的历史故事的确更容易集中于某一历史时期内，不具备均匀分布的历史写作特性。

以此来看，《国语》中，以国别分别编辑，计有《周语》《鲁语》《晋语》《齐语》《郑语》《楚语》《吴语》《越语》八类，按容量来看，自汉以来便分为二十一卷，其中《晋语》九卷，《周语》三卷，《鲁语》《越语》《楚语》各两卷，《齐语》《郑语》《吴语》各一卷。春秋时期，做盟主时间最长的诸侯国是晋国，其次是齐、楚，其时周室已弱，但犹为王室，吴越后霸，郑、鲁逐渐衰弱；若按国势而论，则晋首当其冲，之后，便是齐、楚、吴、越、周、鲁、郑。由于自汉以来，此书作者便托名左丘明，别称为《春秋外传》，足见其真实著者彼时已不可考，但普遍认为比较可能是战国初期，被士人收集相似材料辑录而成的。因此，为何如此安排各国篇目，成为学界一桩争议。今人董立章的分析较为全面，他认为："《鲁语》继《周语》之后，可知崇周尊鲁；继而是《齐语》，仅记齐桓霸业。因齐桓公时期是齐、鲁关系最好的时期，……再次为《晋语》，……究其因是晋、鲁关系极密，自晋文公称霸至三家分晋，鲁始终是晋的忠实盟国。复次为《郑语》，仅一卷。最后是僭越称王的楚、吴越之语。综观其结构，反映了尊王攘夷、先华夏、后夷狄、详周鲁晋而略齐郑吴的思想倾向。在地理关系上，鲁近齐而远晋；就国际关系论，鲁亲晋

—————————

① ［美］阿尔伯特·贝茨·洛德著，尹虎彬译：《故事的歌手》，中华书局2004年版，第13页。

② 孟元老：《东京梦华录》，中华书局1985年版，第93页。

而疏齐。因此齐虽近而仅记齐桓公在位的齐鲁关系蜜月的时期，晋虽远而详记其霸业兴衰及内部君臣矛盾的发展；而鲁虽弱小却置于齐晋之前，且有两卷之多。"① 这种解说自有其合理性，但只是一种可能。还有一种可能，就是《国语》的辑录整理材料，除了一部分来自原始文本材料外，还有一部分是来自瞽史的口头传说。按三国韦昭《国语解叙》说，是左丘明传经后"雅思未尽，故复采录前世穆王以来，下讫鲁悼、智伯之诛，邦国成败，嘉言善语，阴阳律吕，天时人事逆顺之数，以为《国语》"②。则其时成书最早当是在春秋战国之交，《左传》中最后一年为鲁哀公二十七年（约前468），而《国语》中最早的一则，是在周穆王时（约前976—前922），其间相差近500年。以现在的条件，明朝的书籍尚难一睹真容，在当时的文化环境下，五百年前的君臣对答之事，能够为左丘明及其门人弟子所知，大量的材料可能应该是依靠口传方式传播。口传历史与有意所为的文本之史不同，因为人们的记忆有选择性，因此在传承中，富于传奇性、教育性的故事更具有生命力，流传得更久远些。在春秋战国之际人们所传说的历史故事中，更多地集中于与春秋时期称霸时间较长，与对整个中原局势影响较大的晋国有关的传闻，也是可以理解的。况且就晋国故事而言，也分布不均，更多的篇幅集中于晋文公重耳一生的相关故事中。与《春秋》记事以鲁国为主不同，从这一点上来看，《国语》及《左传》中的一些历史叙事有所偏重，恰恰说明这些故事最初的传播形式是口传方式。

先秦口传方式传统与记事记言传统在文献材料整理方面的会合，经由整理者个人的理解，遂形成了最初的叙事散文文本——说体文。

第三节　史传散文与说体文

"史传"在《汉书·艺文志》中被归入"六艺略"中的"春秋"类，此后随着历史意识的兴起，史学得到统治者的重视，经过汉代的发展，于

---

① 董立章：《国语译著辨析》，暨南大学出版社1993年版，第4页。
② 上海师范大学古籍整理研究所：《国语》，上海世纪出版有限公司、上海古籍出版社1998年版，第661页。

东晋十六国时期的后赵石勒称王之年被单独提出①，亦是以内容为其分类标准。而实际上，作为文本的一种，从大文章的角度看，还可以根据其篇章结构体制来进行进一步区分，即在具体的文体特征及形态上，作更细致且不同于史家的历史文体研究。

对于《左传》《史记》这两部早期史学巨著，史学界对其撰写体制多有研究，也涉及它们的体裁问题。但历史研究中的体裁划分重在对历史材料的编撰方法而非其为文之结构形态，因此多以《左传》为编年体，以《史记》为纪传体。由于这两部著作在艺术性方面亦颇多成就，因此其文法历来也得到很多关注。自现代文学学科形成以来，在文学史研究领域，经过一番争议，终将《左传》《史记》视为文学研究的对象之一，研究其情节、人物、描写等艺术性特征及其影响，却少有人从文章结构体制的角度作细致的分析。事实上，作为具有首创性的史书，在文体上，并非完全独创，而是在继承前人文体经验的基础上进行的综合与发展，《左传》与《史记》都充分体现出这一特点。

一　《左传》的文体综合性与说体文在其中的位置

仔细研读《左传》，就会发现它的成书，是综合了更早期的若干种文体后的结果。其中有以事系年，主于记事的《春秋》体，有注释说明《春秋》经的解经体，有"君子曰"的评论体，还有兼及言事的纪传体。

1. 以事系日，以日系月，以月系年的记事体，在《左传》中频频出现，作为《春秋》记事的补充。

如隐公十年《左传》载：

> 十年春，王正月，公会齐侯、郑伯于中丘。癸丑，盟于邓，为师期。夏五月，羽父先会齐侯、郑伯伐宋。六月戊申，公会齐侯、郑伯于老桃。壬戌，公败宋师于菅。庚午，郑师入郜；辛未，归于我。庚辰，郑师入防；辛巳，归于我。君子谓："郑庄公于是乎可谓正矣。

---

① 《晋书·石勒载记下》：东晋太兴二年（319），石勒称赵王，"署从事中郎裴宪，参军傅畅，杜嘏并领经学祭酒，参军续咸、庚景为律学祭酒，任播、崔浚为史学祭酒"。房玄龄：《晋书》，中华书局1974年版，第2735页。

以王命讨不庭，不贪其土以劳王爵，正之体也。"蔡人、卫人、郕人不会王命。秋七月庚寅，郑师入郊。犹在郊，宋人、卫人入郑。蔡人从之，伐戴。八月壬戌，郑伯围戴。癸亥，克之，取三师焉。宋、卫既入郑，而以伐戴召蔡人，蔡人怒，故不和而败。九月戊寅，郑伯入宋。冬，齐人、郑人入郕，讨违王命也。①

这段文章中除了有一句"君子曰"来评论事件的意义外，主要用了系时记事的文体，来补充说明《春秋》经隐公十年所记之事的：

十年春，王二月，公会齐侯、郑伯于中丘。夏，翚帅师会齐人、郑人伐宋。六月壬戌，公败宋师于菅。辛未，取郜。辛巳，取防。秋，宋人、卫人入郑。宋人、蔡人、卫人伐戴。郑伯伐取之。冬十月壬午，齐人、郑人入郕。②

鲁公、齐侯、郑伯会于中丘，据《春秋》记载，是在隐公十年春的二月，但《左传》作者以自己所掌握的更详细的资料，知道会盟这天是癸丑日，还是一月，因此订正了这个错误，改为"王正月"，并说明具体日期和"盟于邓"及"为师期"这两件会上比较重要的事。对于《春秋》中"夏，翚帅师会齐人、郑人伐宋"一事的补充说明，《左传》云："夏五月，羽父先会齐侯、郑伯伐宋。六月戊申，公会齐侯、郑伯于老桃。"时间更具体了，同时，也说明了何以《春秋》中夏季会诸侯伐宋之人是公子翚，六月打败宋师的却是鲁隐公这一断裂。此后，对于《春秋》中所记载的"取郜""取防"；三师入郑、郑伯伐戴等事，也以更详细的事件资料加以说明，并以此阐明意义。但是，这种以事论事的手法，在文学上，体现出由单纯记事体向叙事体的过渡。虽然是最简单的叙事体，也比《春秋》记事已经有了很大的进步，如出现了"宋、卫既入郑，而以伐戴召蔡人，蔡人怒，故不和而败"这样以行动者内心因素理解相关事件之间因果关系的简单情节。

其中，形成情节的核心，是作者透露给读者一些关于行动者的主观因

① 李梦生：《左传译注》，上海古籍出版社2004年版，第39—40页。
② 同上书，第38—39页。

素，正是这些因素，决定了行动者的动作选择，导致了事件结果的产生。假如没有这个因素，整个事件只能这样被记载："宋、卫既入郑，而以伐戴召蔡人，三师败绩。"仍然是对已发生事件纯客观的记录，与《春秋》无异。这个核心的因素，是三国之间利益分布的不均，及其中相关人物由此而产生的情绪。细心的读者如果追问下去，就会质疑，这三国之间利益的不均，作为局外人的作者是如何知道的？蔡人不服这样的分配，主要领导者因此愤怒，如果单纯记事，只能是他所采取的行动，而"愤怒"这种情绪的记忆，又是怎样流传下来，被作者所了解相信的？败的原因，怎么会是"不和"？有什么样的材料能证明"三国利益分配不均——蔡人怒——三国不和——战败"这一系列事件之间的关系？要回答这一系列问题，我们只能去寻找作者所依据的材料：他是怎么知道这些事件详情的？可能性有两个：一是口传的历史传说，二是历史文献资料。如果有当时充足的第一手资料，它们的形态应该是怎样的呢？一是口传的历史传说，为了记诵的方便，必然要符合人们理解事件的方式，即自然将各种事件按说者所理解的因果关系串联起来，形成一个相对独立的故事。这个故事在战国至汉初《春秋》的流传过程中，是很明确的。郑人取戴甚易，是因人之力，在春秋三传中都有记载，《公羊传》解释"郑伯伐取之"时说："其言伐取之何？易也。其易奈何？因其力也。因谁之力？因宋人、蔡人、卫人之力也。"① 说明郑伯取胜原因在于对方三国的不和。《谷梁传》："不正其因人之力而易取之，故主其事也。"② 除了透露出郑伯取胜之易是因人之过，还指出《春秋》伐取之，是批评郑伯的作为（戴是姬姓小国，郑伯因宋卫之故取胜，却继而据其国为己有，属于不义之举）。可见郑伯因敌方之过而取胜，在当时是流传甚广的事情，其中《左传》所述情节最具体，但仍然是这一故事的梗概，比故事本身大大缩水了。二是历史文献资料，如果有，能说明事情原委的，其文体也只会是以记言为主的说体。这样的例子还有隐公二年、僖公元年等，而更多的是在传文中与其他文体杂用。

　　2.《左传》中的第二种文体，是用来解释说明《春秋》书法的"解说体"。这种文体，类似今天的"说明文"，后世解说经典，多是这种

———————————

① 王维堤、唐书文：《春秋公羊传译注》，上海古籍出版社 2004 年版，第 45 页。

② 《春秋谷梁传》，中华书局 1985 年版，第 23—24 页。

体裁。

　　如成公十四年鲁大夫赴齐迎夫人事,《春秋》记了两条:"秋,叔孙侨如如齐逆女。……九月,侨如以夫人妇姜氏至自齐。"来去都是同一个人,在文中却有不同的称呼,对此,《左传》解释道:"秋,宣伯如齐逆女。称族,尊君命也。……九月,侨如以夫人妇姜氏至自齐。舍族,尊夫人也。"① 当时鲁国有三大公族孟孙、叔孙、季孙,叔孙是其族称,侨如是当时叔孙氏主君的名字,当时,成公娶齐国公主姜氏为妻,派国内上卿去齐国迎接,去的时候,以族称,是为了表明其身份,以示出使齐国为奉君命而去,合于礼法;回来的时候,带着已经是成公夫人的齐女,便要尊夫人,不能用族称,否则有夸耀上卿身份于夫人之前了。这样的文体,在《左传》中所在多有,随手拈来,俯拾即是,如僖公十七年,"九月,公至。书曰'至自会',犹有诸侯之事焉,且讳之也"②。鲁君取了项国,得罪于齐,齐桓公因此拘捕了鲁僖公,后在夫人声姜的斡旋下得以回国,春秋为鲁君讳,故不言其自齐归,而言"至自会",似乎有诸侯国间大事商讨,耽误了行程。又如僖公二十年:

　　　　二十年春,新作南门。书,不时也。凡启塞从时。

　　解释了《春秋》经记载"二十年春,新作南门"的原因。这种文体是后来解释说明文体的一种,与叙事无关。

　　3. 第三种是作者表达主观评论的"君子曰"史论体。《史记》在每篇文章之后借"太史公曰",《聊斋志异》后"异史氏曰"等表达作者历史评论的文体,便是与《左传》中"君子曰"一脉相承而来。如前述成公十四年中,在解释完《春秋》用叔孙之族称于往,又舍之于还的深意之后,接着便是:

　　　　故君子曰:"《春秋》之称,微而显,志而晦,婉而成章,尽而不汙,惩恶而劝善。非圣人谁能修之?"③

---

　　① 李梦生:《左传译注》,上海古籍出版社 2004 年版,第 585—587 页。
　　② 同上书,第 249 页。
　　③ 同上书,第 587 页。

　　传说者忍不住跳出历史，对春秋微言大义的写法作一总结，表达由衷的敬佩之情，此处"君子曰"对《春秋》的评价，成为后世评《春秋》者，屡屡引用的一句经典名言。"君子曰"所发议论，一般都有针对性。有时，篇幅比较长，除了评价之外，还用来说理，以说明得出评价和判断的理由；有时，君子所评言辞很短，甚至不用"某某曰"，而用"君子以为"的格式，如襄公八年：范宣子来鲁聘享，对答适宜，故"君子以为知礼"。

　　这些跳出所述事件本身的评论人身份，除了疑似作者自称的"君子"之外，还有"仲尼"（昭公十三年），但都是与事件不相关的第三人称。从叙事的视角来看，本来是由不在叙事现场的第三人称叙述者进行叙述的，但评论时，叙述人又转而将评论权交给了另一个不在现场的人。这种转换的原因大致有两个：一是作者身份的不确定，二是叙述人自谦的创作态度。以"君子曰"为例，若《左传》如后世司马迁撰写《史记》一样，是一个明确的作者所著，他对笔下历史事件有感慨时，可以有自称以出之，如"太史公曰"，就写明是"太史公"所发之言。没有用这样的称呼，有可能的原因一是客观的，二是主观的。客观的原因，是由于《左传》的传播是由历代传授者口口相传，其成书过程如战国时期的《庄子》《墨子》一样，非一人一时所完成，相对于将其书于竹帛者而言，这些形诸笔端的事件及其评论，都是由前人传授而来，是"述"而非"作"，因此，不能以写定文字者自己的面目出现在文本中。主观的原因，是由于作者持自谦态度，不肯借此炫耀自己，因此便借"君子"以出之。其中又有"仲尼曰"，说明孔子在作者心目中的地位之重，其传者显然为儒家后学。则为文重"述"轻"作"的态度其来有自。而当时普遍存在不重视文献作者的情形，除了实用性的文本，人们似乎并不认为将自己的名字署于所著文本之上，是件有意义的事，执笔人因此没有于文中作自我表白的冲动。

　　这一传统就目前所能看到的文献中，存在于《左传》之前的，有《春秋事语》和《国语》。在《春秋事语》中，不见"君子曰"，却能见到一些与所记之事的发展无关的一些智者，针对事件中的某个人的行为所作的评论或预见。比较完整的如记齐侯命公子彭生杀鲁侯于车中一则：

　　　鲁亘（桓）公与文羌（姜）会齐侯于乐（泺）。文羌（姜）迥

（通）于齐侯，亘（桓）公以誓文羌（姜），文羌（姜）以告齐侯。
齐侯使公子彭生载，公薨于车。医宁曰："吾闻之，贤者死忠以辱尤
而百姓愚焉。知（智）者疽李（理）长虑而身得比（庇）焉。今彭
生近君，□无尽言，容行阿君，使吾失亲戚之，有（又）勒（力）
成吾君之过，以二□邦之恶，彭生其不免［乎］，祸李（理）属焉。
君以怒遂祸，不畏恶也。亲间容昏生□无匿（慝）也。几（岂）
［及］彭生而能贞（正）之乎？鲁若有诛，彭生必为说。"鲁人请曰：
"寡君来勒〈勤〉［旧］好，礼成而不反（返），恶［于］诸侯，无
所归愬（怨）。"齐侯果杀彭生以说鲁。①

　　从语气上看，医宁似乎是其时齐国的贤者，能以小见大，目光长远，
看出事情后来的发展趋势。类似的评论者，还有出现于"乘舟章"的士
说。如果说这二人的身份还与事件游离不算太远的话，出现于"伯有章"
"鲁桓公少章""鲁庄公有疾章"的闵子辛则打破了这种与事同时的评论
者身份。郑伯有之事在公元前543年，伯有亡后，备受孔子推崇的子产才
成为执政者，而"鲁桓公少章"之事发生在公元前712年，"鲁庄公有疾
章"之事是在公元前662年，作为评论者的闵子辛必非当时之人。而评
论者的名字直接出现于文中，足见闵子辛也并非执笔者本人。这种写明与
事件无关的评论者之名的记言方式，显然是《左传》"君子曰"的早期形
式，在文体上，带有传统的记言色彩，与《尚书》中"王若曰""公曰"
等同出一辙，史官风格清晰可见。

　　在《国语》中，我们可以见到这种评论方式的渐次转化。其中有同
《春秋事语》中"闵子辛曰"一样点明评论者的方式，如《国语·鲁语
下》中：

　　　　季康子问于公父文伯之母曰："主亦有以语肥也。"对曰："吾
　　能老而已，何以语子。"康子曰："虽然，肥愿有闻于主。"对曰：
　　"吾闻之先姑曰：'君子能劳，后世有继。'"子夏闻之曰："善哉！
　　商闻之曰：'古之嫁者，不及舅、姑，谓之不幸。'夫妇，学于舅、

————————
　　①　马王堆汉墓帛书整理小组：《马王堆汉墓出土帛书〈春秋事语〉释文》，《文物》1977
年第1期。

姑者也。"①

公父文伯之母是位被孔子认为能别男女之礼的贵族妇女，这段对话发生在她与其侄孙之间，应当不是公开场合，子夏显然无法亲见，但彼时传闻或是可以听到的，因此引发感慨。除此之外，文中出现的评论者还有仲尼、师亥、臧文仲、展禽等贤者。还出现了不具名的"君子曰"评论方式，但都出现于《晋语》中，如《国语·晋语一》：

（晋）史苏朝，告大夫曰……郦姬果作难，杀太子而逐二公子。君子曰："知难本矣。"……仆人赞闻之，曰：……申生胜狄而反，谗言作于中。君子曰："知微"。……狐突谏曰：……果败狄于稷桑而反。谗言益起，狐突杜门不出。君子曰："善深谋也。"②
《晋语二》：穆公问冀芮……对曰……君子曰："善以微劝也。"③
《晋语七》：公赐魏绛女乐一八，……君子曰："能志善也。"④

这些评论都很简短扼要，针对性也很强。而前述鲁语中具名的贤者评论，却略略深刻一些、丰富一些。但二者与《左传》中"君子曰"中内容的丰富、深刻相比，显得还很稚嫩。《左传》中的"君子曰"显然是在继承二者传统的基础上，进一步综合发展而成的。这类史评，逐渐成为后世论说体文的一类。

4. 有言有事的传说体。这种文体的名称很难确定。如果称之为本书所界定的"说体文"，由于其中已经出现了得到大大发展的非记言叙事方式，仍然以"说体文"称之，不但不符合它的文体事实，也有泛"说体文"化的趋势；但命名为"纪传体"也不甚妥，因为严格意义上的"纪传体"，要到司马迁《史记》完成之后，才得以出现。因此，在综合以上考虑的基础上，将《左传》中所体现出的这种过渡性叙事文体，暂且称为"传说体"。这种文体从语言特征上看，是用散文的方式，讲述事件中

————————

① 上海师范大学古籍整理研究所：《国语》，上海世纪出版有限公司、上海古籍出版社1998年版，第202页。
② 同上书，第278、281页。
③ 同上书，第314页。
④ 同上书，第443页。

的人物、行动、情节及其后果等整个过程。不同于《春秋》所代表的缺乏事件之间相互关联表述的记事体，传说体已经可以完整地叙述一个由若干情节组成的故事了。它由先秦说体文直接发展而来，具有鲜明的说体文特征，同时，也有新的发展。在传说体中，已经具有故事性的叙事与生动精练的人物语言结合起来的特点使《左传》的叙事艺术水平达到了一个新的高度。

如庄公十八年楚武王之事：

> 初，楚武王克权，使斗缗尹之。以叛，围而杀之。迁权于那处，使阎敖尹之。及文王即位，与巴人伐申而惊其师。巴人叛楚而伐那处，取之，遂门于楚。阎敖游涌而逸，楚子杀之，其族为乱。冬，巴人因之以伐楚。十九年春，楚子御之，大败于津。还，鬻拳弗纳。遂伐黄，败黄师于踖陵。还，及湫，有疾。夏六月庚申卒，鬻拳葬诸夕室，亦自杀也，而葬于绖皇。①

这一段写楚武王四处征战，病死于途，其中与巴人、阎敖、鬻拳之间的恩怨故事，在《春秋》中完全没有留下一丝痕迹，但《左传》中却有始有终，把楚武王后期的战事线索基本讲清楚了。这种从未在先前文献中出现过的文体，既不似记事体，也不同于记言体，应当是在传述历史故事过程中，为了简练起见，出现的一种新的叙事文体，这是《左传》在继承说体文基础上进行的创新。

这段故事本来用纯叙事体就已经交代清楚了，但作者还是无法克制讲历史故事的冲动，又接着加了一段人物语言，遂使文本生动起来：

> 初，鬻拳强谏楚子，楚子弗从，临之以兵，惧而从之，鬻拳曰："吾惧君以兵，罪莫大焉。"遂自刖也。楚人以为大阍，谓之大伯，使其后掌之。君子曰："鬻拳可谓爱君矣，谏以自纳于刑，刑犹不忘纳君于善。"②

---

① 李梦生：《左传译注》，上海古籍出版社2004年版，第138页。

② 同上书，第140页。

在讲史者眼中，这一故事里最出彩的人物是鬻拳，而在纯叙事体中，无法突出鬻拳的精神气概，最终还是在故事讲完后，单独择出鬻拳之事的始末，用他自己说过的话来体现其精神世界。没有比让人物自己来表明心声更好的办法了，甚至连叙述者都被感动得无法保持冷静，站出来发表若干唏嘘之言。以生动感人而论，记言实在还是当时难以抛弃的好方法。因此，《左传》中仍然少不了以言记事的叙事片段。如《郑伯克段于鄢》中，接着背景的简单介绍之后，便是以大量对话展开的情节：

> 及庄公即位，为之请制。公曰："制，岩邑也，虢叔死焉。佗邑唯命。"请京，使居之，谓之京城大叔。祭仲曰："都城过百雉，国之害也。先王之制：大都不过三国之一，中五之一，小九之一。今京不度，非制也，君将不堪。"公曰："姜氏欲之，焉辟害？"对曰："姜氏何厌之有？不如早为之所，无使滋蔓，蔓难图也。蔓早犹不可除，况君之宠弟乎？"公曰："多行不义必自毙，子姑待之也。"① ……

说体文所具有的戏剧性、生动性，及揭示人物内心活动的优势，无不使《左传》中的故事曲折而动听，人物生动而丰富，成为历来《左传》文学要素的渊源所在。

考察《国语》《春秋事语》与《左传》中的相似片段，会发现《左传》对说体文的继承是经过改造的。与《国语》中表现出的无意叙事而叙事的情况不同，《左传》明显向有意叙事的方向倾斜，因此，对原材料在一定程度上作了更适于叙事文体的改造。如发生于鲁庄公三十二年，有神降于莘之事。《国语》与《左传》所面临相似的事情与材料，但二者却有很大的不同，《国语》的记录更注意在这件事中，明智的内史过对此深刻透彻的分析和判断，使读者从其言谈中得到教益。而《左传》作者注重的是这件事所昭明的历史意义。《国语·周语上》：

> 十五年，有神降于莘，王问于内史过，曰："是何故？固有之乎？"对曰："有之。国之将兴，其君齐明、衷正、精洁、惠和，其

---

① 李梦生：《左传译注》，上海古籍出版社 2004 年版，第2—3页。

德足以昭其馨香，其惠足以同其民人。神飨而民听，民神无怨，故明神降之，观其政德而均布福焉。国之将亡，其君贪冒、辟邪、淫佚、荒怠、粗秽、暴虐；其政腥臊，馨香不登；其刑矫诬，百姓携贰。明神不蠲而民有远志，民神怨痛，无所依怀，故神亦往焉，观其苛慝而降之祸。是以或见神以兴，亦或以亡。昔夏之兴也，融降于崇山；其亡也，回禄信于聆隧。商之兴也，梼杌次于丕山；其亡也，夷羊在牧。周之兴也，鸑鷟鸣于岐山；其衰也，杜伯射王于鄗。是皆明神之志者也。"王曰："今是何神也？"对曰："昔昭王娶于房，曰房后，实有爽德，协于丹朱，丹朱凭身以仪之，生穆王焉。是实临照周之子孙而祸福之。夫神壹不远徙迁，若由是观之，其丹朱之神乎？"王曰："其谁受之？"对曰："在虢土。"王曰："然则何为？"对曰："臣闻之：道而得神，是谓逢福；淫而得神，是谓贪祸。今虢少荒，其亡乎？"王曰："吾其若之何？"对曰："使太宰以祝、史帅狸姓，奉牺牲、粢盛、玉帛往献焉，无有祈也。"王曰："虢其几何？"对曰："昔尧临民以五，今其胄见，神之见也，不过其物。若由是观之，不过五年。"王使太宰忌父帅傅氏及祝、史奉牺牲、玉鬯往献焉。内史过从至虢，虢公亦使祝、史请土焉。内史过归，以告王曰："虢必亡矣，不禋于神而求福焉，神必祸之；不亲于民而求用焉，人必违之。精意以享，禋也；慈保庶民，亲也。今虢公动匮百姓以逞其违，离民怒神而求利焉，不亦难乎！"十九年，晋取虢。①

《左传·庄公三十二年》：

秋七月，有神降于莘。惠王问诸内史过曰："是何故也？"对曰："国之将兴，明神降之，监其德也；将亡，神又降之，观其恶也。故有得神以兴，亦有以亡。虞、夏、商、周皆有之。"王曰："若之何？"对曰："以其物享焉，其至之日，亦其物也。"王从之。内史过往，闻虢请命，反曰："虢必亡矣，虐而听于神。"②

---

① 上海师范大学古籍整理研究所：《国语》，上海世纪出版有限公司、上海古籍出版社1998年版，第29—30页。

② 李梦生：《左传译注》，上海古籍出版社2004年版，第169—170页。

　　虽然有可能《左传》作者所参阅的资料并不就是《国语》中的这一段，但也应该是类似的材料，因而在文体上与《国语》具有一致性，共性是《国语》的记言要比记事详细得多。而《左传》中的这一段，便是在此类资料的基础上加以精简完成的。这种精简可谓大手笔，甚至改变了文本的主要特征。在《国语》中，叙事的整体框架，是为记言服务的，所叙之事作为言的背景而存在，事件本身还远未引起作者和读者的重视；而《左传》中，记言则是为叙事服务的，言语的内容是为了说明事件的意义及其后果，成为连接事件的因果关联的纽带，与叙事无关的多余对话内容，因此可以被大段地省略掉。叙事逐渐在《左传》中变得纯粹起来。这也是有论者在论及史传为中国古代小说起源时，均以《左传》为其源头①，而忽视《国语》的原因之一。

　　王靖宇先生也曾以"申生之死"的故事为例，对《国语》与《左传》两书的叙事特点作了详细比较，得出"两书间最大的不同是故事的整体结构和人物的个性描写"的结论。认为"就故事的整体结构而言，《左传》里的叙事无疑要紧凑而有条理得多，……文字也十分精简，……相对地，《国语》里的叙事虽然有不少描写细腻而又富于真实感的片段，但就整体而言却显得比较散漫。看起来，它的作者对所搜集到的有关材料只作了粗略安排，并未刻意去整理、加工"②。这一结论，也从另一个侧面印证了《左传》成书继承说体文写作传统，并加以改进的认识。

二　先秦说体文与《史记》

　　由于《史记》作于汉代，其时，《国语》《左传》《战国策》均已成书，是太史公"绌史记石室金匮之书"时所参览的对象，因此，《尚书》《国语》《战国策》和《左传》乃至于许多我们今天已经看不到的典籍都有可能成为他撰写《史记》时所采用的材料。据刘节分析，《史记·周本纪》中有十分之三四出于《国语·周语》，《郑世家》《越世家》，也有参用《郑语》《越语》的痕迹。③

　　《后汉书·班彪传》载班彪之言云："孝武之世，太史令司马迁采

---

① 吴长庚：《左传与中国古代小说的起源》，《上饶师范学院学报》1982 年第 1 期；刘继保：《中国古代小说起源于左传》，《中州学刊》2004 年第 1 期。

② 王靖宇：《中国早期叙事文研究》，上海古籍出版社 2003 年版，第 177 页。

③ 刘节：《左传国语史记之比较研究》，《说文月刊》1944 年第 5 卷第 2 期。

《左氏》《国语》，删《世本》《战国策》，据楚汉列国时事，上自黄帝，下讫获麟，作《本纪》《世家》《列传》《书》《表》凡百三十篇，而十篇缺焉。"① 据张大可先生研究，《史记》的取材有以下五种方式：一是皇家所藏图书档案；二是金石、文物、图像及建筑；三是游历访问，实地调查；四是接触当事人或他人口述材料；五是采集歌谣诗赋，里语俗谚。其中第一类，即司马迁所参照的图书档案中，载于《史记》的就有九十六种，其中包括今天还能看到的《国语》《春秋》三传，《韩诗内外传》《楚汉春秋》和今天已逸的《春秋杂说》《铎氏微》《虞氏春秋》等，就目前尚能看到的部分而言，它们的文体与《国语》等记载历史故事的文集都颇有相似之处。② 在《史记·五帝本纪》中，司马迁自称："予观《春秋》《国语》……"足见他参考过《国语》。《战国策》的成书在司马迁去世六十七年后，由刘向典校群书时，有一类"中书余卷，错乱相糅莒。……中书本号，或曰《国策》，或曰《国事》，或曰《短长》，或曰《事语》，或曰《长书》，或曰《修书》，臣向以为战国时游士，辅所用之国，为之策谋，宜为《战国策》"③。故《战国策》之命名，在司马迁作《史记》之后，宜其名不见于《史记》。但这些刘向所见未命名之类杂糅余卷，均有可能被时为太史令的司马迁所见，因此，采之于《史记》之中，为战国史之辅料，也是极有可能的。班固等人也正是看到了《战国策》与《史记》在记事上的相关性，说"司马迁据《左氏》《国语》，采《世本》《战国策》……"

在《史记》的各部分中，数列传的文学色彩最为鲜明。列传是以人物为中心来组织情节的，这种倾向，在后期说体文中已经表现出来。如《国语》"越语下"中的诸文，基本上都是以范蠡的言行为中心来选录文章，把这些篇目联系起来看，已经初步具有了人物传记式叙事的框架。经过战国后期的发展，《战国策》中已经出现了以一个人物的言行为核心的叙事文本，如《齐策一·邹忌修八尺有余》《齐策四·齐人有冯谖者》《赵策一·晋毕阳之孙豫让》《韩策二·韩傀相韩》《燕策三·燕太子丹质于秦亡归》等，已可称是纪传体之雏形。在这些故事中，与主要人物相

① 范晔：《后汉书》，中华书局 1965 年版，第 1325 页。

② 张大可：《论史记取材》，《甘肃社会科学》1983 年第 5 期。

③ 范祥雍：《战国策笺证·刘向书录》，上海古籍出版社 2006 年版，第 1 页。

关的一系列事件被集中在一篇文章中，形成由一系列事件所组成的富有意义的情节，最终在完成叙述意图的同时，也塑造出一个特性鲜明的人物形象。如清代吴楚材在评价冯谖时说："三番弹铗，想见豪士一时沦落，胸中块垒，勃不自禁。通篇写来，波澜层出，姿态横生，能使冯公须眉，浮动纸上。沦落之士，遂尔顿增气色。"[①] 这种由先秦说体文发展而来的以描写人物为主的叙事手法，被太史公继承并在写作中发扬光大。

　　这也是后人屡屡论及《史记》及《左传》具有文学色彩的原因所在。王靖宇便认为《左传》《史记》这类早期历史著作"其中有不少段落读起来其实和小说并无差别"。认为其原因在于"二者（历史和小说）都是以叙述为主的文体，而既然有叙述，就难免会牵涉到情节的安排、人物的描写、观点的运用等——小说里的叙述固然如此，历史里的叙述也不能例外。因为，历史家的任务不应该只限于对事件作流水账式的罗列，或对某一个或数个特定事件的意义进行分析，更重要的是研究事件发生的来龙去脉，或是在众多孤立事件之间建立起某种关系，或是从混乱而无条理的现象中找出某种道理和意义。所有这些活动都需要海登·怀特所谓的'情节的编造'，而历史家在编造情节时，一如小说家一样，所考虑的是故事的合理性与完整性，因此，这种'情节编造'的结果就不一定和事实完全符合"[②]。这一理解用于解释普遍存在的历史叙事与小说叙事的相似性，是可行的。但我们也不难发现，与《资治通鉴》这类后世比较成熟的历史文体相比，《左传》与《史记》的叙事艺术性似乎更强一些。如《史记·刺客列传》中聂政刺韩傀一事，铺陈敷衍近千字，人物形象鲜明，语言生动，细节逼真：

　　　　聂政者，轵深井里人也。杀人避仇，与母、姊如齐，以屠为事。久之，濮阳严仲子事韩哀侯，与韩相侠累有郤。严仲子恐诛，亡去，游求人可以报侠累者。至齐，齐人或言聂政勇敢士也，避仇隐于屠者之间。严仲子至门请，数反，然后具酒自畅聂政母前。酒酣，严仲子奉黄金百溢，前为聂政母寿。聂政惊怪其厚，固谢严仲子。严仲子固进，而聂政谢曰："臣幸有老母，家贫，客游以为狗屠，可以旦夕得

① 吴楚材：《古文观止》，中华书局 1959 年版，第 145 页。
② 王靖宇：《中国早期叙事文研究》，上海古籍出版社 2003 年版，第 37 页。

甘毳以养亲。亲供养备，不敢当仲子之赐。"严仲子辟人，因为聂政言曰："臣有仇，而行游诸侯众矣；然至齐，窃闻足下义甚高，故进百金者，将用为大人粗粝之费，得以交足下之欢，岂敢以有求望邪！"聂政曰："臣所以降志辱身居市井屠者，徒幸以养老母；老母在，政身未敢以许人也。"严仲子固让，聂政竟不肯受也。然严仲子卒备宾主之礼而去。

久之，聂政母死。既已葬，除服，聂政曰："嗟乎！政乃市井之人，鼓刀以屠；而严仲子乃诸侯之卿相也，不远千里，枉车骑而交臣。臣之所以待之，至浅鲜矣，未有大功可以称者，而严仲子奉百金为亲寿，我虽不受，然是者徒深知政也。夫贤者以感忿睚眦之意而亲信穷僻之人，而政独安得嘿然而已乎！且前日要政，政徒以老母；老母今以天年终，政将为知己者用。"乃遂西至濮阳，见严仲子曰："前日所以不许仲子者，徒以亲在，今不幸而母以天年终。仲子所欲报仇者为谁？请得从事焉！"严仲子具告曰："臣之仇韩相侠累，侠累又韩君之季父也，宗族盛多，居处兵卫甚设，臣欲使人刺之，（众）终莫能就。今足下幸而不弃，请益其车骑壮士可为足下辅翼者。"聂政曰："韩之与卫，相去中间不甚远，今杀人之相，相又国君之亲，此其势不可以多人，多人不能无生得失，生得失则语泄，语泄是韩举国而与仲子为仇，岂不殆哉！"遂谢车骑人徒，聂政乃辞独行。仗剑至韩，韩相侠累方坐府上，持兵戟而卫侍者甚众。聂政直入，上阶刺杀侠累，左右大乱。聂政大呼，所击杀者数十人，因自皮面决眼，自屠出肠，遂以死。

韩取聂政尸暴于市，购问莫知谁子。于是韩县之，有能言杀相侠累者予千金。久之莫知也。政姊荣闻人有刺杀韩相者，贼不得，国不知其名姓，暴其尸而县之千金，乃于邑曰："其是吾弟与？嗟乎，严仲子知吾弟！"立起，如韩，之市，而死者果政也，伏尸哭极哀，曰："是轵深井里所谓聂政者也。"市行者诸众人皆曰："此人暴虐吾国相，王县购其名姓千金，夫人不闻与？何敢来识之也？"荣应之曰："闻之。然政所以蒙污辱自弃于市贩之间者，为老母幸无恙，妾未嫁也。亲既以天年下世，妾已嫁夫，严仲子乃察举吾弟困污之中而交之，泽厚矣，可奈何！士固为知己者死，今乃以妾尚在之故，重自刑以绝从，妾其奈何畏殁身之诛，终灭贤弟之名！"大惊韩市人。乃大呼天者三，卒于邑悲哀而死政之旁。①

而《资治通鉴》仅用近一百五十个字来叙述此事：

> 侠累与濮阳严仲子有恶。仲子闻轵人聂政之勇，以黄金百溢为政
> 母寿，欲因以报仇。政不受，曰："老母在，政身未敢以许人也。"
> 及母卒，仲子乃使政刺侠累。侠累方坐府上，兵卫甚众，聂政直入，
> 上阶刺杀侠累，因自皮面决眼，自屠出肠。韩人暴其尸于市，购问莫
> 能识。其姊荣闻而往哭之曰："是轵深井里聂政也。以妾尚在之故，
> 重自刑以绝从。妾奈何畏殁身之诛，终灭贤弟之名！"遂死于政尸
> 之旁。②

此事在《战国策》中也有，无题，但单独成篇，后人取其篇中首句
为名曰《韩傀相韩》。所记之情节对话，与《史记》大体一致，但相对而
言，《史记》在个别字句方面经过太史公加工，语言表达更加流畅，人物
形象也更加突出了。可以说，《史记》对战国时叙事性说体文的继承，不
仅体现在对其中历史事件的记录，而且在叙事文体的艺术性方面有积极的
发展和突破。据考证，《史记·韩世家》所载，聂政杀韩相侠累，当在列
侯三年。此后十年，列侯卒；子文侯立，十年卒；子哀侯立，六年，韩严
弑其君哀侯。也就是说，聂政事与哀侯继位，相隔二十年，则《史记·
刺客列传》所依据的材料，应当是具体时代并不清楚的传说，与《战国
策》中所称聂政刺韩傀时，哀侯在旁，伤及哀侯一事，有很大的相似性，
更加说明太史公此处所依据的乃是文学叙事色彩浓厚的说体故事。而
《史记·韩世家》所参考的材料，应当是由当时韩国史官所书的记事体
《春秋》。在同一件事上，太史公保存不同的说法与文体风格，与他在撰
写不同内容时所参考的材料有很大的关系。因此，在史学独立后的宋代，
司马光在《资治通鉴》中提及此事时，虽然在故事内容上大体一样，但
以更审慎的态度，将时代确定为周惠公五年三月（前397），即《史记·
韩世家》所称韩列侯三年，并精简故事，使文本看起来就更像历史而非

---

① 杨燕起：《史记全译》，贵州人民出版社2001年版，第3182—3187页。
② 司马光：《资治通鉴》，中州古籍出版社2003年版，第5—6页。

文学，体现出宋以后史官的求真意识。《资治通鉴》中即使有一些颇具文学叙事色彩的段落，也多出自司马光对《史记》文本的引用，司马光本人在叙述历史，以备帝王参考时，其实更倾向于这种简练的，去掉那些来自传说，具有不实嫌疑的枝枝蔓蔓，这种主动的选择，显示出更为自觉的史学意识和对其真实性标准的追求。

先秦叙事性说体文中，关注口传的古老记忆这一因素，也得到了司马迁充分的重视，为《史记》所秉承。如不为《尚书》所及的五帝之事，虽然载于百家之言，但由于"其文不雅驯，缙绅先生难言之"，后世儒者多不传。其文不雅驯的原因，就在于这些故事从一开始就未著于文字，是由纯粹的口说传统继承而来。没有文字传统，因此以其本来形态，不论从体例，还是内涵意义上，都难以进入当时的经典系统并得到认可。但司马迁通过实地考察，"尝西至空桐，北过涿鹿，东渐于海，南浮江淮矣"，发现"至老皆各往往称黄帝、尧、舜之处，风教固殊焉，总之不离古文者近是"① 的现象，认为即使非经典系统中的百家之言，所述五帝之事，也与田野调查中古老相传的口说传统一致，因此，在口传史事与文献所载之间，仔细辨证，筛取其中可信之处，大胆突破先秦典籍始自尧的传统，撰写了《五帝本纪》。近年来考古发现证明，河北省涿鹿县附近的确有一座被当地百姓传为黄帝城的古城，根据出土文物判断，应当是处于仰韶文化与龙山文化时期传说中的黄帝时期。而从司马迁撰写《五帝本纪》所依据的材料来看，既有与其同时在其地流传的口头讲说，也有早在春秋战国时期，即以文字记录的口传史料。说明在文字以优势传播方式的态势大行发展之时，逐渐式微的传统口头传播方式所承载的内容，也在不断地以各种方式渗透进文本当中。口传时期的一些特点，不可避免地在《史记》的文本中留下了一些痕迹。

因此，具体到《史记》等文学性叙事特点较为突出的文本，对其历史叙事中较强的文学特性的理解，只以普遍的历史文本与文学文本相似的原因去解释它们，是不够说明其特殊性的。还应该从它所继承的叙事文本传统的角度去理解。《史记》所继承的，经由《国语》和《战国策》充分发展后的叙事性说体文，及《左传》充分发展起来的史传叙事艺术传

① 此处引语均见《史记·五帝本纪赞》，杨燕起：《史记全译》，贵州人民出版社2001年版，第35页。

统，在太史公本人天才素质的熔铸下，从文本和历史学两个方面，进行了
融合与推进，遂使《史记》，特别是其中的"列传"部分，成为历史与文
学文本的高度统一体。

　　王靖宇先生曾经提出过"司马迁为何要把一部历史著作写成文学作
品"的疑问，并且通过分析，认为是由司马迁的个性和他写作《史记》
的目的所致。① 这两点固然重要，但如果太史公之前根本没有可继承的文
学性叙事文本传统，他还能写出这么生动精彩，千古传神的人物传记吗？
因此，先秦叙事性说体文所具有的叙事艺术特征，可以说对《史记》中
人物传记的文学性因素的形成，具有重要的影响作用。

　　《史记》对说体文的继承不仅体现在其列传的叙事艺术中，而且还体
现在被金圣叹以为是才子之论的"太史公曰"之中。"太史公曰"从形式
上讲，是司马迁对《春秋事语》—《国语》—《左传》这一历史叙事传
统中以"某某曰"为历史评论体例的继承，同时也有不少创新。②

　　通过以上考察《左传》《史记》取材及其与前期文本之间的继承关
系，发现这两部被后世视为历史著作的长篇叙事文本，之所以具有异常鲜
明的文学色彩，是由于它们所继承的材料及其文本传统所具有的文学色
彩。曾有研究者认为："着眼于《史记》历史叙事的笔法，出于历史叙事
的特定需要，司马迁实际上是错综地使用着两种笔法。十表之中，司马迁
运用的是典型的史笔，是源于《春秋》的那种粗陈梗概式的简约叙述。
这是一种笔法。另一种笔法则源于《左传》《国策》等先秦史籍，重周详
叙事，重生动叙事，相对而言，我们可以称之为文笔。文笔大展身手的空
间主要在十表之外。"③ 说明人们已经认识到了《史记》文学性叙事并非
太史公首创，而是来自对前代叙事艺术的继承，其来源是《左传》《国
策》等先秦典籍。这一认识虽然不像本书这样明确指出是先秦叙事性说
体文的影响，但这种理解大体上还是不错的。

---

　　① 王靖宇：《中国早期叙事文研究》，上海古籍出版社 2003 年版，第 143—150 页。

　　② 肖黎：《关于"太史公曰"的几个问题》，《学习与探索》1984 年第 1 期。

　　③ 邹文贵：《史记讲论》，黑龙江人民出版社 2006 年版，第 91 页。

第三章

选文以定篇：先秦说体文存在形态及特征

第一节 先秦典籍中的现实存在

经过对"说"本义的追溯，及六朝说体文理论的分析校正，已经能够从命名上肯定先秦"说体文"的合理性。经过对先秦记言与口说传统的文本形态分析，并进而考察史传散文中的文体要素，发现从简单的记言文本到《左传》的"传说体"之间，存在着一个过渡性文体，这种文体，应该就是本书所讨论的先秦说体。一种文体，如果只是有存在的可能性，而不具备存在的实体，永远只能存在于推测之中，就不可能对后来的文体产生真正的影响。只有在传世文献和出土简帛中去甄别它，才能真正证明它的存在。

一 先秦说体文的存在形态

根据前面的分析判断标准，首先要明确的是，先秦说体文的典型文本应该如何。首先来看《国语·鲁语上》"齐孝公来伐鲁"一则：

> 齐孝公来伐鲁，臧文仲欲以辞告，病焉，问于展禽。对曰："获闻之，处大教小，处小事大，所以御乱也，不闻以辞。若为小而崇，以怒大国，使加己乱，乱在前矣，辞其何益？"文仲曰："国急矣！百物唯其可者，将无不趋也。愿以子之辞行赂焉，其可赂乎？"展禽使乙喜以膏沐犒师，曰："寡君不佞，不能事疆场之司，使君盛怒，以暴露于弊邑之野，敢犒舆师。"齐侯见使者曰："鲁国恐乎？"对曰："小人恐矣，君子则否。"公曰："室如悬磬，野无青草，何恃而不恐？"对曰："恃二先君之所职业。昔者成王命我先君周公及齐先君太公曰：'女股肱周室，以夹辅先王。赐女土地，质之以牺牲，世

世子孙无相害也。'君今来讨弊邑之罪，其亦使听从而释之，必不泯其社稷；岂其贪壤地，而弃先王之命？其何以镇抚诸侯？恃此以不恐。"齐侯乃许为平而还。①

就文本而言，该篇完全符合"文章"的三个标准：书面语言形态，有着完整的内容和形式。从核心内容来看，以乙喜以言辞说服齐国退兵之事为主，而在这件事中，起关键作用的又是乙喜劝服齐孝公的说辞。因此，文本写作的目的，给读者留下的印象似乎就是为了记载乙喜这段起到重要作用的言辞，这也是历来研究者要以"辞"为文的原因所在。但事实上，这篇文章围绕这段说辞，组织了一系列相关情节：齐孝公伐鲁；臧文仲出谋，希望以辞告而免；展禽态度转变之后推荐乙喜；乙喜以辞对齐侯；齐侯听罢议和辙兵而还。就文体而言，可以说是一篇完整的叙事文，内容具有相对独立性、完整性，情节结构一气呵成，有开端、发展、高潮、结尾，如果不考虑它的史料价值，说它是一则历史故事，应该没有问题。这种模式——以记录具有现实意义的言辞为核心，将它放在前因、后果等一系列事件中去描述，就是先秦说体文的基本模式。

但先秦说体文并非全部都是这样，在具体的存在形态中，从上节所论及早期记言文体演变而来的最简单形态，到后期言辞地位逐渐降低、叙事逐渐突出的复杂形态，存在一定程度的变化，呈现出多样的姿态。较早期的形态，如《国语·周语上》中"厉王说荣夷公"一则：

厉王说荣夷公，芮良夫曰："王室其将卑乎！夫荣公好专利而不知大难。夫利，百物之所生也，天地之所载也，而或专之，其害多矣。天地百物，皆将取焉，胡可专也？所怒甚多，而不备大难，以是教王，王能久乎？夫王人者，将导利而布之上下者也，使神人百物无不得其极，犹日怵惕，惧怨之来也。故颂曰：'思文后稷，克配彼天。立我蒸民，莫匪尔极。'大雅曰：'陈锡载周。'是不布利而惧难乎？故能载周，以至于今。今王学专利，其可乎？匹夫专利，犹谓之盗，王而行之，其归鲜矣。荣公若用，周必败。"既，荣公为卿士，

---

① 上海师范大学古籍整理研究所：《国语》，上海世纪出版有限公司、上海古籍出版社1998年版，第159—160页。

诸侯不享，王流于彘。①

　　芮良夫是周厉王时的大夫，与荣夷公同朝为官。这段话，开始就预言周室的衰微，不可能是面对周王的进谏之言，应当是私下的议论。其可信度如何，又是如何被记录与保存下来的已不可考。就文本而言，主要内容是芮良夫对周厉王宠信荣夷公一事，对周王朝兴衰的影响作出的判断。在这一言辞之前，有对引发评论背景的介绍："厉王说荣夷公"；在其后，有这一判断的现实对应："既，荣公为卿士，诸侯不享，王流于彘。"这前后的叙述非常简练，与言辞的丰饶形成鲜明的对比。与前述记言文体中的第三类在结构上非常相似，都是事件—言辞—事件的次序。所不同在于，记言文体中的第三类，事件与言辞之间并没有必然的因果联系，更多的是时间与空间上的相关联性。而在这里，已经可以看到撰写者有意识地把言辞与前后事件通过因果关系联系起来，使言辞作为事件与其他事件融合在一起，形成一个具有完整情节的叙事性文本。这种揭示事件之间或事件内部的因果关系的叙述方法，被童庆炳先生称为"情节化"②，正是由于"情节化"，使先秦说体文与前述第三类记言文体产生了本质上的区别，由单纯的"记"转为有撰写者主观意识参与的"述"，形成了早期最简单形态的叙事文体。

　　战国时期游士言辞的重要性有了进一步的增强，其特点相对春秋时期也有了很大的变化，使记载这类说话活动的文本内容更加丰富，情节更加曲折，叙事的部分相对而言有所发展，记言的部分逐渐有所萎缩。但从单篇文本存在的形态来看，以言辞为核心，组织起前后事件的基本形式并没有发生根本性变化。如《战国策·齐策三》"孟尝君舍人"一则：

　　　　孟尝君舍人有与君之夫人相爱者，或以问孟尝君曰："为君舍人而内与夫人相爱，亦甚不义矣，君其杀之。"君曰："睹貌而相悦者，人之情也。其错之，勿言也。"居期年，君召爱夫人者而谓之曰："子与文游久矣，大官未可得，小官公又弗欲。卫君与文布衣交，请

　　①　上海师范大学古籍整理研究所：《国语》，上海世纪出版有限公司、上海古籍出版社1998年版，第12—13页。
　　②　童庆炳：《中国叙事文学的起点与开篇——〈左传〉叙事艺术论略》，《北京师范大学学报》（社会科学版）2006年第5期。

具车马皮币，愿君以此从卫君。"游于卫，甚重。齐、卫之交恶，卫
君甚欲约天下之兵以攻齐。是人谓卫君曰："孟尝君不知臣不肖，以
臣欺君。且臣闻齐、卫先君刑马压羊，盟曰：'齐、卫后世无相攻
伐。有相攻伐者，令其命如此。'今君约天下之兵以攻齐，是足下倍
先君盟约而欺孟尝君也。愿君勿以齐为心！君听臣，则可。不听臣，
若臣不肖也，臣辄以颈血湔足下衿。"卫君乃止。齐人闻之曰："孟
尝君可语善为事矣，转祸为功。"①

在这篇文章中，虽然占主要篇幅的还是人物言辞，其中舍人劝卫君
勿伐齐的一段相对更重要些，具有影响现实的效果。但通过对舍人劝止
卫君动机的具体描述，使整个文本令人关注的重心由具有说服力的言辞
向情节和中心人物倾斜，可以说，这种形态的说体文，可以代表更后
期，叙事更为成熟的形态，继续发展下去，人物语言就已经不再成为核
心内容，而只是整个叙事情节的组成部分，文体形态也变成更为成熟的
叙事文体。②

就所记言辞的具体功能而言，不仅包括对现实发生积极作用的类型，
而且还有那些可能对现实发生积极作用，但由于不被采纳，最终使倾听者
受到现实严酷教育的类型。在先秦说体文中，核心言辞总要与现实发生一
定的关联，不论是影响现实，还是失去影响现实的机会而导致遭到现实的
教训，或者是被现实所印证。只有这样的言辞才有机会被记载下来，与相
关的背景、结果一起，构成先秦说体文。

二 先秦说体文在文献中的具体存在范围

在目前所能见到的传世文献中，先秦说体文比较集中的是《国语》
《战国策》，此外，诸子书中也有一些篇目属于说体文。近年来的出土简
帛中，根据马王堆汉墓出土的简帛整理而成的《战国纵横家书》与《春
秋事语》，其中的一些篇目也可以算得上是这一类文体。

---

① 范祥雍：《战国策笺证》，上海古籍出版社 2006 年版，第 600—601 页。

② 如《战国策·齐策四》中的"冯谖客孟尝君"一则。这一类的文本，在《战国策》
中具有相对独立与完整性，且同一题材，不同人物的故事并见于《史记》等书，其真实性颇
为可疑。与其说是史传类叙事散文，不如说是历史故事更贴切一些。

（一）《国语》中的大部分篇目

与以往研究者习惯以史书体裁来看待《国语》，视其为国别体史书的视角不同，本书审视《国语》的角度是散文文体视角。先秦典籍文史不分，彼时文学与史学观念都尚未自觉，文字更多的还是在发挥它们的记录功能。这些用于记录的文字，从内容上讲，经过若干年的时光，已经变成了后世了解当时情况的材料，成为史料；但从形式上讲，也自然而然形成了文章，具备了后世散文所具有的一切特征。可以说，这两种研究彼时尚未有意为史为文之《国语》的视角是平等的。但长期以来，《国语》多被视为史书来研究，从散文文体视角出发的研究成果相对薄弱一些。这一方面给后来的研究留下了空白，另一方面，史学研究丰硕的成果，于文体研究来说还是有一定的借鉴意义。

《国语》并非成于一时一人之手，最大的可能性是来自战国时期人们的收集整理辑录。从其中各国之文的具体写法、特征与风格来看，并不一致，说明这些文章其来有自，或许经过编撰者的整理，方成今日所见之文。三国韦昭在《国语解叙》中虽托之为左丘明，但也认为是"故复采录前世穆王以来，下讫鲁悼、智伯之诛，邦国成败，嘉言善语，阴阳律吕，天时人事逆顺之数，以为《国语》"①。今人张舜徽在《中国史学名著题解》中就认为"《国语》是一部汇编之书，它仅仅反映了春秋时期八个国家，每个国家记史事详略不同，写法也不同，不像出自一个人的手笔，很可能是当时各国史官把史事记下来之后，有人在这些材料基础上进行整理加工润色而成的"②。

《国语》的名称，始自司马迁《史记·五帝本纪》"太史公曰：……予观《春秋》《国语》，……"《太史公自序》中又有"左丘失明，厥有《国语》"之称。③在此之前，《国语》的一些内容虽也在其他先秦文献当中出现，却未被称为《国语》，而是《记》与《楚书》。《韩非子·说疑》："其在《记》曰：尧有丹朱，而舜有商均，启有五观，商有太甲，武王有管、蔡。"④所引之文略同《国语·楚语上》："故尧有丹朱，舜有

---

① 上海师范大学古籍整理研究所：《国语》，上海世纪出版股份有限公司、上海古籍出版社1998年版，第661页。

② 张舜徽：《中国史学名著题解》，中国青年出版社1984年版，第6—7页。

③ 杨燕起：《史记全译》，贵州人民出版社2001年版，第35、4510页。

④ 王先谦：《韩非子集解》，中华书局1998年版，第405页。

商均，启有五观，汤有太甲，文王有管、蔡。"① 两文中仅有"文王"
"武王"的差别，其余都一致。《礼记·大学》："《楚书》曰：'楚国无以
为宝，惟善以为宝。'"② 《国语·楚语下》记载王孙圉聘晋，与赵简子言
楚国之宝，具体言辞虽不同，但在内容与思路上约略相似。以上两例，或
称《记》，或称《楚书》，均不称《国语》。《孔丛子·问答》中有"陈王
涉读《国语》，言申生事"③ 之说，但由于《孔丛子》的真伪历来被学者
怀疑，不足以为据，即使其所述材料为真，《国语》之为书名，其上限也
只能追溯到秦末汉初。足见《国语》所述之内容，并不能确定为对当时
事件的真实记载，而是由战国后期某不知名的编撰者集当时散见于各处的
类似篇目而成。这样的编撰体例及成书时代，其文体自然已经与《尚书》
所代表的西周时期公文档案式记言材料有所区别。有意义的言辞已经被甄
别出来，经由编写者的理解，与历史事实相关联，在文本中得到全面
展示。

　　经过这样集结的单篇文本，与《左传》经由编年，体现出明显历史
意识的鸿篇巨制不同，即使从历史学的角度来看，长期以来，《国语》也
处于边缘位置。严格意义上来说，它不能算史书，只能算作史料，其为文
之目的并非记载历史，而在于表意。对《国语》的类别，自汉代刘歆
《七略》中将《国语》列入"六艺略"中的"春秋"类以来，诸家多从
史书体裁的角度来认识，称其"开创了国别史的体例"④。但对它是否符
合《春秋》经义，一直颇有争议。直到清乾隆时编纂《四库全书》，索性
黜《国语》出经部，而入史部"杂史"类中，《四库全书总目提要》云：
"考《国语》上包周穆王，下暨鲁悼公，与《春秋》时代首尾皆不相应，
其事亦多与《春秋》无关，系之《春秋》，殊为不类……附之于经，于义
未尤。《史通·六家》，《国语》其一，实古左史之道。今改隶之杂史类
焉。"⑤ 而"杂史"类，在历史文献中一向被视为接近小说的一种，《文
献通考》卷一九五引郑樵注曰："古今编书所不能分者五：一曰传说，二

---

　　① 上海师范大学古籍整理研究所：《国语》，上海世纪出版有限公司、上海古籍出版社
1998 年版，第 579—581 页。

　　② 李学勤：《礼记正义》，北京大学出版社 1999 年版，第 1601 页。

　　③ 孔鲋：《孔丛子》，中华书局 1985 年版，第 144 页。

　　④ 李炳泉：《中国史学史纲》，辽宁师范大学出版社 1997 年版，第 25 页。

　　⑤ 永瑢：《四库全书总目》，中华书局 1965 年版，第 461 页。

曰杂家，三曰小说，四曰杂史，五曰故事。凡此五类者，足相紊乱。"①
由此可知，杂史接近小说笔记，和严肃的正史不能相提并论。这说明
《国语》有很多史学研究不屑涉及的地方，而这些也正是文学研究需要关
注的。史学研究提到的"国别体"，关注的其实是它的文本编辑体例；提
到它以各国君臣议论之语为主要内容，也并不涉及文本。而近代以来的古
代文学研究者，也通常将史学视角自然而然引入文学研究领域，将其看作
以记言为主的"国别史"，虽然也因此提及它的叙事成就，但由于它远远
不及《左传》，往往只是一带而过，一般不提及它的文体②。

　　《国语》各篇虽以记言为主，但由于其材料来源不同，各国记述事迹
各有侧重：《周语》侧重于论政记言；《鲁语》多为士大夫的嘉言善语；
《齐语》主要记齐桓公与管仲的论政之语；《晋语》在全书中篇幅最长，
记载晋国大事比较详尽，虽然仍有大量篇幅用来记载人物语言，但叙事成
分也相对较多；《郑语》记史伯与郑桓公论周室兴衰的言辞；《楚语》主
要记楚灵王、昭王时的言谈之事；《吴语》与《越语》都只围绕吴越兴衰
之事记言。除了内容侧重点的不同，在具体文章结构特点上也有所不同，
《周语》叙事成分极其简练，言辞占有绝对优势，可见从早期记言文体脱
胎不久。在内容上，多为某人当时的明智之言得到了日后事实的应验，颇
有巫史之风。其标准文体如上节所述"厉王说荣夷公"。《鲁语》虽然也
记言，但言辞与前后事件之间的关系不很紧密，其中有一部分不是说体
文，而只是记言体文，如"曹刿论战""曹刿谏庄公如齐""匠师庆谏庄
公丹楹刻桷""夏父展谏宗妇觌哀姜用币"等篇，开篇介绍引发谏言的事
情经过，继而是对谏言的记载，之后便结束全文，或只简单地说"公弗
听"，而没有下一个情节，言辞没有成为推动情节发展的因素，便不能够
将其视为说体文。此外，《鲁语》中比较独特的一点，是文末有了"史
评"，即对事件作出评论的言辞，作出评论的人多是同时代的士大夫，如
"文公欲弛孟子之宅"一则最末，有"臧文仲闻之曰：'孟孙善守矣，其
可以盖穆伯而守其后于鲁乎！'""季康子问于公父文伯之母"则最末有
"子夏闻之曰：'善哉！商闻之曰：古之嫁者，不及舅姑，谓之不幸。夫
妇，学于舅姑者也。'""公父文伯退朝"则最末有"仲尼闻之曰：'弟子

---

① 马端临：《文献通考》，中华书局1986年版，第1648页。
② 参见袁行霈《中国文学史》（第一卷），高等教育出版社1999年版，第96—98页。

志之，季氏之妇不淫矣。'"这些评论者，都是与文中所记人物处于相近时代的人，但本身却与此事没有关系，只是听闻此事，有所触动而发的感慨。这种方式应该是史评最早的形式之一。《春秋事语》中也有类似这样的史评。《齐语》属于说体文，其中虽然大段记载的是管仲与齐桓公的对话，但有前后事件关联而成的情节，对话属于影响齐桓公治国决策，以达到其称霸的主要因素。《晋语》也以记事最详著称，但也多为记言为主的叙事性说体文。部分篇目后亦有史评，但不同于《鲁语》，而是"君子曰"的形式，评语都非常简短，如《晋语一》中"君子曰：'知难本矣'"；"君子曰：'知微'"；"君子曰：'善处父子之间矣'"；《晋语二》中"君子曰：'不食其言矣'"等。虽然不知君子是何人，但从所记内容时间相距甚远来看，这位评论者应该是整理晋国诸语的作者，其生活时代最早也在智伯灭亡后的战国初期。《楚语》中"庄王使士亹傅太子箴""灵王为章华之台""昭王问观射父""子西叹于朝""王孙圉聘于晋"等篇主要记言，只有对话情境的描述，没有更多事件，因此不属于说体文。《吴语》《越语》都是以记录吴越争伐之事为主的叙事文，其中有大量人物对话，也当属于说体文范围。

（二）《战国策》中的说体文

《战国策》的成书过程与《国语》类似，时代上要比《国语》晚很多。是西汉成帝时，"诏光禄大夫刘向，校经传诸子诗赋"[①] 后，"所校中战国策书，中书余卷，错乱相糅莒，又有国别者八篇，少不足。臣向因国别者，略以时次之。分别不以序者以相补，除复重，得三十三篇。……中书本号，或曰《国策》，或曰《国事》，或曰《短长》，或曰《事语》，或曰《长书》，或曰《修书》。臣向以为战国时游士辅所用之国，为之策谋，宜为《战国策》。其事继春秋以后，讫楚、汉之起，二百四十五年间之事，皆定以杀青书，可缮焉"[②]。说明《战国策》的形成及其命名是由刘向完成的，其前身是收集而来的各种记录春秋以后，战国时期游士言行的短篇文章和文集，这些文集命名颇不统一，刘向因其中所述之事的时代都集中于战国，且是游士向国君及大臣谈及国家大事，遂命名为《战国策》。由此可见，刘向将这些材料集中起来的标准是时代及内容方面的特

---

① 班固撰，（唐）颜师古注：《汉书艺文志》，商务印书馆 1955 年版，第 2 页。

② 范祥雍：《战国策笺证》，上海古籍出版社 2006 年版，第 1 页。

征，与文体无关。因此，《战国策》中诸文的文体并不一致。

其中一部分是记言文体，开篇有对言辞相关背景情况的介绍，但记言之后，文章便戛然而止，没有任何后续相关事件的介绍。此类文章在《西周策》与《东周策》中较多，如《东周策》中"东周与西周争"一则：

> 东周与西周争，西周欲和于楚韩。齐明谓东周君曰："臣恐西周之与楚、韩宝，令之为已求地于东周也。不如谓楚韩曰：'西周之欲入宝，持二端。今东周之兵不急西周，西周之宝不入楚、韩。楚、韩欲得宝，即且趣我攻西周。西周宝出，是我为楚、韩取宝以德之也，西周弱矣。'"①

这样的文章，重在记录善于应对形势的良言妙策，而非重在记事，文中所记策士之谋，无法确定是否于现实中真的被实施，从文本中无法得知其效果，也不具有推动情节发展的作用。因此只属于记言之策文，不属于蕴言于事的说体文。

还有一些似乎是一些知名游士，如张仪、苏秦等人上书言事原始材料的整理，其体制与《尚书》中最早的记言体一样，记言之前没有对背景事件的交代，仅仅说明了对话的双方。如《秦策一》中"张仪说秦王"篇：

> 张仪说秦王曰："臣闻之，弗知而言为不智，知而弗言为不忠。为人臣不忠当死，言不审亦当死。虽然，臣愿悉言所闻，大王裁其罪！臣闻天下（下略一千六百八十个字）……臣昧死望见大王，言所以举破天下之纵，举赵亡韩，臣荆魏，亲齐燕，以成伯王之名，朝四邻诸侯之道。大王试听其说，一举而天下之从不破，赵不举，韩不亡，荆、魏不臣，齐、燕不亲，伯王之名不成，四邻诸侯不朝，大王斩臣以徇于国，以主为谋不忠者。"②

----

① 范祥雍：《战国策笺证》，上海古籍出版社 2006 年版，第 19 页。
② 同上书，第 171—175 页。

这篇文章的主体是游士针对秦国图强求霸的心态提出的形势分析和发展纲要，全文近两千字。作此论者是谁，历来颇有争议，以为并非张仪所发，或是荀卿、韩非、范雎等。① 但无疑这是一篇以秦王为言说对象的策论文本，如果没有前面一句颇有争议的"张仪说秦王曰"，全文可被视为一种上书言事的应用文体，即《文心雕龙·章表》中所谓"言事于主，皆称上书。秦初定制，改书曰奏。汉定礼仪，则有四品：一曰章，二曰奏，三曰表，四曰议"②。这种臣子对君主上书言事的文体，其称呼随着朝代的更迭多有变化，战国时称为"上书"，秦朝称为"奏"，汉代根据不同的内容特点，作了进一步细分，分别称之为"章""奏""表""议"。名虽不同，其体则一脉相承，这类文章更像是原始公文材料，而非说体文。

在《战国策》中的叙事性文体，也呈现出多种形态并存的局面。有最简单的"事—言—事"的模式，也有较为复杂的"事—言—事—言—事"的模式。随着言与事的增多，文章内容重心逐渐由记事为记言服务，转而以记事为主，记言为辅的局面。这样，在《战国策》中便出现了许多以叙事为主，其中包括人物语言的精彩故事。这些文章严格来讲，已经由量变演进到质变，脱离了先秦说体文的初级叙事文本形态，演化成更为成熟的文言叙事作品。

先秦说体文中最简单的形态，即"事—言—事"的模式，在《战国策》中为数颇多。如《东周策》中"东周欲为稻"一则：

> 东周欲为稻，西周不下水，东周患之。苏子谓东周君曰："臣请使西周下水，可乎？"乃往见西周之君曰："君之谋过矣。今不下水，所以富东周也。今其民皆种麦，无他种矣。君若欲害之，不若一为下水，以病其所种。下水，东周必复种稻。种稻而复夺之，若是，则东周之民可令一仰西周而受命于君矣。"西周君曰："善。"遂下水，苏子亦得两国之金也。③

---

① 范祥雍：《战国策笺证》，上海古籍出版社 2006 年版，第 199—200 页。
② 范文澜：《文心雕龙注》，人民文学出版社 1958 年版，第 406 页。
③ 范祥雍：《战国策笺证》，上海古籍出版社 2006 年版，第 20—21 页。

　　这是最简单的说体文，说辞被放在两个事件之间，前一个事件"东周欲为稻，西周不下水，东周患之"的困境，正是通过苏子的说辞得到解决，最终达到"遂下水，苏子亦得两国之金"的结果。苏子的说辞不但以其本身说服了西周之君，并通过在文中的充分展示显示了言辞自身的魅力，同时具有推动情节发展的功效。

　　在较为复杂的说体文中，出现了两次说服事件的依次排列，情节不再是由一次说话活动关联起来的两次事件，而是由两次说话活动及其效果依次排列而成的一连串事件，具有更为复杂的情节。如《秦策三》中"应侯失韩之汝南"：

　　　　应侯失韩之汝南。秦昭王谓应侯曰："君亡国，其忧乎？"应侯曰："臣不忧。"王曰："何也？"曰："梁人有东门吴者，其子死而不忧。其相室曰：'公之爱子也，天下无有。今子死不忧，何也？'东门吴曰：'吾尝无子，无子之时不忧。今子死，乃即与无子时同也，臣奚忧焉？'臣亦尝为子，为子时不忧。今亡汝南，乃与即为梁余子同也，臣何为忧？"秦王以为不然，以告蒙傲曰："今也寡人一城围，食不甘味，卧不便席。今应侯亡地而言不忧，此其情也？"蒙傲曰："臣请得其情。"蒙傲乃往见应侯曰："傲欲死。"应侯曰："何谓也？"曰："秦王师君，天下莫不闻，而况秦国乎？今傲势得秦，为王将将兵。臣以韩之细也，显逆诛，夺君地，傲尚奚生？不若死。"应侯拜蒙傲曰："愿委之卿。"蒙傲以报于昭王。自是之后，应侯每言韩事者，秦王弗听也，以其为汝南虏也。①

　　在这个文本中，应侯失去自己的封地而不忧，引起秦王的疑问，他的回答颇为巧妙，秦王却不肯信，这是第一个单元的简单情节；秦王不信，派蒙傲去试探，蒙傲以死劝应侯收复汝南，应侯许之，这是第二个单元说话活动构成的情节。这两个情节相关联之后，却产生一个最终的结局，应侯由于在秦王面前不说真话，而失去了秦王的信任。在这种"事—言—事—言—事—结局"的结构中，言语逐渐失去了其核心地位，人们的关注点更倾向于整个故事中的情节和人物活动。

―――――――――

　　① 范祥雍：《战国策笺证》，上海古籍出版社 2006 年版，第 349—350 页。

在这样的文体传统之下，更复杂的单篇叙事文本出现了。在《战国策》中，比较知名的几则情节复杂的故事有："齐人有冯谖者"，即冯谖客孟尝君的故事；"韩傀相韩"，即聂政刺杀韩傀的故事；"苏秦始将连横说秦惠王"，即苏秦发迹的故事；"燕太子丹质于秦"，即荆轲刺秦王的故事等。这些故事虽然由于言辞已经将重心的位置让给叙事，但依然有大量的人物语言，保留着中国古代叙事文体由记言发展而来的痕迹。

（三）《春秋事语》《战国纵横家书》

《春秋事语》与《战国纵横家书》均为1973年12月出土自马王堆汉墓的帛书，本来都没有书名，是后来由帛书整理小组审订命名的。

《春秋事语》的书法由篆到隶，不避汉高祖刘邦的讳，当是秦末汉初的写本。全书存十六章，每章都提行另起，有大圆点作为分章符号，但没有篇题。每章各记一事，彼此不相连贯，既不分国别，也不论年代先后。记事最早的是鲁隐公被杀，事在公元前712年，最晚的是韩、赵、魏三家灭智伯，事在公元前453年，这和《左传》的记事年代相当，属于春秋时期。在这十六章中，兼有记事记言，但相比记事，记言的篇幅要长得多，足见内容以记言为主，因此，马王堆帛书整理小组将其命名为《春秋事语》。①

谭家健先生认为《春秋事语》，"全系短篇故事，情节简单，语言朴质，先叙后议，风格与《国语》近"②。详览全文，此言诚是。据马王堆帛书整理小组所整理的释文来看③，各章所记事都较简单，基本上都是一个情节，由三个环节组成：引起言辞起因的事件；针对事件所发表的言辞（或为与此事相关的谏臣之言，或为与此事无关的评论之言）；证明言辞应验与否的事件。都是最简单的说体文形态。除此之外，比较引人注意的就是其中与事件无关的评论者身份的变化。这一点上节已有涉及，在此不多赘述。

《战国纵横家书》也是1973年从马王堆汉墓中发现的帛书之一，虽然文字也有烂缺，但保存情况比《春秋事语》好一些。据其字体在篆隶

---

①　以上资料来源于张政烺《〈春秋事语〉题解》，《文物》1977年第1期。

②　谭家健：《先秦散文艺术新探》，首都师范大学出版社1995年版，第209页。

③　马王堆汉墓帛书整理小组：《马王堆汉墓出土帛书〈春秋事语〉释文》，《文物》1977年第1期。

之间，避"邦"字讳的情况来看，可能写定于汉高祖后期或惠帝时①，早于司马迁和刘向。分二十七章，每章用小圆点间隔，不提行。二十七章的内容，共分三组，第一组从第一章到第十四章，是最早流传的关于苏秦的书信和谈话，唐兰先生认为这部分"本是部独自存在的古书，它搜集苏秦的书信和谈话，以及和他有关的韩虞的书信，可以认为是战国后期的一本重要历史文献"②。第二组共五篇，从第十五章到第十九章，这五章的来源与前一组不同，每章后记字数，最后有总字数。第三组共八章，从第二十章到第二十七章，这八章是另外抄集的。从文体上看，除第十五章、第十八章、第二十四章、第二十五章，第二十七章是说体文外，其他篇目都是传抄下来的策士与君主商议国家大事的书信与谈话材料。如第六章，"苏秦自梁献书于燕王"：

> ○自梁（梁）献书於燕王曰：齐使宋瘿、侯冯㬚谓臣曰："寡人与子谋功（攻）宋，寡人恃燕勺（赵）也。今燕王与群臣谋破齐於宋而功（攻）齐，甚急，兵率有子循而不知寡人得地于宋，亦以八月归兵，不得地，亦以八月归兵。"今有（又）告薛公之使者田林，薛公以告臣，而不欲其从已闻也。愿王之阴知之而毋有告也。王告人，天下之欲伤燕者与群臣之欲害臣者将成之。臣请疾之齐观而以报。王毋忧，齐虽欲功（攻）燕，未能，未敢。燕南王之交完，臣将令陈臣、许虞以韩、梁（梁）问之齐。足下虽怒于齐，请养之以便事。不然，臣之苦齐王也，不乐生也。③

除了开始一句"自梁献书於燕王"以外，其他内容都是苏秦写给燕王的书信，说明这类文章是在原始材料的基础上进行简单整理之后完成的。但是这种整理工作相当简单，只说明了从何地向何人献书，连献书者为谁都没有说明。这样的文献材料正是后来背景情节丰富的说体文的原始形态。整理者在面对这样的材料时，为了向后来的读者说明材料的相关情况，便在材料前加上此次话语活动发生的原因；有时这些材料所记录的言

① 唐兰：《司马迁所没有见过的珍贵史料——长沙马王堆帛书〈战国纵横家书〉》，《战国纵横家书》，文物出版社 1976 年版，第 123 页。
② 同上书，第 138 页。
③ 马王堆汉墓帛书整理小组：《战国纵横家书》，文物出版社 1976 年版，第 23 页。

辞对君主在现实中的决策产生影响，产生了某种后果，决定了某件事的成败，整理者也将其简单记在后面，便形成了"事—言—事"的说体文结构，开始了原始记言材料向叙事性说体文的演变。《战国纵横家书》中的五篇说体文都是这样，经过简单整理后，加入事件背景与后果介绍之后形成的。

（四）诸子著作中的说体文

先秦诸子之书多由后学辑录而成，因此几乎每部诸子之书中的文体都并不完全一致，其中就有先秦说体文。在《论语》《孟子》《墨子》《庄子》《荀子》《韩非子》等诸子之书中，都可以发现说体文的踪迹。

《论语》是成书于战国初期的著作，其文体在当代被认为是语录体的首创之作，"语录体是《论语》文体的基本特征"①，"……《论语》……它所首创的语录体，也常为后人所效法"②。就其主要内容来说，以"孔子曰……"起始的短篇，的确是标准的语录体，如同 20 世纪的"毛主席说……"但《论语》中的文体并非全部如此统一，其中有一些也并不以此开篇，而是在记载孔子言语的同时，也记载了与言语相关的人物的行动等内容，成为标准的先秦叙事性说体文。如《论语·卫灵公第十五章》中第一则：

卫灵公问陈于孔子。孔子对曰："俎豆之事，则尝闻之矣；军旅之事，未之学也。"明日遂行。

第六则：

子张问行。子曰："言忠信，行笃敬，虽蛮貊之邦，行矣。言不忠信，行不笃行，虽州里，行乎哉？立，则见其参于前也，在舆。则见其倚于衡也，夫然后行。"子张书诸绅。

《微子》第三则：

① 袁行霈：《中国文学史》（第一卷），高等教育出版社 1999 年版，第 108 页。
② 谭家健：《先秦散文艺术新探》，齐鲁书社 2007 年版，第 18 页。

齐景公待孔子曰:"若季氏,则吾不能;以季孟之间待之。"曰:"吾老矣,不能用也。"孔子行。

第五则:

楚狂接舆歌而过孔子,曰:"凤兮凤兮!何德之衰?往者不可谏,来者犹可追。已而,已而!今之从政者殆矣!"孔子下,欲与之言。趋而避之,不得与之言。

第六则:

长沮、桀溺耦而耕,孔子过之,使子路问津焉。长沮曰:"夫执舆者为谁?"子路曰:"为孔丘。"曰"是鲁孔丘与?"曰:"是也。"曰:"是知津矣。"问于桀溺。桀溺曰:"子为谁?"曰:"为仲由。"曰:"是鲁孔丘之徒与?"对曰:"然。"曰:"滔滔者天下皆是也,而谁以易之?且而与其从辟人之士也,岂若从辟世之士哉?"耰而不辍。子路行以告。夫子怃然曰:"鸟兽不可与同群,吾非斯人之徒与而谁与?天下有道,丘不与易也。"①

此外还有一些,如"侍坐"章、"荷蓧丈人"章等,都是在记言时,为了能更好地理解所记言辞,加入一些相关的情景叙述,自然形成了颇具叙事性的说体文。

《孟子》历来被视为论辩文,是因为孟子更多的时候是以对话的形式向他们申说自己的政治主张,所以记载下来的言辞自然地成为对话体的说理文,但大多不涉及事件。只有《滕文公章句上》第二章"滕定公薨"与第五章为说体文,"滕定公薨"讲述了滕定公死后,其世子向孟子求教如何办丧事,并排除朝内大臣反对,坚持执行孟子所说礼制,终于得到葬时"四方来观之,颜色之戚,哭泣之哀,吊者大悦"的理想结局;"墨者夷之因徐辟而求见孟子"讲述了墨者夷子欲通过徐辟求见孟子,孟子不

① 以上引文见《十三经注疏·论语注疏》,中华书局 1980 年版,第 2516、2517、2528、2529 页。

见，通过徐辟屡次传话，最终使夷子怃然而服的故事。①

《墨子》中也有说体文。比较知名的有"公输盘为楚造云梯之械成"一章②，记载了墨子为阻止楚国凭借巧匠公输盘的攻城器械，攻打宋国，于论辩中折服公输盘，打消楚王攻宋的念头，消弭了一场战祸于无形之中的故事。此外还有《鲁问》中，墨子受鲁阳文君之请，赴齐智辩齐王，使其打消攻鲁之念的故事③。但是在《墨子》中，类似《公输》这类完整的说体文绝无仅有，更多的是与《孟子》中相似的对话辩论式文体，除了通过论辩来展示墨子的理论观点，没有更多事件及其关联，因此不具有叙事功能，无法构成说体文。

《庄子》中也多是说理文，但由于庄子善于以寓言故事说理，因此说体文在其中存在的形态有两种：一种是单独出现于书中，作为富有深意的单篇文章存在。如《渔父》《说剑》等篇，其中写得极为出色的《说剑》，讲述了庄子成功说服赵文王当心系天子之剑，而勿以诸侯剑与庶人剑为意，停止斗剑取乐的故事。其中出色的，不仅是庄子的劝说，策略正确，言辞雄辩，而且体现在对前后事件的叙述中。劝说之前，文章通过描写"昔赵文王喜剑，剑士夹门而客三千余人，日夜相击于前，死伤者岁百余人。好之不厌。如是三年，国衰"④的情形，及对此忧心忡忡的太子悝愿奉千金与庄子，与庄子相谋劝说之道的对话，充分描写了赵文王好剑误国，不听谏言的情形，营造出劝谏难以成功的氛围；其后不直言赵文王行为的转变，而以"文王不出宫三月，剑士皆服毙其处"的细节描写，侧面烘托出劝说的成功，已经具有了有意为文、营造情节起伏落差的手法。而其文皆为虚构，足见《庄子》一书中创作虚构性故事手法的灵活高妙。

另一种形态存在较多，即作为用于说明整个文章意旨的寓言故事而存在。这种形态的说体文实际上已经脱离了记言并加以整理的传统，成为庄子为了说明其哲理而纯粹虚构的寓言故事，如《天地》就是为了说明作者所推崇的"君德"，集中了九个由说体文构成的寓言故事，使抽象的道理通过具有形象性、戏剧性的对话故事展现出来。特别是《盗跖》篇的

① 《十三经注疏·孟子注疏》，中华书局1980年版，第2701页。
② 孙诒让：《墨子间诂·公输第五十》，中华书局2001年版，第482—488页。
③ 孙诒让：《墨子间诂·鲁问第四十九》，中华书局2001年版，第466—468页。
④ 王先谦：《庄子集解》，成都古籍书店1988年版，第182页。

前半部分，虚构了孔子不听柳下季之劝，执意要去劝说盗跖勿为天下害，反被盗跖所讥的故事，也非常具有可读性，人物形象的刻画虽着墨不多，却相当传神。如写孔子被盗跖抢白之后，"出门上车，执辔三失，目芒然无见，色若死灰，据轼低头，不能出气"①状，生动形象，如在目前。

　　这类以说体文来表达其流派理论观点的，还存在于《六韬》《晏子春秋》《列子》等诸子书中。至《荀子》始，诸子书中文章多为自己写作，用于记录学派创始人言行的说体文遂不再作为独立文章出现于诸子书中，而只能成为用来说明某个道理的故事。战国后期的《韩非子》《吕氏春秋》等莫不如此。这一方面限制了说体文所开创的单篇叙事文体发展的开阔空间，使中国古代文学性叙事文体趋向小型化；另一方面也促成了单篇的说体文以历史故事、寓言故事被关注并辑录成集，成为后世笔记小说的直接源头。

第二节　先秦说体文文体的发展及特征

一　先秦说体文的文体发展过程

　　陶东风教授认为，一种文体的发展通常要经历三个基本阶段。第一个阶段是"文类复合体"的聚集，直到出现一种形式的类型。"这也就是说，文类形成的最初阶段有赖于作品中诸文体要素按照一定的模式组合在一起。……只有当这些特征组合成一个不可分离的复合体时，文类的雏形才算形成。"第二个阶段是出现了文类的模仿，"即作者有意识地以较早的样本为基础创造的形式，使前者成为自己精心模仿的对象"。第三个阶段是创造性转化的阶段，"这种情况发生在作者用一种基本上是新的方式来'模仿'前人的作品，即创造性地使用继起的形式"②。这三个阶段及其先后发生的大体顺序在先秦说体文的发展过程中是存在的，能够表明先秦说体文具有成为文体的条件。

　　先秦说体文的第一个阶段，即文类复合体的聚集过程，是一个自然而然的过程。在这个过程中，最简单的语言记录材料，与引起它们的相关事

---

① 王先谦：《庄子集解》，成都古籍书店1988年版，第178页。
② 陶东风：《文体演变及其文化意味》，云南人民出版社1994年版，第80—81页。

件人物背景，以及它所引起的后续事件进行说明的叙述段落，有序地组合起来，形成"事—言—事"的叙述模式，并具有了内容与形式呈完整形态的文章结构。中国古代的文字起源于记事，《周易·系辞下》中说："上古结绳而治，后世圣人易之以书契。"① 治，本义为水名，后引申为对水的修整治理，在这里则引申为对各种政事的管理、统治。可见书契所取代的，是结绳用来记事，实现政务管理的功能。许慎在《说文解字叙》中也说："古者庖牺氏之王天下也，仰则观象于天，俯则观法于地，视鸟兽之文与地之宜，近取诸身，远取诸物，于是始作《易》八卦，以垂宪象②。及神农氏结绳为治，而统其事，庶业其繁，饰伪萌生。黄帝之史仓颉，见鸟兽蹄远之迹，知分理之可相别异也，初造书契。"③ 说明文字产生之初，有两个准备条件，一是以八卦为代表的符号的诞生，初步开始用人们通过视觉所能明白其含义的符号，去传达一些信息。二是社会产生了日益迫切的记事要求。在文字用于记事之前，"神农氏结绳为治"，但结绳毕竟只能记录非常简单的一些事，当社会生活日益丰富，管理事务头绪纷繁起来以后，就开始混乱起来。在这种社会需要和前期文化准备的基础上，文字诞生了。既然文字的诞生是应社会治理需要而生，它最大的用途也应当是用于社会治理。在社会治理中，最常见的就是用来记录各种命令、规章制度、统计数据、重大活动等社会治理所需要的东西。比如根据西周时国之大事，从"在祀与戎"的情况看，早期的社会形态也应当与此相似，国家或部落联盟的最大任务，内政与外交，分别体现于宗教活动和外交对抗，包括武力行动中，那么文字不可避免地担当起记录这些相关事件的任务。由于文献的缺失，就我们今天看到的最早较完整的文字形态甲骨文而言，的确是记载这些君主活动大事的。其中用以记录重要言语的材料，就是先秦说体文的核心因素之一。

这些材料对当时记录的人来说，是无须对其相关背景作更多说明介绍的，比如在出土文物上，西周时期的毛公鼎上的金文，其开始便是"王若曰"，对当时在场的所有人来说，这个王的所指是很明确的，他说这段话的目的和动机也很明确，相对于这段重要的话而言，这些相关的情况，

---

① 李道平：《周易集解纂疏》，中华书局1994年版，第631页。

② 宪，繁体字为"憲"，从目从心，心目并用，本义为敏。

③ 许慎：《说文解字》，长江文艺出版社2005年版，第1页。

都不曾被记录者意识到有记录的必要。但对一个事物，如果只有它而没有对相关的其他事物记载的话，它的含义几乎是不可理解的。因此，对后世人来说，要想更好地理解这段话，这样的材料本身已经远远不够了。在辗转传抄中，后来的整理者认为有必要在它的前后加上说明，这样，就有了叙事因素的加入，前面的部分用来说明言辞产生的背景，后面的部分用来说明言辞的意义和作用。前后事件的加入，使位于中间的言辞不再只是以文本材料的形态出现，而还原为一种行动，在文本中具有承接上一事件，影响下一事件的作用。文本中构成简单情节的各种要素汇集在一起，形成整体的叙事文结构。

但由于先秦文献资料不全，加之其诞生时代、作者、版本的考证都有许多问题，文体发展具体线索不易梳理清楚，只能在大体上区分这个阶段，而无法明确这一阶段起讫于何时，以何篇目为代表。从中国古代散文发展的历史来看，文本的写作经历了从作者无意识的记录，到作者有意识的创作的漫长演变过程。这个过程对文章特点所造成的影响，正如章学诚所说，"三代以上，记注有成法而撰述无定名；三代以下，撰述有定名而记注无成法。夫记注无成法，则取材也难；撰述有定名，则成书也易。成书易，则文胜质矣；取材难，则伪乱真矣。伪乱真而文胜质，史学不亡而亡矣"①。早期的叙事性说体文的出现，正处于章学诚所谓"伪乱真而文胜质"之际，其所取之材料，已经由于相隔时代较远，变得无法理解，后来的整理者便根据自己的理解，在前后加以说明，前面的事件用以说明言辞产生的背景及言说者身份；后面的事件用以说明言辞及其相关行为的意义作用，于是自然而然形成具有叙事特征的说体文。此时之文，已渐非记注，开始有了撰述的成分。虽记史事，然其说明却来自其他未知来源的记忆，因此颇不可靠，给了非有意的虚构以存在的空间。从第一篇说体文诞生（其时已不可考，估计当在春秋战国之际），到秦汉之际，说体文已经被"创造性的模仿"彻底消解，其间形成、被模仿与转化三个过程似乎同时并存，无法截然区分。这是先秦说体文的文体发展特点，与后世有意为之的文体不大相同。特别是后面的两个阶段，更是无法在时间上区分清楚，但还是有一些例子来证明这两个阶段的存在。

文体得以确定的是第二个阶段，即出现了文类模仿的阶段。对于先秦

① 章学诚：《文史通义·书教上》，古籍出版社1956年版，第7页。

说体文而言，第一篇以无意形成的说体文为榜样的说体文是哪篇，产生于何时？这些已经无从考证。但有可以说明这个阶段存在的证据，那就是文类的模仿显然是存在的，比如存在于后期诸子书中的寓言故事，其中有相当多的一部分，就是模仿既成说体文而作的。虽然现在无法由作者自己表明在写作时对已有说体文结构体制的模仿，但这种模仿依然能够在今天被辨识出来。如战国后期形成的诸子书中，用以说理的一部分寓言故事。《庄子》中的《说剑》篇，和一些托名孔子、子贡等实际存在的历史人物，或知、狂屈等虚拟人物的言行事迹对话等小故事，在文体上，也是模仿说体文而作的。如《庄子·则阳》中的一则小故事：

> 孔子之楚，舍于蚁丘之浆。其邻有夫妻臣妾登极者，子路曰："是稷稷何为者邪？"仲尼曰："是圣人仆也。是自埋于民，自藏于畔。其声销，其志无穷，其口虽言，其心未尝言。方且与世违，而心不屑与之俱。是陆沉者也，是其市南宜僚邪？"子路请往召之。孔子曰："已矣！彼知丘之著于己也，知丘之适楚也，以丘为必使楚王之召己也。彼且以丘为佞人也。夫若然者，其于佞人也，羞闻其言，而况亲见其身乎！而何以为存！"子路往视之，其室虚矣。[1]

在这则故事中，庄子虚构了孔子与子路在楚国的见闻与对话，目的在于通过这一小故事来展示作者对隐居者的赞扬。故事中，主要的言辞是孔子向子路所说的两段话，它们既有说服力，又能在文本中产生影响人物行动的作用。第一段话起于子路看见居所旁边人家的举动产生的疑问，经过孔子解说后，子路"请往召之"，这是一个最基本的"事—言—事"叙事单元；上一个单元的最终事件："子路请往召之"在下一个单元中，又成为言辞的动因，使孔子对其行为产生"已矣！"的意见，并加以阐述，子路不从，往而视之，果然如孔子所言，"其室虚矣"，孔子的言语得到了事件的肯定，从事件之间因果关系的角度来看，子路不从，果然遇到了现实行动的挫折，从而构成了第二个"事—言—事"的基本叙事单元。这两个单元的简单说体文前后连贯起来，形成了一个颇具故事性的说体文。这并非整理材料过程中自然形成的，而是庄子及其后学，为了说明他们的

---

[1]　王先谦：《庄子集解》，成都古籍书店 1988 年版，第 151 页。

学说，有意创造的一个故事，这一故事的文体，是典型的先秦说体文复合结构。因此，能够证明这种文体在战国时期，已经是被当作模仿对象来对待的。

第三个阶段，即创造性地模仿。对先秦说体文而言，文体的突破最典型地体现在史传散文当中。如在《左传》中，说体文与记事体、口传方式流传的故事性历史记忆创造性地结合在了一起，使先秦叙事文体跨上了一个新的台阶。在传统说体文中，言辞的内容占有很大篇幅，但在《左传》中，为了叙述历史事件的需要，相对其所取材的言辞材料而言，叙事内容有了大幅度的增加。这样就使叙事，而非言辞成为文章的重心。如鲁成公十六年，晋楚鄢陵之战后，晋侯使却至献楚捷于周，见单襄公，单襄公对他有段预言性评价。《国语》中这段话相当长：

> 单襄公曰："人有言曰：'兵在其颈。'其却至之谓乎！君子不自称也，非以让也，恶其盖人也。夫人性，陵上者也，不可盖也。求盖人，其抑下滋甚，故圣人贵让。且谚曰：'兽恶其网，民恶其上。'《书》曰：'民可近也，而不可上也。'《诗》曰：'恺悌君子，求福不回。'在礼，敌必三让，是则圣人知民之不可加也。故王天下者必先诸民，然后庇焉，则能长利。今却至在七人之下而欲上之，是求盖七人也，其亦有七怨。怨在小丑，犹不可堪，而况在侈卿乎？其何以待之？晋之克也，天有恶于楚也，故儆之以晋。而却至佻天之功以为己力，不亦难乎？佻天不祥，乘人不义，不祥则天弃之，不义则民叛之。且却至何三伐之有？夫仁、礼、勇；皆民之为也。以义死用谓之勇，奉义顺则谓之礼，畜义丰功谓之仁。奸仁为佻，奸礼为羞，奸勇为贼。夫战，尽敌为上，守和同顺义为上。故制戎以果毅，制朝以序成。叛战而擅舍郑君，贼也；弃毅行容，羞也；叛国即仇，佻也。有三奸以求其上，远于得政矣。以吾观之，兵在其颈，不可久也。虽吾王叔，未能违远。在《太誓》曰：'民之所欲，天必从之。'王叔欲却至，能勿从乎？"①

---

① 上海师范大学古籍整理研究所：《国语》，上海世纪出版有限公司、上海古籍出版社1998年版，第84—85页。

而在《左传》中，这段话却非常简单：

> 晋侯使郤至献楚捷于周，与善襄公语，骤称其伐，单子语诸大夫曰："温季其亡乎！位于七人之下，而求掩其上。怨之所聚，乱之本也。多怨而阶乱，何以在位？《夏书》曰：'怨岂在明？不见是图。'将慎其细也。今而明之，其可乎？"①

在两本书中，相同的言辞，却有差别很大的繁简差异。在《国语》中，单襄公用来说明郤至"兵在其颈"的命运，有两个依据：一是从人性均好凌于人之上的角度看，郤至欲凌七人，必招怨恨；二是从仁、礼、勇的标准，判断郤至不具有这样的品德，却妄想求其上位，必"远于得政"的角度来分析。而《左传》中的单襄公却仅仅通过上述第一个方面的分析，就得出了"温季（郤至）其亡乎"的判断。显然不如《国语》中的判断充分。也许这是对同一件事的不同记叙的两个版本，但《左传》所依据的材料来源，显然是另一个版本的记言材料。因此，不排除《左传》的编撰者对原材料有所修改。再加上其文中的大量叙事内容，使言辞的核心地位得到了消解，在说体文的构成要素：言辞与叙述的重要性上，叙述的地位得到了加强。到了《史记》中，多重事件与人物行动语言的交错，表明说体文已经完全被转化为另一种文体——以人物为核心的纪传体叙事文。

通过考察先秦说体文在文体发展上的三个阶段，证明说体文具有与一般文类形成一致的过程。

二　先秦说体文的叙事性特征

体裁，是指处于文体最外层的语言结构及其基本要素。从先秦说体文的整体形态上来看，它的语言结构及其基本要素都呈现出叙事文体的特征。

米克·巴尔认为叙事文应该满足以下三个条件：从观念上说，叙述文本应具有下述典型特点：（1）在叙述文本中可以找到两种类型的讲述者：一类在素材中扮演角色，一类不扮演。这种区别即使在叙述者与行为者合二为一（例如在叙述中以第一人称讲述）时依然存在。（2）在叙述文本

---

① 李梦生：《左传译注》，上海古籍出版社 2004 年版，第 604 页。

中可以区分出三个层次：文本、故事、素材。其中每个层次都是可描述的。（3）叙述文本所涉及的传达给读者的"内容"，是由以一种独特方式表现出来的行为者引起或经历的一系列相关联的事件。……总而言之，这些特征可以产生这样的界定：叙述文本是在其中上述三个特点可以被发现的文本。①

先秦说体文恰恰符合这三个标准。以《国语·鲁语下》中一个很短的文章为例：

> 季桓子穿井，获如土缶，其中有羊焉。使问之仲尼曰："吾穿井而获狗，何也？"对曰："以丘之所闻，羊也。丘闻之：木石之怪曰夔、蝄蜽，水之怪曰龙、罔象，土之怪曰羵羊。"②

鲁国的季桓子打井，得到一个像瓦缶一样的土块，里面居然有一只羊。于是派人去请教孔子，为了考验孔子是否真的博物，故意问道："我打井得到一只狗，是怎么回事？"孔子回答道："凭我的了解，所得之物应该是羊。我听说：木石之中的怪物称为夔、蝄蜽，水中的怪物是龙、罔象，土中的怪物叫做羵羊。"

第一个条件：在叙述文本中找到两种类型的讲述者，一类在素材中扮演角色，另一类不扮演。先秦说体文中往往有两类讲述者，其中在素材中扮演角色的讲述者，往往是说体文中所记述的重要言辞的讲述者，及其对话人，这二人都是素材中的角色。同时，还有整个故事的叙述者，但他本人不在故事中出现。在这个"穿井得羊"的小故事中，季桓子所使之人和孔子在其中既扮演着重要角色，也是讲述者；此外，故事的讲述者并没有在其中扮演角色，但却讲述了整个故事。因此，在这个短文中，具有两种类型的讲述者。

第二个条件：在叙述文本中可以区分出三个层次：文本、故事、素材，其中每个层次都是可描述的。对于这些概念，米克·巴尔的理解如下：叙述文本（narrative text）是叙述代言人用一种特定的媒介，诸如语

---

① ［荷］米克·巴尔著，谭君强译：《叙述学——叙事理论导论》，中国社会科学出版社2003年版，第8页。

② 上海师范大学古籍整理研究所：《国语》，上海世纪出版有限公司、上海古籍出版社1998年版，第201页。

言、形象、声音、建筑艺术，或其混合的媒介叙述故事的文本。故事
（story）是以特定的方式表现出来的素材。素材（fabula）① 是按逻辑和时
间先后顺序串联起来的一系列由行为者所引起或经历的事件。在上述
"穿井获羊"故事中，素材是季桓子穿井得羊，派人就此事询问仲尼，仲
尼给予正确回答这样一件事。故事的表现顺序与素材的顺序是一致的，但
在涉及语言对话之处，都给予了比较详细的展开，使故事通过人物对话得
以进行，人物形象也通过对话被丰富了。而文本，就是我们现在看到的这
篇短文的文字形态，它所使用的文字是汉字，但却是古汉语，遵循古汉语
的书写语法和规则。文本、故事、素材三个层次在这篇相对独立的短文
中，能够被顺利地区分出来。

第三个条件，是叙述文本所涉及的传达给读者的"内容"，是由以一
种独特方式表现出来的行为者引起或经历的一系列相关联的事件。在
"穿井获羊"故事中，通过文本传达给读者的"内容"就是季桓子穿井得
羊，请教孔子得到解答，知道土中之怪的名称。这一事件是由季桓子穿井
得羊的怪事所引起，继而派人去询问孔子，为考验孔子的知识广博，故意
把羊说成狗。孔子果然知道如何解释这一怪事，明确地指出所获是羊而非
狗，维护了自己的博学之名。这一由季桓子穿井得羊所引起的系列事件，
正是通过文本传达给读者的。

通过以上分析，我们看到，《国语》中的"穿井获羊"则，正是一篇
不折不扣的叙事文。如果只举一篇之例，不足以说明问题，那就再举一
例，如《国语·周语上》宣王不籍千亩事：

> 　　宣王即位，不籍千亩②。虢文公谏曰："不可。夫民之大事在农，
> 上帝之粢盛于是乎出，民之蕃庶于是乎生，事之供给于是乎在，和协
> 辑睦于是乎兴，财用蕃殖于是乎始，敦庬纯固于是乎成，是故稷为大
> 官。古者，太史顺时覛土，阳瘅愤盈，土气震发，农祥晨正，日月底
> 于天庙，土乃脉发。先时九日，太史告稷曰：'自今至于初吉，阳气

---

① ［荷］米克·巴尔著，谭君强译：《叙述学——叙事理论导论》，中国社会科学出版社
2003 年版，第 6 页。

② 天子祭田谓之籍，以其借民力治之也。王以孟春耕帝藉，天子三推，三公五推，诸侯九
推，庶人终于千亩，即徒三百人也。以时入之者，麦则夏熟，黍稷秋熟，送入地官神仓。此为籍
田礼。

俱蒸，土膏其动。弗震弗渝，脉其满眚，谷乃不殖。'稷以告王曰：'史帅旭官以命我司事曰："距今九日，土其俱动，王其祗被，监农不易。"'王乃使司徒咸戒公卿、百吏、庶民，司空除坛于籍，命农大夫咸戒农用。先时五日，瞽告有协风至，王即斋宫，百官御事，各即其斋三日。王乃淳濯飨醴，及期，郁人荐鬯，牺人荐醴，王裸鬯，飨醴乃行，百吏、庶民毕从。及籍，后稷监之，膳夫、农正陈籍礼，太史赞王，王敬从之。王耕一坺，班三之，庶民终于千亩。其后稷省功，太史监之；司徒省民，太师监之；毕，宰夫陈飨，膳宰监之。膳夫赞王，王歆大牢，班尝之，庶人终食。是日也，瞽师、音官以风土。廪于籍东南，钟而藏之，而时布之于农。稷则遍诫百姓，纪农协功，曰：'阴阳分布，震雷出滞。'土不备垦，辟在司寇。乃命其旅曰：'徇，农师一之，农正再之，后稷三之，司空四之，司徒五之，太保六之，太师七之，太史八之，宗伯九之，王则大徇。耨获亦如之。'民用莫不震动，恪恭于农，修其疆畔，日服其镈，不解于时，财用不乏，民用和同。是时也，王事唯农是务，无有求利于其官，以干农功，三时务农而一时讲武，故征则有威，守则有财。若是，乃能媚于神而和于民矣，则享祀时至而布施优裕也。今天子欲修先王之绪而弃其大功，匮神乏祀而困民之财，将何以求福用民？"王不听，三十九年，战于千亩，王师败绩于姜氏之戎。①

在这段短文中，除了虢公所谏之言，其余内容皆非常简短。整个过程可以概括为：周宣王即位，不籍千亩，虢公谏而不听。故三十九年，战于千亩，王师败绩于姜氏之戎。简单的叙事框架中，包含大段的人物语言，往往容易使人们认为作者把它写下来的目的，并非记这件事，而是为了记载这段精彩的言辞，故《国语》也常被视为"记言"为主的"国别史"②。但事实上，《国语》中单纯记言，没有叙事框架的文章极少，人物言辞固然是其中占有绝对优势的内容，但有了与之有关的叙事框架，其言辞的意义在整个文章中，便不仅是言辞中所述内容，而是言辞及其发出者

① 上海师范大学古籍整理研究所：《国语》，上海世纪出版有限公司、上海古籍出版社1998年版，第15—22页。

② 袁行霈：《中国文学史》（第一卷），高等教育出版社1999年版，第96页。

对整个事件的影响，从而使各个事件之间有了关联，形成了一个相对完整的故事。在上述短文中，如果没有虢叔之谏，宣王之不籍千亩与王师败绩于姜氏之戎这两个事件，除了在时间上的先后关系外，不表现为必然的因果关系，因此也无法构成整个故事。而这种因果关系的充分阐述和理解，正是在文中虢公的谏言之中。因此，人物语言的意义便成了叙事结构中必不可少的一个环节。同时，本篇文章也完全符合叙事文的三个标准。类似的短文在《国语》《春秋事语》《战国纵横家书》等书中，占有很大比例。这类主要由人物语言构成的叙事文，正是本书所论述的说体文。它们都具有叙事文体的特征。

三 先秦说体文的文体结构特征

先秦说体文的基本模式，是"事—言—事"的结构及其累积。"事—言—事"的结构模式，来自对早期记言材料的整理。当整理者在整理过程中，加入了个人对以言语材料所代表的历史话语活动意义的理解，并将这种理解体现在对该言语活动的前因及后果事件关联性的书写时，语言材料的性质就发生了变化，它不仅是作为需要体现的内容在展示自己，而且在文本中具有了新的推动情节发展的功能。这一转变，也使语言材料不光作为材料存在，而且成为一种具有行动力的话语活动。

先秦说体文的这种"事—言—事"基本结构模式，还可以继续组合，从而形成了更为复杂的叙事性说体文，在这种文体的演化过程中，说体文的记言意义逐渐淡化，叙事性却逐渐增强，特别是当这些情节都是围绕一个人物而展开时，就形成了情节曲折、人物形象突出的文学性史传散文。这种结构，影响并促成了《左传》《史记》等历史散文中，特别擅长以人物语言塑造形象的特征。

先秦说体文也是一种复合结构的文体，具有很强的包容性。从最外层来看，它是叙事文，人物语言是这个叙事文整体情节中的一个组成部分；但具体到其中的人物对话，作为文章中的主要内容，有时具有一定的完整性，可以被视为一个相对独立的文本。米克·巴尔将这种由行为者插入的文本，称为"插入文本"①，也就是人物的语言。在叙事文中，人物语言，

---

① ［荷］米克·巴尔著，谭君强译：《叙述学——叙事理论导论》，中国社会科学出版社2003年版，第60—61页。

即行为者语言与叙述人语言之间的关系不尽相同。在先秦说体文中，存在两种关系。如果从人物语言表达形式来看的话，其中的一种是"被遮覆的引语"，另一种是"直接引语"。在前一种形式中，叙述者仅对人物话语的内容进行概括性的介绍，人物的具体言辞往往被叙述者的编辑加工所"遮覆"；后一种形式，就是对人物话语原原本本的引用，通常带有"某人说"的这类引述语。① "被遮覆的引语"在先秦说体文中，主要出现在一开始的背景介绍性叙事中。如《国语·晋语二》："伐虢之役，师出于虞。宫之奇谏而不听，出，谓其子曰：……"其中"谏而不听"是第一种，"被遮覆的引语"，"谓其子曰：……"后面所记宫之奇的话，是直接引语。在第一种引语中，人物语言与叙述语言密切相联系，几乎无法区分出叙述的层次。但是在第二种引语中，文本之间相互不渗透，明显分离，能够区分出二者的关系。"我们始终把叙述者文本称为'主要的'，这并没有价值判断的意思，也不包含优先或居先的意思。它仅仅意味着在技巧意义上，连接是分等的。"② 如果把说体文看作一个整体，作为一级文本的话，人物语言所构成的插入文本，就可以被视为二级文本。由于先秦说体文是在记言材料基础上产生发展起来的，这就使人物言辞在内容上具有相对独立性，形成它自身不同于整个文本的特点。

先秦说体文的复合结构使它具有了更丰富的承载功能。在一级叙事性文本中，所承载的主要是简单的历史记忆。这也是为什么说体文长期被归入史书的原因之一。更值得注意的是二级文本的意义。先秦说体文的二级文本，作为人物语言，通常以议论与说理为主，其中，为了说明道理，又可以介绍说明历史经验、政治制度、礼乐文献等，使以口传为主要传播方式的早期人类精神成果，与文本有了一个可以对接的平台。口说传统中的精华，包括历史传说、文物制度、统治经验等，也就是以上所说的那些哲学、道德、宗教、神话、历史等多种人类文化成果，经过筛选，直接以记言的方式进入文本之中。

能够表明说体文将口传成果文本化的例子俯拾皆是，如《国语》的第一篇，穆王将征犬戎：

---

① 申丹：《叙述学与小说文体学研究》，北京大学出版社2004年版，第288—289页。

② ［荷］米克·巴尔著，谭君强译：《叙述学——叙事理论导论》，中国社会科学出版社2003年版，第60页。

穆王将征犬戎，祭公谋父谏曰："不可。先王耀德不观兵。夫兵戢而时动，动则威，观则玩，玩则无震。是故周文公之颂曰：'载戢干戈，载櫜弓矢。我求懿德，肆于时夏，允王保之。'先王之于民也，懋正其德而厚其性，阜其财求而利其器用，明利害之乡，以文修之，使务利而避害，怀德而畏威，故能保世以滋大。

昔我先王世后稷，以服事虞夏。及夏之衰也，弃稷不务，我先王不窋用失其官，而自窜于戎狄之间，不敢怠业，时序其德，纂修其绪，修其训典，朝夕恪勤，守以敦笃，奉以忠信，奕世载德，不忝前人。至于武王，昭前之光明而加之以慈和，事神保民，莫弗欣喜。商王帝辛，大恶于民。庶民不忍，欣戴武王，以致戎于商牧。是先王非务武也，勤恤民隐而除其害也。

夫先王之制，邦内甸服，邦外侯服，侯、卫宾服，蛮夷要服，戎狄荒服。甸服者祭，侯服者祀，宾服者享，要服者贡，荒服者王。日祭、月祀、时享、岁贡、终王，先王之训也。有不祭则修意，有不祀则修言，有不享则修文，有不贡则修名，有不王则修德，序成而有至则修刑。于是乎有刑不祭，伐不祀，征不享，让不贡，告不王。于是乎有刑罚之辟，有攻伐之兵，有征讨之备，有威让之令，有文告之辞。布令陈辞而又不至，则增修于德而无勤民于远，是以近无不听，远无不服。

今自大毕、伯士之终也，犬戎氏以其职来王，天子曰：'予必以不享征之，且观之兵。'其无乃废先王之训而王几顿乎！吾闻夫犬戎树惇，帅旧德而守终纯固，其有以御我矣！"

王不听，遂征之，得四白狼，四白鹿以归。自是荒服者不至。①

在这个故事中，情节非常简单：周穆王无故欲伐犬戎，祭公谋父劝谏，穆王不听，远征后虽得四白狼白鹿而还，却失去了荒服之众的王事之礼。② 其中最主要的，是祭公谋父的谏言。从他所说的内容来看，为了劝

① 上海师范大学古籍整理研究所：《国语》，上海世纪出版有限公司、上海古籍出版社1998年版，第1—8页。

② 荒服：韦昭注，去王城四千五百里至五千里地之民众，在九州之外荒裔之地，与狄、戎同俗，故谓之荒，取其荒忽无常之意。服，服其职业也。荒服之众，以王事天子。《周礼》，九州之外谓之蕃国，世一见，各以其所贵宝为贽。同上书，第10页。

说周穆王不要征伐犬戎，劝谏从以下三个方面展开：第一个方面是从已经总结出来行之有效的统治经验"先王耀德不观兵"这一理论出发进行的分析。当时这种政治理论未必得到明确的阐释，其意义最多只能包含在他所引用的《诗经·颂·时迈》篇的诗句"载戢干戈，载櫜弓矢。我求懿德，肆于时夏，允王保之"中，因为是诗的形式，它对统治理论的总结远没有祭公谋父的发挥明确透彻。而这样发挥诗句中的道理，也许是在西周，祭公谋父并非第一个人，但是自他开始，阐发这个道理的言辞被以文本的方式固化下来，成为可以用文本方式流传的成果之一。第二个方面，从周族发展及统治的历史来看，说明"先王非务武也，勤恤民隐而除其害"的道理。这一部分的主要内容是周族发展历史及其统治特点的总结，在现存文本《诗经》中，从收录的《生民》《公刘》《绵》《皇矣》等八篇有关周族历史的诗篇中可见，当时保存这类记忆的方式，主要是据口传改编整理的叙事诗。但周穆王时关于这一时期历史的记忆方式是否还有其他的形态，目前由于资料不足，已经无从得知，但据《史记·周本纪》所及资料，除辑于《尚书》《诗经》之外，还及于《逸周书》《左传》《国语》《论语》《世本》《纪年》《战国策》《礼记》《大戴礼记》《庄子》《孟子》《吕氏春秋》《韩诗外传》《淮南子》等文献，虽然这些文献的年代参差不齐，但从其所记来看，其源头并不只是《诗经》中的那八篇，应该还另有所自。能够排除的可能只有文本形态的叙事散文形式。也就是说，这一部分的主体，周族的历史记忆也主要是在口传方式中流传的。《诗经》是其口传方式文本化的一种形式，这里以记言的方式固化的，应该是另一种方式。第三个方面是从先王的制度出发，来说明征伐犬戎的不可行。这些制度在周穆王时是否已经形成文本，已不可考，但即使已有文本形式，从"先王之训"来看，起初的制度也一定是由某位贤明君主以言语方式口头发布，由史官以文字形式记载于册，其文体应当颇类似《尚书》中的《洪范》。

　　这样的例子还有，如马王堆出土的汉墓帛书《春秋事语》中"宋荆战泓水之上章"：

　　　　宋荆战弘（泓）水之上，宋人□□陈（阵）矣，荆人未济。宋司马请曰："宋人寡而荆人众，及未济，击之，可破也。"宋君曰："吾闻之，君子不击不成之列，不童（重）伤，不禽（擒）二毛。"

士匄为鲁君（犒）师，曰："宋必败。吾闻之，兵□三用，不当名则不克。邦治适（敌）乱，兵之所□也。小邦□大邦，邪以（攘）之，兵之所□也。诸侯失礼，天子诛之，兵□□□也。故□□□□□□□于百姓，上下无却然后可以济。伐，深入多杀者为上，所以除害也。今宋用兵而不□，见间而弗从，非德伐回，陈（阵）何为。且宋君不恤□不全宋人之腹（颈），而恤□不全荆陈（阵）之义，逆矣。以逆使民，其何以济之。"战而宋人果大败。①

这是记载著名的宋楚弘水之战的短文，从叙事水平上看，已经比前一篇有了很大进步。不仅记了主要评论者的言辞，还有事件中的人物对话。但从总体上看，这一则主要记载的还是士匄对于宋襄公做法的评论，由于这一评论，以战争前对"宋必败"这一战争结局所作的预言为核心观点，并被后来的战争结局所证实，其论证这个结论的道理便显得非常有说服力。这一道理的依据，并不来自士匄本人，而来自他所继承的用兵经验，"吾闻之"。这一经验来自何处？是更古老的《军志》②之类，还是口口相传的经验知识？从《左传·僖公二十八年》所引《军志》之言来看，其语言风格颇类格言警句类。士匄所说："吾闻之，兵□三用，不当名则不克。邦治适（敌）乱，兵之所□也。小邦□大邦，邪以（攘）之，兵之所□也。诸侯失礼，天子诛之，兵□□□也。"估计更大的可能来自当时口头传授的用兵经验，而非成文的兵书。而随后他根据当时具体情况所作的发挥，有很强的实用性，又经过事实检验，更成为有价值的话语，值得用昂贵的文字方式记录下来。

第三节　先秦说体文的内容特征

一　先秦说体文的历史题材特征

先秦说体文以记载涉及军国大事的历史故事为主要表现对象，体现出

---

① 马王堆汉墓帛书整理小组：《马王堆汉墓出土帛书〈春秋事语〉释文》，《文物》1977年第1期。

② 《军志》之名，见《左传·僖公二十八年》楚子所言："《军志》曰：'允当则归。'又曰：'知难而退。'又曰：'有德不可敌。'此三志者，晋之谓矣。"李梦生：《左传译注》，上海古籍出版社2004年版，第302页。

先秦叙事性文本以历史上的国家政事为先的特征。在叙事性说体文比较集中的《国语》《战国策》中，文章的主要内容是春秋战国时期，统治阶级重要人物对政治经济等重大问题的对话和议论。这个特点，刘勰已经意识到了，认为"说"之根本，在于"披肝胆以献主，飞文敏以济辞"，既然是要对君主真诚相对，所言自然当是国家政治生活大事，他所举的例子及我们所看到的绝大多数先秦说体文也都是如此。作为汉语文本历史中成熟最早的一种类型的叙事文，这种以历史上发生过的社会政治生活事件及其对话为主要内容的特点，对后世的叙事文类型的形成及演变影响深远。

　　这一特点的形成，可以说古代中国人的历史意识在其中起到了极其重要的作用。如果我们不是把自己的文化传统放在西方传统旁进行比较，妄自菲薄，而是充分尊重自身文化传统的独特性的话，就不会把中华文明较早成熟的以历史理性为核心的历史意识，看作对中国早期叙事艺术的消极因素①。

　　事实上，这种较早成熟为理性的历史意识，恰恰成为书写时代中国早期叙事艺术的摇篮，它孕育了汉文学史上最早的叙事文本。历史意识作为当时人们记述这些历史故事的动机，起初是有着很强的实际意义。原始社会时，历史意识是人们对以往行动经验的积累和社会教训的总结。但由于当时人们所掌握自然知识的不足，使人们在理解过去的事情时，往往是将想象的内容与真实的世界混合着储存在记忆中，一代代流传下去，形成最早的神话和传说。有学者认为："人类神话传说的演变，都是经历了一个从灵性神话传说到神性神话传说再到人性神话传说的历程。"其演变"最明显的趋势是：神话传说的宗教化、文学化、政治化和历史化"②。由于汉民族文化口传时期的不可考，及文本传播时期的重大影响，早期神话传说的痕迹只能散见于《山海经》《诗经》《楚辞》及诸子书中，而且鱼龙混杂，难以分清其确切的创制时代。所以我们能够看到的文本材料中对过去的记忆，受到周文化重人事、轻鬼神的影响，已经呈现出明显的人性化色彩。如《尚书·酒诰》中就说道："古人有言曰：'人，无于水监，当于民监。'今殷坠厥命，我其可不大监抚于时？"监，即鉴，是古代用来

　　① 薛富兴：《历史意识：中国古代叙事艺术的参照系》，《思想战线（云南大学人文社会科学学报）》2000 年第 2 期。

　　② 谢保成：《神话传说与历史意识——三谈中国史学起源》，《中国社会科学院研究生院学报》2004 年第 3 期。

照面的器具，周公引用古人之言，说明治国者要以民为镜。他进一步所引述的，实际上是已经成为历史的殷商亡国的教训。可见，那时的"以民为监"的思想中，已经包含了对从历史事件中总结经验教训的意义的认识。在《尚书》中，有多篇提及殷商亡国经验，说明至少到了西周时期，人们对过去所发生过的事情，主要还是从它们具有总结经验教训，指导现实生活的实际功用来认识的。《国语·楚语下》中记载子高劝楚令尹子西勿用王孙胜时，举了很多历史事例，用以说明此有旧怨之人不宜用，并说："人求多闻善败，以监戒也。今子闻而弃之，犹蒙耳也。……"意为人们希望通过多听到些曾经的成功失败的事例，成为自己行为的借鉴。如今你听到了，却没有让这些故事起作用，就好像蒙住了耳朵没有听一样。可见，那时人们讲历史故事的主要用意还只是在于古为今用。因此其重点就在于历史故事中所表现出的经验教训，而非后世历史学科所追求的历史真实。为了传承这个经验，其所由而来的事件及其加入理解模式的故事，便成为最好的载体。所以，相对于这个核心经验而言，历史故事是第一载体，文本是第二载体。

　　一般认为，"历史"一词有两个意义：一是指客观存在过的历史事实；二是指人们编写的历史。[1] 而在中国古代，很长一段时间内，"史"并不是用来指历史事实，而是指与文本有关的人。王国维曾说："史之本义，为持书之人，引申而为大官及庶官之称，又引申而为联事之称。其后三者各需专字，于是史、吏、事三字于小篆中截然有别：持书者谓之史，治人者谓之吏，职事者谓之事。此盖出于秦汉之际，而《诗》《书》之文尚不甚别。"[2] 甚至直到汉晋时期，还很少见到人们赋予"史"字以史事，即客观历史的含义，而是用"事""行事""往事"等概念以称呼过去发生的事。到了盛唐时期，以"史"为客观历史的观念才逐渐明确起来，以"史事"这个概念来泛指客观历史的情况也出现了[3]。这一称呼的变化，说明了人们观念的变化，在汉晋史学观念形成以前的相当长时期内，人们还没有将真实的历史事实与文本的历史进行有意识的区分。原因可能与历史学科自身的发展成熟规律有关，但也与当时社会需要有关。由于当

①　杨翼骧：《杨翼骧中国史学史讲义》，天津古籍出版社 2006 年版，第 2 页。

②　王国维：《观堂集林》卷六《释史》，中华书局 1959 年版，第 263—264 页。

③　瞿林东：《中国史学史纲》，北京出版社 1999 年版，第 6 页。

时社会所需要的，是有补于时事的历史经验教训，因此，历史文本中所记载的事件与历史真实的相契合与否，无论是对当时的编撰者而言，还是读者而言，都不是一个有意义的问题。既然相对于当时的历史叙事来说，重要的是蕴含于故事后面的经验教训，不用虚拟的寓言而用历史故事的选择，就与先秦文本的史官传统及周文化尚实的文化特点有关，与后世史学成熟后，有意为史的叙事文本不同。从这点上说，先秦说体文的政治历史方面的内容，更多地具有题材的意义，与后世的历史题材的文学，并无本质的区别。

高小康在《中国古代叙事观念与意识形态》一书中认为从美学的角度看，历史和文学的根本区别不是在于二者的虚实比例究竟应当如何分配，而是在于历史叙事从根本上说是属于一个从故事中绵延到故事之外的时空结构，这是个由叙述者、故事文本与叙述的接受者所共享的语境。因而从这个意义上讲，历史叙事与现实世界的关系是一种在时空关系上相互关联、一脉相承的"转喻"关系。文学叙事则是在故事中构造了一个独立的时空结构。无论文学叙事的内容多么"真实"，与历史或现实中所发生的事实多么相似，文学叙事从根本上说不是从历史事实中延续出来的"转喻"，而是与历史和现实世界相平行的、对现实世界的"隐喻"。故事中的与现实相独立的时空结构决定了故事作为阅读接受对象的孤立性，故事成了只有通过叙述和阅读活动才存在或显现的世界。叙事活动因此而成为审美的活动。①

而这种空间的相对独立性，在先秦说体文中是存在的，与《左传》《史记》中事件在时间长河中的接续传递不同，叙事性说体文是以事件之间的因果关系作为主要连接点的。虽然从来源上看，《左传》《史记》的写作是以说体文为基本材料，综合先秦其他史料创作完成的，在其文本中，还可以看得到说体文的痕迹，但毕竟通过编年的方式，将各个叙事片段关联了起来，形成一个与曾经真实的世界对应的"转喻"。但叙事性说体文不同，其中有不少篇目可以明显看出，为了故事的完整性，完全不顾故事时空与真实时空时间上的对应，如子贡存鲁的故事；也不顾历史人物的真实，甚至可以出现关公战秦琼的情形，如《战国策》中托名苏秦活动的故事。

---

① 高小康：《中国古代叙事观念与意识形态》，北京大学出版社 2005 年版，第 17 页。

这样就使先秦说体文在后世逐渐分化后的学科领域中具有了双重属性，既属于文学叙事，又属于历史叙事。在文学研究领域中，它们是具有一定文学特征的历史文本；而在历史学研究领域中，它们又是承载着大量有效信息的历史故事。文本中所描述的具有片断性和相对独立性的故事，构成了一个独立叙事空间，从而将它们与纯粹的历史叙事区分开来，与后世历史题材的小说叙事一脉相承。愚庸子在《三国志演义序》中说：

> 夫史，非独纪历代之事，盖欲昭往昔之盛衰，鉴君臣之善恶，载政事之得失，观人才之吉凶，知邦家之休戚，以至寒暑灾祥、褒贬予夺，无一而不笔者，有义存焉。……若东原罗贯中，以平阳陈寿《传》，考诸国史，自汉灵帝中平元年，终于晋太康元年之事，留心损益，目之曰《三国志通俗演义》。文不甚深，言不甚俗，事纪其实，亦庶几乎史。①

愚庸子之论虽意在将小说比附于史，以提高小说的地位。但此说之基础在于《三国志演义》中毕竟也有不少历史材料在其中，因此可以将其视为历史故事的通俗化文本。明代以后，历史演义在通俗叙事小说中就数量和影响而言，都居于十分重要的地位，从这方面来看，通俗叙事小说的历史演进脉络中，从古典的历史叙述到后来的历史演义，这条发展线索倒是比古义小说与通俗叙事小说之间的联系线索要清楚得多。②

二　先秦说体文中的深层意蕴

叙事文中的深层意蕴，是隐藏在具体叙述文本背后，通过组织具体事件所体现出来的有价值取向的观念和意识。高小康认为，从《左传》起，经过《史记》再到《水浒传》《西厢记》，中国古代叙事文的深层意蕴经历了一个由历史与道德统一的正史结构到从情感逻辑出发的历史批判性叙述，再到作为欲望宣泄的民间文化叙述的发展演变过程③。其中最早出现的是《左传》所代表的正史叙述特征，透过表面的事件，背后所隐藏的

---

① 曾祖荫：《中国历代小说序跋选注》，长江文艺出版社1982年版，第16页。
② 高小康：《中国古代叙事观念与意识形态》，北京大学出版社2005年版，第11页。
③ 高小康：《论中国古代叙事文学的深层结构》，《中山大学学报》（社会科学版）2005年第2期。

深层叙述意蕴是历史与道德统一的思想。历史与道德的统一，这种深层叙述意蕴对于官史来讲具有意识形态的必要性，因为它肯定了已存在的历史事实的合理性，因而也就在劝喻统治者重道德、重民意的同时保证了每一个朝代的统治都是天命所归，具有道德的必然。① 对《左传》的深层意蕴作这样的理解，无疑是正确的。但如果将《左传》视为中国古代叙事文的源头，并认为中国古代叙事文本的深层意蕴自《左传》所开创的历史道德统一标准始，则笔者不完全苟同。因为在早于《左传》的先秦叙事性说体文中，作为中国古代叙事文的源头，它们的深层意蕴远不如《左传》那样集中统一，而是呈现出多样的存在形态。先秦叙事性说体文存在于很多典籍中，比较集中的有《国语》《战国策》，今天出土的《战国纵横家书》和《春秋事语》也属于此类，此外，还有很多存在于诸子书中的篇目。各个篇目的编者及材料来源恐怕是不一样的，其背后的深层叙事意蕴也呈现出丰富多样的特点，很难一概而论。《左传》中所表现出来的，只是其中的一种，不能作为整个先秦叙事文本深层意蕴的唯一代表。

在先秦说体文中，多数故事的深层意蕴与主要人物的言辞内容相一致，是不同人物对历史经验的总结和对社会政治规律的认识，与《左传》中较为一致的，认同历史发展的合理性，并将历史发展与道德相统一的意蕴相比而言，显得颇为驳杂。

如《越语下》中所讲的范蠡故事，智者形象的范蠡是中心人物。历史的真实与否并不是记录者最关心的问题，只要这一时期所发生的历史事件能够满足他叙述的需要即可。故事始于越王勾践继位之初，不听范蠡之劝，执意出兵吴国，最终兵败于会稽。听范蠡之言向吴王求和，俯首称臣。然后在国内任用大夫种，励精图治，使越国慢慢强大起来。最终把握时机，打败吴国，并不同意越王允许吴王的求和意图，执意灭了吴国。范蠡本人也于此时辞去越王的丰厚赏赐，最终退隐五湖。在这个带有鲜明传奇色彩的说体文中，核心的观念，是范蠡所谓"持盈""定倾""节事"以治国的理论：

> 越王勾践即位三年而欲伐吴，范蠡进谏曰："夫国家之事，有持盈，有定倾，有节事。"王曰："为三者，奈何？"对曰："持盈者与

① 高小康：《中国古代叙事观念与意识形态》，北京大学出版社 2005 年版，第 33 页。

天，定倾者与人，节事者与地。王不问，蠡不敢言。天道盈而不溢，盛而不骄，劳而不矜其功。夫圣人随时以行，是谓守时。天时不作，弗为人客；人事不起，弗为之始。今君王未盈而溢，未盛而骄，不劳而矜其功，天时不作而先为人客，人事不起而创为之始，此逆于天而不合于人。王若行之，将妨于国家，靡王躬身。"王弗听。①

　　越王违背这个道理，果然败于吴王；后来听从范蠡指点，遵循这个道理，成就了灭吴霸越的大业。此后的情节可以说都是为了说明这个道理而安排的。范蠡这个掌握了真理的智者形象，也在文中逐渐生动起来。但这个结构所有情节展示出的道理，却并非后来由《左传》等其他儒家典籍所阐发的那些，而是具有来自实践之中，并运用于实践之中的鲜活朴素的生命力。勾践胜过夫差，既非道德的优势，也非国力军力的优势，而是听从了范蠡所领悟的规律。在这个规律的支配下，对曾经饶恕过勾践的吴王，范蠡表现出比越王更坚决的灭吴态度，这个坚决，不是来自恨，而是来自对这个道理的掌握。就这点来看，与《左传》中所记载的齐桓公、晋文公、楚庄王"存亡国，继绝祀"的周代道德观念格格不入。故事中记载越王不忍拒绝吴使者和平请求，"使范蠡对"，吴使者王孙雒欲责之以周礼："子范子，先人有言曰：'无助天为虐，助天为虐者不祥。'今吴稻蟹不遗种，子将助天为虐，不忌其不祥乎？"范蠡对曰："王孙子，昔吾先君固周室之不成子也，故滨于东海之陂，鼋鼍鱼鳖之与处，而蛙黾之与同渚。余虽靦然而人面哉，吾犹禽兽也，又安知是諓諓者乎？"② 范蠡为了遵从所认识到的规律，不惜与周礼发生冲突，并自甘以禽兽自称。而作者对他的这种态度也很赞赏，不但用笔下所书的历史来证明他的正确性，而且安排给他一个非常完美的结局：虽然自己泛舟于五湖之上，仍然得到越王"以良金为范蠡之状而朝礼之，浃日而令大夫朝之，环会稽三百里者以为范蠡之地"的封赏和极高待遇。

　　此外，《国语》中一些小故事所具有深层意蕴也颇有深意，往往与儒家观念不合，大概这也是后世不为人所重视的原因之一。如《晋语九》

---

　　① 　上海师范大学古籍整理研究所：《国语》，上海世纪出版有限公司、上海古籍出版社1998年版，第641页。

　　② 　同上书，第657页。

当中记载的一则笑话：

> 董叔将娶于范氏，叔向曰："范氏富，盍已乎！"曰："欲为系援焉。"他日，董祁愬于范献子曰："不吾敬也。"献子执而纺于庭之槐，叔向过之，曰："子盍为我请乎？"叔向曰："求系，既系矣；求援，既援矣。欲而得之，又何请焉？"①

　　是说晋国大夫董叔将要迎娶范献子的女儿，叔向劝他说："范氏很富有，还是算了吧！"董叔说："想要通过结亲得到援助。"后来有一天，董叔的新婚妻子董祁向范献子告状，说："他对我不尊敬。"范献子就把董叔抓住绑起来吊在院子里的槐树上。叔向从此经过，董叔请他去向范献子求情，叔向打趣他说："你当初要的不就是系援吗？既然已经得到你的想要的了，还有什么可请求的呢？"在《左传》中，我们看到比较多的是对政治婚姻的肯定，婚姻关系的缔结原则为门当户对的利益关系，是很正常的，除此之外的行为都会带来灾难。但在这个故事中，除了范氏富有之外，在地位上和董叔的婚姻目的上，并没有什么不合正统的门当户对原则的因素，但是这桩婚姻最后却成为笑柄。让我们看到了作者对这种政治婚姻的否定态度，虽然无法了解他的正面态度是什么。但仅此，已经是与《左传》中所流露出的观念很不相同了。

　　到了战国时期，叙事性说体文的深层意蕴显示出更多的个人欲望实现的色彩。在《战国策》中，这个特点可以说更加突出了。如秦策中的《苏秦始将连横》篇，更是以个人（特别是小人物）生命潜力的爆发，进而达到人生经济社会地位的改变作为深层意蕴，与《水浒传》中宣泄原始生命力的深层意蕴颇为相似。② 在这篇文章中，虽然苏秦说秦惠王的言辞占了很大篇幅，使它看起来与后世比较纯粹的叙事体故事不太一样，但整体上，我们还是能看到比较清晰的情节线索：苏秦以连横说秦惠王，书十上而说不行。盘缠用尽，狼狈回乡。"归至家，妻不下纴，嫂不为炊，父母不与言"。受到家人如此待遇的苏秦，遂发愤读书，头悬梁，锥刺

---

① 上海师范大学古籍整理研究所：《国语》，上海世纪出版有限公司、上海古籍出版社1998年版，第487页。

② 高小康：《论中国古代叙事文学的深层结构》，《中山大学学报》（社会科学版）2005年第2期。

股。一年后，游说赵王，得到重用，封武安君，受相印，革车百乘，富贵
权势一时俱全。"将说楚王，路过洛阳。父母闻之，清宫除道，张乐设
饮，郊迎三十里，妻侧目而视，倾耳而听。嫂蛇行匍伏，四拜自跪而
谢"，苏秦见此情此景，不由叹道："嗟乎！……人生世上，势位富贵，
盖可忽乎哉！"① 不论故事中的主人公，还是作者，都很赞同苏秦的感慨，
认为人生世上，读书博取世利是理所当然的。换句话说，不拘手段地追求
世俗利益，以三寸不烂之舌博得功名富贵，才是不枉此生。这种对个人世
俗欲望的公然追求和肯定，在战国时期的叙事性说体文中，并不是仅此一
见的。从深层叙述意蕴来看，不论对个人，还是对国家来说，只要符合所
期待达到的功利目的，就值得肯定。《周策》中的小故事《严氏为贼》便
是如此：

> 严氏为贼，而阳竖与焉。道周，周君留之十四日，载以乘车驷马
> 而遣之。韩使人让周，周君患之。客谓周君曰："正语之曰：'寡人
> 知严氏之为贼而阳竖与之，故留之十四日以待命也。小国不足以容
> 贼，君之使又不至，是以遣之也。'"②

魏国的严氏犯上作乱，与此事有关的阳竖逃跑时路过东周，周君不敢
怠慢，款留十四日，然后好车好马送走了。其后韩国人得知，派人以此事
责问周君。弱小的周君哪方面都不敢得罪，于是有人建议周君以留之十四
日以待命，而不得命为由回韩君之问。这是很明显的谎言，但对于哪边都
得罪不起的周君来说，这样的言辞可以说是最能得到好处的方法，至于它
是不是符合道德或其他什么形而上的标准，就不去追究了。

除《国语》《国策》外，诸子之书中也有不少叙事性说体文，比较典
型的如《庄子》中的《说剑》，《孟子》中《滕文公章句上》第五章，
《论语》中《阳货》第一、第四章，《微子》第五、第六、第七章等。这
些说体文的深层意蕴都与其学派所倡导的观念紧密相关，总体来看，呈现
出百家争鸣、众说纷纭的特点。

---

① 范祥雍：《战国策笺证》，上海古籍出版社 2006 年版，第 143 页。
② 同上书，第 78—79 页。

第四章

敷理以举统（一）：先秦说体文的叙事特征

第一节　先秦说体文中的人物分析

　　先秦说体文，从其内容上看，是简单地讲述过去的善败之事，以求"多闻善败以监戒"的言论故事。而所谓"故事"，是以特定的方式表现出来的，按逻辑和时间先后顺序串联起来的一系列由行为者所引起或经历的事件。① 法国叙述学家布雷蒙对"故事"的相对独立性曾作过这样的阐释："一部小说的内容可通舞台或银幕重现出来；电影的内容可用文字转述给未看到电影的人。通过读到的文字，看到的影像或舞蹈动作，我们得到一个故事——可以是同样的故事。"② 但是具体到文本形态的故事，即叙事文，构成故事的各个要素，却都必须以文字的方式按某种顺序排列起来，形成情节，才能达到叙事的目的。故事情节本身是由较小的叙述结构即插曲和事件组成的，其中最为重要的一个要素就是人物。叙事文中的人物具有双重意义，从故事情节发生发展的进程来看，具有推动故事进展的意义；从人物性格、特征等因素的塑造来看，又是具有一定审美意义的形象。因此，格雷马斯把具有推动故事进展作用的行动主体，称为"行动元"；把构造成的某种形象性人物称为"性格"③。接下来，将对先秦说体文中的人物从这两个方面进行研究。

---

　　① ［荷］米克·巴尔著，谭君强译：《叙述学——叙事理论导论》，中国社会科学出版社2003年版，第5页。

　　② 参见申丹《叙述学与小说文体学研究》，北京大学出版社2004年版，第23页。

　　③ 格雷马斯：《行动元、角色和形象》，转引自张寅德《叙述学研究》，中国社会科学出版社1989年版，第119页。

一 作为行动元的人物及其意义

格雷马斯认为："如果我们把叙事作品当作由叙述者主语产生并传达的一个整体话语，这个整体话语就可分解成一系列互相联系的叙述语句（＝普罗普的'功能'）。如果赋予话语的动词谓语以功能（即逻辑学上所说的形式关系）的地位，我们就可把话语说成是组成话语的若干行动元之间的关系。"① 在叙事性文本中，我们可以通过人物在故事中的功能给他们进行归类，不论这些人物换成什么角色，他们各自的功能是不变的，因而基本的故事结构也不变。在先秦说体文中的人物也可以作这样的功能性归纳。

首先要确定的是先秦说体文中的主人公，即主语是什么人物。在说体文中，一般最少要出现两个人物，一个是要去实践错误决策的实权派人物，另一个是对这个行为人提出意见的建议者。这两种行动元都可以作为主语出现在叙事文本的结构中，不同的人物充当主语，显示出不尽相同的意义。

第一种是以实权者为主语的形态。虽然人们通常认为，文章中最主要的内容是劝谏者的言辞，但在对其文本的整个叙事性文体性质作综合考察之后，就会发现，在先秦说体文中，引起一系列事件的人物，却不总是劝谏者，有时恰恰是有决策能力的实权派人物。正是由于这类实权人物的行动愿望，促使劝说者表达自己饱含智慧的观点，以期阻止实权人物的错误行动，其后，不论实权人物是否听从劝说者的建议，故事中的事件都会顺着劝说者的意见发展，以证明劝说者的正确性。这一结构可以简化为：实权者想要采取某种行动——劝说者对其进行劝说——结果一：实权者听从，果然达到预期目标；结果二：实权者不从，受到了现实的惩罚。这一类结构在先秦说体文中占有一定比例。如《国语》中的前三篇："穆王将征犬戎""恭王游于泾上"和"邵公谏厉王弭谤"。"穆王将征"篇（全文引见本书第三章第二节）中，完整的话语是"周穆王强征犬戎使荒服者从此不来朝觐"，其中的主语是周穆王，谓语，即主语的动作：征伐犬戎，宾语是荒服者不至的结果。祭公谋父作为对主语行为的反对力量出现，并且在文本中占有绝对优势的篇幅，来展示其用来进行反对的主要方

---

① 张寅德：《叙述学研究》，中国社会科学出版社 1989 年版，第 120 页。

式——语言劝谏,但并未奏效,周穆王仍然按照自己的意愿征服了犬戎,但他称霸的目的不但没有达到,而且还使原先拥有的荒服之众的朝觐也失去了。"恭王游于泾上"一则中的主语是密康公,他在跟随周恭王游于泾水之上时,发生了三个女人一同私奔于他的事情,虽然文中没有明确提及,但想必他是很乐意接纳这三个女子的,所以他的母亲会劝说他放弃拥有这三个女子,要他转送给周王。密康公不听,一年后,密国被周王所灭。"邵公谏厉王弥谤"一则中,周厉王是主语,其主要行为是以杀止谤,邵公对此做法表示反对,但没有被周厉王听从,最终得到了"三年,乃流王于彘"的结局。

《战国策》中也有这样的故事,如《赵策三》中的"齐破燕,赵欲存之"一则:

> 齐破燕,赵欲存之。乐毅谓赵王曰:"今无约而攻齐,齐必仇赵。不如请以河东易燕地于齐。赵有河北,齐有河东,燕、赵必不争矣,是二国亲也。以河东之地强齐,以燕以赵辅之,天下憎之,必皆事王以伐齐。是因天下以破齐也。"王曰:"善。"乃以河东易齐,楚魏憎之,令淖滑、惠施之赵,请伐齐而存燕。①

赵王欲存燕,是整个故事的主语与谓语,乐毅作为行为的推动者而出现。赵王听从了他的建议,最终果然达到了预期的目标。

第二种是以建议者为主语的形态。在这种形态中,事件的推动者就是建议者本人。如《国语·鲁语上》"臧文仲说僖公请免卫成公"一则:

> 温之会,晋人执卫成公归之于周,使医鸩之,不死,医亦不诛。臧文仲言于僖公曰:"夫卫君殆无罪矣。刑五而已,无有隐者,隐乃讳也。大刑用甲兵,其次用斧钺,中刑用刀锯,其次用钻笮,薄刑用鞭扑,以威民也。故大者陈之原野,小者致之市朝,五刑三次,是无隐也。今晋人鸩卫侯不死,亦不讨其使者,讳而恶杀之也。有诸侯之请,必免之。臣闻之:班相恤也,故能有亲。夫诸侯之患,诸侯恤之,所以训民也。君盍请卫君以示亲于诸侯,且以动晋?夫晋新得诸

---

① 范祥雍:《战国策笺证》,上海古籍出版社 2006 年版,第 1095 页。

侯，使亦曰：'鲁不弃其亲，其亦不可以恶。'"公说，行玉二十瑴，
乃免卫侯。自是晋聘于鲁，加于诸侯一等，爵同，厚其好货。卫侯闻
其臧文仲之为也，使纳赂焉。辞曰："外臣之言不越境，不敢
及君。"①

　　在这则故事中，晋人执卫侯鸩而不死，是背景事件。臧文仲作为劝谏
者，成为推动整个情节发展的核心人物。在文本中，正是由于他采取了劝
说鲁僖公这一行动，促使僖公派人执玉向晋侯说情，赦免卫侯，最终使鲁
国得到了晋国的敬重，臧文仲也得到卫君的感激。在这种模式中，劝说者
由前一种模式中主语行为的反对者，变为行动的主语。虽然该行动所达到
的直接目的仍然是影响实权者的行为，但显然实权者只是达成其行为目的
的重要工具，最终目的是实现自身价值的现实体现。这两种叙述模式在
《战国策》中也都能看到。
　　要看清这种叙事模式的意义，不妨将它与甲骨卜辞进行对比。甲骨文
是目前为止，汉文字传统中所能见到的最早文字篇章，虽然只是简单的记
事之文，但在结构上有一定的可对比之处。甲骨卜辞一般按时间先后顺序
分为四个部分：前辞、命辞、占辞、验辞。前辞，用来交代卜问时间和卜
人姓名；命辞，用来说明所问事项；占辞，是卜者通过占兆对所卜事项作
的预测；验辞，记录占卜之事后来发生的实际情况。如：

　　　　甲申殻卜。贞妇好娩妫。王占曰：其佳丁娩，妫。其佳庚娩，弘
　　吉。三旬又一日甲寅娩，不妫，佳女②。

　　在这则卜辞中，"甲申殻卜"是前辞，交代了时间和贞人的名字；
"贞妇好娩妫"是命辞，询问事由是女子妇好能否顺利生男孩。占卜后的
兆纹由商王亲自来解释说"其佳丁娩，妫。其佳庚娩，弘吉"。意思是
说，如果在丁日生产，就会生男孩，吉利。如果在庚日生产，也是男孩，
很吉利。这部分是占辞。最后，"三旬又一日甲寅娩，不妫，佳女"是验

　　①　上海师范大学古籍整理研究所：《国语》，上海世纪出版有限公司、上海古籍出版社
1998年版，第161—162页。
　　②　郭沫若：《甲骨文合集·殷墟文字丙编》，中华书局1981年版，第274页。

辞，意为过了三十一天，在甲寅这天分娩，不吉利，生了女孩。

在甲骨卜辞中，虽然这样四部分结构完整的卜辞并不多，很多卜辞都省去了占辞或验辞，但从这种结构中，我们还能看到当时人们在理解事件之间的关系时，尚未将人物自己的行为理解为决定性因素，而是把这些事件的主导权交给了上天。人们卜问事件的行为本身无法构成情节，这一行为只能代表商朝人想要去理解上天意志的努力。占卜事件与后续验辞中所述事件之间的联系，是断裂的，二者除了是同一事件的不同发展结果之外，没有更多的关联。这种记叙的断裂，体现出对自然与社会生活规律不能理解的思维特点，神与天意自然而然成为最高主宰者，控制着人间的各种事件。但在先秦说体文中，各个事件都不再是仅靠天意和时空相关联，使事件相关联的，是主人公自主选择的行动，也正是他们的行动，导致了后续一系列相关事件的发生。这种事件之间的关联，即对基本因果律的理解，也许早在文字形成之前的口头故事中已经出现，原始思维中也有因果律，与逻辑思维不同的地方在于，原始思维中的因果关联并不遵循理性，而遵循互渗律和相似律等原则，因此形成了各民族早期叙事作品的神话传说性质。但口头传说的故事在中国古代书写传统中并未占有相应的位置。由于史官的理性转向，及春秋战国以来士人的经世治用思想，使其中只有极少一部分，或通过《左传》，以相对完整的情节，或通过《山海经》，以片段的方式进入文本传统之中。因此，进入先秦叙事文本的因果律，是带有理性特征的，以社会现实政治生活为主的思维方式。这种方式在很大程度上，影响了中国早期叙事文本的形态，使史传散文，而非神话传说，成为中国最早成熟的叙事文体。

在先秦说体文中，行动元的自主选择一般来说有两个向度：一是在领悟了社会统治规律基础上的理性向度；二是与此相反，不顾长远利益，只凭自己感性意愿采取行动的向度。前一个向度代表了理性与智慧，后一个向度代表了欲望与愚昧。如在《国语》首篇《穆王将征犬戎》一文中，周穆王要征伐远在荒服之地的犬戎，这一行动体现在文本中的动机，似乎出于统治者自身非理性因素，只是为了证明自己武力之强大，其后果将会给国家造成穷兵黩武的灾难。而文中祭公谋父，是另一个向度的行动元，代表着当时所能达到的政治理性与智慧，从周代先王以德服人的成功经验与周朝传统贡服制度两个方面，劝止周穆王的征伐，其着眼点是国家的长远利益。在先秦说体文的发展中，这两种向度的行动元的此消彼长，代表了撰述者的深层叙事意图。

甲骨卜辞中的占辞多为商王自占，不论其得到验证与否，都说明在甲骨文形成的时代，商王还具有领会上天意志的特权，其行为在文本中具有天意正确的意义。但到了先秦说体文中，在以实权者为主要行动人的篇目里，与前一个时代相比，王的形象已经由领会天意的正面人物，变成了不能领会自然与社会规律的反面形象。真理掌握在贤德的谏臣手中，君主（引申为实权者）只有听从这些贤德之言才能达到正确的治理效果，反之，则会祸及其身。周穆王如此，密康公如此，周厉王、晋献公、齐桓公、吴王夫差、越王勾践莫不如此。这些例子，均能说明在春秋战国之际的文本中，实权者的高贵地位已经开始下降，士人（包括撰述者）成为掌握社会统治规律及智慧的代表人物。开启了重"士"轻"王"之战国风气的先声。也正是如此，评论者也能堂而皇之地出现在文本中，对发生过的事件和人物作类似总结性的评价。

但在以实权者为主语的叙述文本中，代表理性与智慧的行动元，还只是影响实权者行为的一个因素，最终事件的整个进程，还都需要由实权者的意志来决定。到了以建议者为主语的叙述模式出现后，君主（实权派）在故事中的地位就几乎完全让给了那些以智慧为国家谋利益的贤人才士，正是他们积极主动的行为，促成了事情发展的最终结局。如《战国策·齐策四》中的《齐人有冯谖者》一文，冯谖作为文本中的核心行动元，积极主动地改变自己的命运，并丰厚地报答了给他待遇的孟尝君。先秦说体文中行动元的这些特征，与战国时期"士贵而王不贵[1]"的观念正相吻合。

二　作为性格的人物形象

在先秦说体文中，人物形象的塑造往往通过对行动和语言两个方面的描写得以完成。

（一）在行动中塑造的形象

对人物行为的描述，在文本中，除了能够推动情节发展之外，还能够展示出人物的性格面貌，这种手法运用得非常熟练准确之处，便是被后人评价为"白描手法"的写人技巧。

---

[1]　范祥雍：《战国策笺证》，上海古籍出版社 2006 年版，第 639—640 页。

在先秦说体文中，通过描写人物行动，达到刻画人物形象的成功篇目所在皆是。其中突出的一例是《战国策·赵策一》中"豫让刺赵襄子"之事。豫让是智伯的门客，为了报答智伯的知遇之恩，在智伯兵败被杀，门人星散的情况下，依然坚定地要为智伯报仇，一心想杀了赵襄子。为了实现这个计划，他不惜"变姓名，为刑人，入宫涂厕，欲以刺襄子"，襄子如厕，心动，执问近旁的泥瓦工，发现了手执磨利了锋刃的泥瓦刀的豫让正欲行刺。赵襄子左右欲杀之，却被赵襄子视为贤人而释放。经过这一次，豫让仍然不放弃报仇的念头，为了不被别人认出，他"又漆身为厉，减发去眉，自刑以变其容，为乞人而往乞"，至其家门，其妻不识，觉得虽然长得不像自己的丈夫，但声音却很相像，于是豫让又吞炭为哑变其音。其友劝之弗听。乘襄子外出之机，藏身于襄子所过的桥下欲刺之。但襄子至桥而马惊，使人搜索，发现埋伏在桥下的豫让。襄子为豫让对旧主的忠诚所感，但却不能再放过他，"使兵环之"。豫让临死前又提出要求，希望能得到襄子的衣服以刺之，以便了却报答智伯的心愿，襄子义之，与之衣，"豫让拔剑三跃，呼天击之曰：'而可以报智伯矣。'遂伏剑而死"[1]。在这个故事中，情节曲折跌宕，一波三折，最终以豫让行刺的失败告终。但这些情节却充分体现出刺客豫让的个性气质，执着坚毅，真正在用自己的行动诠释"士为知己者死"的信条。豫让这个独特的刺客，恐怕古今无人与之相及。这一形象的塑造，基本上是通过对其特殊行为的描述完成的。

茅盾先生认为："善于描写典型的伟大作家，不但用大事件来表现人物的性格，而且不放松任何细节的描写。"[2] 先秦说体文也通过对人物行动所做的细节描写，来展现人物形象。

如《国语》中，"叔孙穆子聘于晋"一则。文中讲述鲁国的大臣叔孙穆子赴晋国聘问，晋悼公享之。先为其奏三夏曲和《文王》等三篇，穆子佯装不睬，不拜。"乐及《鹿鸣》之三，而后拜乐三。"晋侯诧异，派行人问其原由，这么一件小事，引起穆子大发议论："夫先乐金奏《肆夏·樊》《遏》《渠》，天子所以享元侯也；夫歌《文王》《大明》《绵》，则两君相见之乐也。皆诏令德以合好也，皆非使臣之所敢闻也。臣以为肆

---

① 范祥雍：《战国策笺证》，上海古籍出版社 2006 年版，第 955—956 页。
② 茅盾：《茅盾评论文集》，人民文学出版社 1978 年版，第 65—66 页。

业及之，故不敢拜。"穆子来自礼仪之邦鲁国，自然事事循礼。奏乐超过接待规格，他便佯装不理，诡称以为是乐工练习奏乐而偶及之。既巧妙地讽刺了晋之僭礼，又为晋公保全了面子。如此一个简单的细节描写，包含了众多的内容：既写出了穆子之恪守周礼，又可见出晋国僭礼之举屡见不鲜，人们早已习以为常。襄公四年《左传》亦记此事，然穆子未言先不拜乐理由，颇失外交辞令应有之委婉，亦不利于表现人物性格。

此外，《国语·吴语》中夫差与晋人争为盟长未成，而越人袭姑苏，夫差进退两难之时，王孙雒有谋，"王乃步就之"，勾勒出夫差腹背受敌时的窘态，与胜齐羞辱子胥之盛气凌人判若两人；勾践推栖会稽之上求计以图存国，文种献策，"勾践执其手而与之谈"，见出君臣亲密无间，共度患难的情谊。二人动作虽相似，而动机目的则大不一样：夫差仅为摆脱眼前困境，求取权宜之计；勾践则是真心痛改前非，求贤下士，以抒国难，为求取治国安邦、灭吴兴国的长远大计。

先秦说体文中，对人物行动的描写，成功地塑造出一批形象生动、流传千古的历史人物形象。这类例子非常之多，不胜枚举。

（二）在语言中塑造的人物形象

先秦说体文中，人物语言占有很大篇幅，人物在很多时候，都要通过语言来表达自己的想法，从而也使读者通过语言来获得对这一人物形象的了解和认识。而说体文中的人物语言，则往往是"史家追叙真人实事，每须遥体人情，悬想事势。设身局中，潜心腔内，忖之度之，以揣以摩，庶几入情合理。盖与小说、院本之臆造人物、虚构境地，不尽同而可相通，记言特其一端"[1]。这些由想象揣测而来的人物语言，对塑造人物形象，起到了积极的不可替代的作用。

从整体上来看，通过人物语言塑造得最成功的形象，是《晋语》中的骊姬。骊姬出场时，只是晋献公从骊戎部落得到的一个俘虏，得到宠爱后，被立为夫人，与其娣各生一子。晋献公其时已老，想在晋献公死后，仍然保住自己的位置，骊姬开始积极筹划行动，打算废掉太子申生，而立自己的儿子。为了达到这个不可告人的目的，她求助于与其关系暧昧的优施。在这样的密谋中，她不需要掩饰什么，可以直白地表露她的野心："吾欲作大事，而难三公子之徒如何？……吾欲为难，安始而可？"及至

---

① 钱钟书：《管锥编·左传正义》，中华书局 1979 年版，第 166 页。

半夜泣于枕边，对晋献公所说之语，则全然不同，作出一副为了晋献公的安危甘愿牺牲自己性命的样子："吾闻申生甚好仁而彊，甚宽惠而慈于民，皆有所行之。今谓君惑于我，必乱国，无乃以国故而行强于君。君未终命而不殁，君其若之何？盍杀我，无以一妾乱百姓。"此言引起了晋献公的疑问："夫岂惠其民而不惠于其父乎？"骊姬曰："妾亦惧矣。吾闻之外人之言曰：为仁与为国不同。为仁者，爱亲之谓仁；为国者，利国之谓仁。故长民者无亲，众以为亲。苟利众而百姓和，岂能惮君？以众故不敢爱亲，众况厚之，彼将恶始而美终，以晚盖者也。凡民利是生，杀君而厚利众，众孰沮之？杀亲无恶于人，人孰去之？苟交利而得宠，志行而众悦，欲其甚矣，孰不惑焉？虽欲爱君，惑不释也。今夫以君为纣，若纣有良子，而先丧纣，无章其恶而厚其败。钧之死也，无必假手于武王，而其世不废，祀至于今，吾岂知纣之善否哉？君欲勿恤，其可乎？若大难至而恤之，其何及矣！"这番话在情在理，果然触动了晋献公，公惧曰："若何而可？"骊姬又作出隐忍状："君盍老而授之政？彼得政而行其欲，得其所索，乃其释君。且君其图之，自桓叔以来，孰能爱亲？唯无亲，故能兼翼。"晋献公的君位正是其父祖累世弑其兄长篡来的，这最后一句话，正打到了晋献公心里的要害处。公曰："不可与政。我以武与威，是以临诸侯。未殁而亡政，不可谓武；有子而弗胜，不可谓威。我授之政，诸侯必绝；能绝于我，必能害我。失政而害国，不可忍也。尔勿忧，吾将图之。"骊姬以巧言，终于说动了晋献公同意对迫害太子采取行动。见第一步劝说成功，骊姬趁热打铁，赶紧主动献出早就盘算好的计策："以皋落狄之朝夕苛我边鄙，使无日以牧田野，君之仓廪固不实，又恐削封疆。君盍使之伐狄，以观其果于众也，与众之信辑睦焉。若不胜狄，虽济其罪，可也；若胜狄，则善用众矣，求必益广，乃可厚图也。且夫胜狄，诸侯惊惧，吾边鄙不儆，仓廪盈，四邻服，封疆信，君得其赖，又知可否，其利多矣。君其图之！"此举对晋献公来说，无往而不利，但对太子申生来说，则是一个无论如何都难逃厄运的陷阱，其用心之歹毒，欲置申生于死地而后快的决心足以令人不寒而栗。但做父亲的晋献公，却听从了这条毒计，公说（足见此处不能解释为愉快，只能理解为被说服而听从之意）："是故使申生伐东山。"晋献公诸公子的厄运就此开始，申生的悲剧开始揭幕，晋国的混乱也自此开端。申生伐东山大胜而归，宫内却谣言四起。五年后，骊姬终于忍不住，开始向晋献公再次提出此事："吾闻申生之谋愈深。日，吾固告君曰得众，众不利，焉能胜狄？今矜狄之善，其志益广。狐突不顺，故不出。吾闻之，申生甚好信而彊，又失言于众矣，虽欲有退，众将责焉。言不可食，众不可弭，是以深谋。君若不图，难将至矣！"献公曰："吾不忘也，抑未有以致罪焉。"犹豫之态尽显父子之情。但只要经过晋献公默许，骊姬不顾其残存的父子之情，开始动作了，以君命命申生曰："今夕君梦齐姜，必速祠而归福。"申生把祭祀后的酒肉交给宫中，晋献公外出未归，骊姬置毒于酒肉之中，晋献公归，发现酒肉之毒，遂下令追杀申生。申生不肯外逃，坐而待毙。临死前，骊姬见之，还哭着说："有父忍之，况国人乎？忍父而求好人，人孰好之？杀父以求利人，人孰利之？皆民之所恶也，难以长生！"① 申生之死，全系她一手策划而成，此刻阴谋即将得逞，还要继续作出一副无辜的样子去斥责申生，其心地之阴险毒辣，于言语之中被刻画出来。

这些语言，大部分都属于密室私人之谈，除了对话的双方，应该不可能被别人听到而记录下来，因此，极有可能是撰述者根据事态人心揣测想象出来；用来表现人物性格的语言，也有可能是其有意创作出来，以推动情节刻画人物，这与后世小说用人物语言来写人叙事的手法有异曲同工之妙。

在先秦说体文中，除了骊姬这样主要以人物语言完成塑造的形象之外，还有一些人物语言，虽然简短，也非常有用，能使人物形象在瞬间生动起来。如《国语·晋语四》中，重耳在齐娶妻，并受到齐桓公的款待，想要这样过一辈子，说："民生安乐，谁知其他？"齐桓公死后，从亡者及姜氏都劝他离开，继续周游各国以求晋君之位，但重耳曰："吾不动矣，必死于此。"任凭齐姜如何劝说，都不为所动。齐姜于是与子犯合谋，将其灌醉以车载而行。酒醒之后，重耳气急，一边拿着戈追子犯算账，一边恨恨地说："若无所济，吾食舅氏之肉，其知餍乎！"② 一个不愿过流亡生活的贵族公子形象于此跃然纸上。此外，《战国策·齐策四》中的冯谖所唱"长铗归来"之歌；《燕策三》中荆轲的"易水歌"都是表现人物个性气质的绝佳方式。

① 上海师范大学古籍整理研究所：《国语》，上海世纪出版有限公司、上海古籍出版社1998年版，第268—292页。
② 同上书，第344—345页。

通过对人物语言及行动的描写，先秦说体文中对人物形象的塑造已经积累了一定的经验，人物已经不是叙事文中简单的表意符号，也不仅仅是没有个性的"扁平"人物，而是通过行为及语言得到展示的个性。这种通过对人物语言及行为描写塑造人物性格的方法，也成为后世古典小说常用的手法，形成中国古代小说特有的风格。

第二节　先秦说体文中的艺术表现手法

先秦说体文中已经体现出一定程度的艺术性，人物形象塑造，场景描写和语言艺术表现手法已经开始出现，并在文章中起到了积极的塑形以表情达意的效果。人物形象的塑造在上节中已有详细分析，本节将重点讨论先秦说体文在其他方面的艺术表现手法。

一　叙述者与叙述视角

"叙述者"（又称叙事者），就是叙事文本中讲述故事、表达见解和组织文字的信息传递者，是承担叙事话语的陈述行为主体。

叙述文本是用语言所"讲述"的故事，也就是说，故事被转换成文字符号。正像关于叙述文本的界定所表明的，这些符号由一个讲述的行为者创造出来，这一行为者"表达"出这些符号。这个行为者不能等同于作者、画家或电影制作人。相反，作者抽身出来，指派一个虚构的发言人，一个在术语上称为叙述者的行为者。但同时，叙述者又并非持续不断地讲述。一旦在文本中出现直接引语，叙述者就暂时地将这一功用转给一个角色。在叙事文本中，叙述者的身份，这一身份在文本中的表现程度和方式，以及隐含的选择，赋予了文本以特征，因此可以说，叙述者是叙事文本分析中最中心的概念①。

叙述者在文本中体现的依据，是叙述声音。根据叙述声音在文本中被辨别出来的难易程度，可以分为两类：显在的叙述者与隐在的叙述者。在先秦说体文中，叙述者的声音一般都隐藏在对事件的叙述和人物语言的直

①　［荷］米克·巴尔著，谭君强译：《叙述学——叙事理论导论》，中国社会科学出版社2003 年版，第 7 页。

接引用之后，很难被发现。即使出现少数的史评，如《国语·晋语》中出现的"君子曰"等形式，也很难确认此处所谓"君子"就是文本的撰述者，不能像《史记》中的"太史公曰"一样，简单将其视为叙述者自身观念的一种表露。

这种隐在的叙述者，最常见于戏剧剧本，在剧本中，除了少数提示以外，故事几乎完全是靠人物语言叙述的。在叙事文本中，与戏剧相类似的，就是大量的描述人物行动和对人物语言的直接引用，使叙述者隐藏在描述与引用的人物语言之后。这样隐在的叙述者所发出的叙述声音，很容易造成客观冷静的效果，让读者认为叙述者所描述的是客观真实发生的事，没有或少有叙述者的主观介入。因此，先秦说体文在很早就被视为历史叙事，文中所讲述的被认为是对真实发生过的历史事件的记录，事实上，这是叙述者有意造成的一种效果，而远非客观真实。

既然在文本中无法直接找到叙述者的声音，就只能从叙述的视角中去揣测叙述者的存在。一般来说，在先秦说体文中体现出的都是全知的第三人称视角，但其中也有一些片段，转换为文本中人物的有限视角，其中一种有限视角，是通过人物语言表现出来的观念和情景。在简要地叙述事件及人物行动时，先秦说体文多数采用第三人称的全知视角。这种全知视角，不但能克服个人感官的局限，获得现实空间距离的超越，全面地观察整个事件的各个方面，还可以看到整个事件的发展过程，听到人物的言语，甚至还能窥察人物最隐秘的内心世界。如《国语·周语上》中"彘之乱"一则：

> 彘之乱，宣王在邵公之宫。国人围之。邵公曰："昔吾骤谏王，王不从，是以及此难。今杀王子，王其以我为怼而怒乎！夫事君者险而不怼，怨而不怒，况事王乎？"乃以其子代宣王。宣王长而立之。①

国人围邵公之宫，以求尚未得立的周宣王，邵公欲以其子代之，在这种形势下，不可能大张旗鼓地宣布他的想法，这里的一段话，显然不可能

① 上海师范大学古籍整理研究所：《国语》，上海世纪出版有限公司、上海古籍出版社1998年版，第14页。

是当时邵公所言的即时性记载,其来源或是追记,或是传闻,或是揣测之作。类似的段落,在先秦说体文中所在多有,都是叙述者全知视角深入人物内心的一种体现。

但先秦说体文中的视角也并非始终不变,在文本中,随着主要人物的行动,叙述视角有时也会转换为主要人物的所见所闻。最易辨别的视角转换,是文本中的人物语言;还有一种比较少见,是在叙述文本中,很自然地转换为主要人物的视角,如《国语·周语中》的"单襄公论陈必亡"则,在以全知视角交代单襄公受周王派遣,聘问宋国之后,途经陈国,便以文本中人物的有限视角,即单襄公的所见所闻来展开描述。

这种视角的转换及其特点,在后来的史传散文及唐传奇等古代叙事文本中,都得到了不自觉的承袭。

二　场景描写

在故事中,一般来说比较重要的因素有三个:人物、情节、背景。①场景描写,即对故事发生的环境的描述,在故事中具有重要的位置。这一要素,在先秦说体文中也有发展。

但场景描写,在先秦散文中,并非说体文或史传散文的专利,在《尚书·顾命》中就有篇幅较长的场景描写,但它所描写的场景却不是为了叙述故事的需要,只是记录康王继位时的情景。《尚书·金縢》中出现了为叙述需要而进行的场景描写:"秋,大熟,未收。天大雷电以风,禾尽偃,大木斯拔。"对这种恐怖的异常自然天气的描写,在原文中,是为了说明周公受屈之后,上天所给予的警示。

在先秦说体文中,场景描写得到了进一步的发展。如《国语·周语中》"单襄公论陈必亡"开篇,便有借单襄公之视角所见陈国之景的描述:

> 定王使单襄公聘于宋。遂假道于陈,以聘于楚。火朝觌矣,道茀不可行,侯不在疆,司空不视涂,泽不陂,川不梁,野有庾积,场功未毕,道无列树,垦田若艺,膳宰不致饩,司里不授馆,国无寄寓,

---

① ［美］韦勒克、沃伦著,刘象愚等译:《文学理论》,江苏教育出版社 2005 年版,第253 页。

县无施舍，民将筑台于夏氏。①

从文本中人物的视角出发，描述了他沿途所见的陈国之景象：到了大火星已经出现的季节（收藏庄稼，修缮房屋桥梁，准备过冬的秋季），道路仍然被杂草堵塞，难以通行，负责迎送宾客的官员不在边境上迎接，管理道路的官员不察看道路是否通行，河湖旁边的堤坝不加修葺，河上也不架桥梁，野外还堆积着露天的粮谷，打谷场还没修整完毕，道旁没有整齐的护路树，晚秋作物小得像茅草芽，厨师不供给饭食，负责住宿的不安排住处，国都内没有旅馆，郊外的县区也没有客舍，百姓都在给夏氏修建看台。文本中对这些场景的描写，为单襄公接下来对陈国命运作出判断，作了充分的铺垫。

更为精彩的场景描写出现在《国语·吴语》中。鲁哀公十三年，吴王夫差挟重兵北上会盟诸侯于黄池。在会上，与晋国争为盟主，适逢越国攻其国都，吃了败仗。为了不让与会诸侯看出破绽，并且尽早结束会盟，吴王决定摆下决战的阵势，迫使晋国服输。文中对吴王摆出的阵势作了精心的场景描写：

> 陈士卒百人，以为彻行百行。行头皆官师，拥铎拱稽，建肥胡，奉文犀之渠。十行一嬖大夫，建旌提鼓，挟经秉枹。十旌一将军，载常建鼓，挟经秉枹。万人以为方阵，皆白裳、白旂、素甲、白羽之矰，望之如荼。王亲秉钺，载白旗以中陈而立。左军亦如之，皆赤裳、赤旂、丹甲、朱羽之矰，望之如火。右军亦如之，皆玄裳、玄旗、黑甲、乌羽之矰，望之如墨。为带甲三万，以势攻，鸡鸣乃定。既陈，去晋军一里。昧明，王乃秉枹，亲就鸣钟鼓、丁宁、镦于振铎，勇怯尽应，三军皆哗釦以振旅，其声动天地。②

文中详细描写了吴王在晋军前排兵布阵的场景：摆开士卒一百人，排成一行，共排了一百行。每行打头的是士，抱着金铎，举着木戟，身旁树

---

① 上海师范大学古籍整理研究所：《国语》，上海世纪出版有限公司、上海古籍出版社1998年版，第67页。

② 同上书，第608页。

着旗子和犀牛皮做的盾牌。每十行由一名下大夫率领，树起旌旗，带着战鼓，大夫挟着兵书，拿着鼓槌。一百行由一位将军率领，树起日月旗，立着战鼓，将军挟着兵书，手握鼓槌。一万人为一个方阵，都穿着白色的下衣，打着白色的旗帜，披着白色的铠甲，背着白色羽毛尾的箭，望过去像一片芦花。吴王亲自拿着钺，身旁竖着白色大旗，在方阵中间站立。左军也这样列阵，都穿着红色下衣，打着红色旗帜，披着红色铠甲，背着红色羽毛尾的箭，望上去像火海。右军也像中军一样列阵，都穿黑色下衣，打着黑色旗帜，披着黑色铠甲，背着黑色羽毛尾的箭，望上去像墨池。披戴铠甲的将士共三万人，凭着声势进攻。鸡叫时就列好了阵，离晋军只一里远。天色未明，吴王就操起鼓槌擂鼓，全军一起响应，呼声惊天动地。这样的场景描写极有声势，为后来小说家所习用。《三国演义》《水浒传》中不少战阵描写都由此脱胎而来。如《水浒传》第七十六回《吴加亮布四斗五方旗，宋公明排九宫八卦阵》即由此脱胎而来：

> 正南上这队人马，尽都是火熠红旗、红甲红袍，朱缨赤马，前面一把引军红旗，……东壁一队人马，尽是青旗，青甲青袍，青缨青马，前面一把引军青旗，……西壁一队人马尽是白旗，白甲白袍，白缨白马，前面一把引军白旗，……后面一簇人马，尽是皂旗，黑甲黑袍，黑缨墨马，前面一把引军黑旗，……①

虽然比《国语》中的描写更具体细致一些，但其想象与描写手法的相似性，还是一望而知的。到了《战国策》所代表的战国晚期，场景描写有了进一步的发展，不仅生动传神，而且能做到情景交融，与叙述者所需要的气势完美结合在一起，如《齐策一》中，苏秦为赵合纵说齐宣王时，极力渲染齐国之富强：

> 齐南有太山，东有琅邪，西有清河，北有渤海，此所谓四塞之国也。齐地方二千里，带甲数十万，粟如丘山。齐车之良，五家之兵，疾如锥矢，战如雷电，解如风雨。……临淄甚富而实。其民无不吹竽、鼓瑟、击筑、弹琴、斗鸡、走犬、六博、蹴鞠者。临淄之途，车

---

① （明）施耐庵：《水浒传》，湖北人民出版社 1994 年版，第 561 页。

毂击，人肩摩，连衽成帏，举袂成幕，挥汗成雨。家敦而富，志高气扬。①

这一类用文字的铺排来渲染所要描写场景的手法，后来得到进一步发展，进入汉大赋的创作中。

三　言辞表现技巧

在先秦说体文中，人物言辞表达技巧在文本中的体现，也有不少可圈可点之处，具体来说，有以下几点。

（一）说理思路清晰，层层推进

先秦说体文中的人物语言，以申明事理为主要内容，以期说服持不同意见的听者。因此在内容上，一般具有逻辑严密、思路清晰的特点（主要指正面的言论，反面人物的言论，如骊姬之谗申生之言不在此列）。为了使说理具有实效性，思维必须遵循逻辑的基本规律，使推理过程有序、严密，结论具有说服力。如《国语·晋语九》中的一则：

> 赵简子田于蝼，史黯闻之，以犬待于门。简子见之，曰："何为？"曰："有所得犬，欲试之兹囿。"简子曰："何为不告？"对曰："君行臣不从，不顺，主将适蝼而麓不闻，臣敢烦当日？"简子乃还。②

蝼，是晋国国君的田猎之苑，赵简子时为晋国掌权大夫，越礼私自使用蝼苑自用。史黯是其大夫，欲劝谏赵简子勿擅用蝼苑，牵犬待简子于蝼苑之门。简子看到他，问他在这里做什么？史黯回答道："近日得了一只好狗，想要在这个猎场里试一下。"简子问："为什么不禀告一声呢？"史黯答道："君子做事，臣子不跟从，不能称为顺从。您将要到蝼苑而管这个园子的官都不知道，我（牵只狗来试）怎么敢麻烦值班的人呢？"简子明白了史黯的用意，返回了。这则故事中的说理非常巧妙，言行兼用，语

---

① 范祥雍：《战国策笺证》，上海古籍出版社 2006 年版，第 538—539 页。

② 上海师范大学古籍整理研究所：《国语》，上海世纪出版有限公司、上海古籍出版社 1998 年版，第 496 页。

言简练，但很有逻辑性。史黯是简子手下的臣子，与仍为臣子的简子一样，必须要遵循"君行臣从"的规矩。而赵简子身为史黯的上级，越礼违规，不经过请示就擅自使用国君的猎苑这一行为，史黯作为臣子也应该跟从，因此作出"以犬待于门"的行为也无须请示赵简子的同意。这一结果却不能为赵简子接受，但由于史黯的行为是合乎逻辑同一律的，无法辩驳，于是简子只能改变自己的行为，不再违背礼制猎于君囿。史黯的劝谏，虽然言语极简，却由于合于逻辑，具有很强的说服力。

《战国策》中的说辞，也很注重逻辑的严密性，使听者的理性认识突破感性的迷雾，看清现实的利弊，最终达到说服的目的。如《秦策三》中蔡泽说范雎一例。燕国的蔡泽被赵国驱逐出去之后，听说秦国的范雎正有些不被秦王信任，于是西入秦。想要借范雎的推荐见秦王，却不直接去拜访范雎，而是让人传言以激怒范雎曰："燕客蔡泽，天下骏雄弘辩之士也。彼一见秦王，秦王必相之而夺君位。"范雎闻之，果不快而召之相见，与之辩论。蔡泽先以天下"四时之序，成功者去"的道理开场，继而举秦之商鞅，楚之吴起，越之大夫文种为例，说明为人臣者，功成而身不退，自然要落得身首异处的悲惨下场。范雎不为所动，称这些人虽然身死，但名成，虽死无憾。蔡泽进一步从正反两方面举例，周文王、周武王这些明君的臣子，未尝身死，亦成其忠；孔子、管仲，不用杀身亦能成名，来说明成名与身死之间，并无必然的关系。然后，将历史上那些著名的臣子所获得的信任与秦王对范雎的信任作比较，又将范雎与那些名臣的功业相比较，得出此时不退，后将难图的结论。这番逻辑推论层层深入的言论，极有说服力，又正好与范雎此时的处境相对照，于是说服了范雎，使他向秦王提出辞职，并推荐蔡泽接替自己的位置。蔡泽层层深入的论理，是收到传奇般效果的重要因素之一。

（二）在言辞表现的修辞方法上，不同的时期呈现出不同的特点

《国语》中的人物语言以说理为主，引经据典，尊奉传统，体现出周代礼制中，下臣谏上时"怨而不怒"的特点。以说理为宗，不以能文为本，故其文辞简练，不事修饰。如《国语·楚语上》中左史倚相谏司马子期之语：

> 司马子期欲以妾为内子，访之左史倚相，曰："吾有妾而愿，欲笄之，其可乎？"对曰："昔先大夫子囊违王之命谥；子夕嗜芰，子

木有羊馈而无芰荐。君子曰：违而道。谷阳竖爱子反之劳也，而献饮焉，以毙于鄢；芊尹申亥从灵王之欲，以陨于乾谿。君子曰：从而逆。君子之行，欲其道也，故进退周旋，唯道是从。夫子木能违若敖之欲，以之道而去芰荐，吾子经营楚国，而欲荐芰以干之，其可乎？"子期乃止。[①]

　　司马子期想要违背礼制，把一个心爱的妾升为夫人，询问左史倚相的意见。左史倚相没有给他正面回答，而是连用了四则楚国历史上真实发生过的事来说明"君子之行，唯道是从"的道理，两个是正面的，两个是反面的。正面的是子囊违背楚恭王给自己定谥号为"灵"与"厉"的意愿，按照楚王的生平功业，定谥号为"恭"；子夕之子——子木，违背嗜荷如命的父亲，以荷祭之的遗愿，仍然按照礼制以少牢祭父。反面的是谷阳竖心疼子反军中劳累，给他喝酒，结果误了事，使子反死在鄢地；芊尹申亥处处顺着楚灵王的想法说话，结果使他疏于政事，死于乾谿。这些都是楚国贵族非常熟悉的历史事件，不需要一一加以说明，但其用意是非常明显的：君子（有一定社会地位和职位的人）不能随心所欲按自己的意愿行事，应该按照礼制来做事，方能避免祸患。顺从礼制的人，得到后人的赞扬；违背礼制的人，终会遭遇厄运。以事实胜于雄辩的方式，说服了司马子期，使其停止了不合礼制的以妾为内子的行为。

　　但在《战国策》中，由于时代特征的变化，策士的地位得到空前的提高，一些没有世袭爵位的士人，也有可能通过成功劝说诸侯而改变自己的命运，从而使不少臣子对君主的劝谏之辞具有双重功利：为国与为己，特别是后者，实际上是更为重要的动机。这就使劝说者对君主听从自己的建议这一目的的追求变得更加迫切，在劝说中不再只注重劝说的内容，同时还有意识地加强言辞的感染力，以期达到最佳的劝说效果。当时已经总结出了一些成功的经验，如《荀子·非相篇》中所说："谈说之术，齐庄以莅之，端诚以处之，坚强以持之，分别以喻之，譬称以明之，欣欣芬芳以送之。宝之珍之，贵之神之，如是，则说常无不受。"[②] 这使战国时代

---

　　① 上海师范大学古籍整理研究所：《国语》，上海世纪出版有限公司、上海古籍出版社1998 年版，第 557—558 页。
　　② 王先谦：《荀子集解》，中华书局 1954 年版，第 54—55 页。

的说辞，文采斐然，准确传神，句式错综变化，仪态万方。文中常常综合运用铺陈、排比和夸张、比喻等手法，造成淋漓酣畅的气势和铿锵有力的节奏。从陈说方式来看，战国游士在游说君主时，已不再讲究谦恭文雅的风度，也很少用道德礼义去说服人。为了动人心魄，往往无所顾忌地分析形势，指陈利害，甚至不惜夸大其词，危言耸听。如《秦策三》写范雎说秦王，蔡泽说范雎，鲁仲连说辛垣衍等，都以夸张声势取胜，敢想敢说，奇伟恣肆。《齐策一》记苏秦劝齐宣王合纵，《楚策四》中庄辛对楚襄王的说辞极尽排比夸张之能事，辞采绚丽，气势恢宏，句式在排比中融入对偶，语气强烈，节奏铿锵。这类铺张扬厉的辞令，对汉赋的形成具有直接的影响。

　　排比句式的运用，在《国语》中已经初露端倪，但远未形成普遍的修辞手法。如《楚语上》"蔡声子论楚材晋用"一则中，蔡声子为劝说楚国令尹子木接受逃亡晋国的椒举回国，一边举了五个楚人奔晋，为晋所用的事例，最后举出椒举之事，成功说服子木吸取以前楚材晋用，对楚国带来不良影响的经验教训，同意接受椒举回国。这五个事例，在叙述时，都有相对统一的格式，虽然在文字上不能一一对应，但所记之事的内容风格都颇为相似。到了《战国策》中，劝说之辞中的排比手法，发展得更为成熟了。《楚策四》"庄辛谓楚襄王"一则中，庄辛为了劝说楚王，一连用了五个相似的段落，说明人无远虑，必有近忧，楚王若仍沉湎于享乐之中，必将覆亡。这五个相似的排比段落，有很强的说服力与感染力，对后来的汉大赋中"七"类，有较大影响。清代姚鼐在《古文辞类纂》中就将此篇列入"诗赋类"。

　　此外，为了达到醒人耳目的效果，战国时的游士往往会对所述之事使用比喻、夸张的修辞手法，这在《战国策》中很常见。如《赵策三》"秦攻赵长平"一则中，楼缓为秦劝赵王予秦六城，但自己新从秦来，直接这么说恐怕会引起赵王的警觉，于是开篇以一则故事自喻：

　　　　王亦闻夫公甫文伯母乎？公甫文伯官于鲁，病死。妇人为之自
　　杀于房中者二八。其母闻之，不肯哭也。相室曰："焉有子死而不
　　哭者乎？"其母曰："孔子，贤人也，逐于鲁，是人不随。今死而
　　妇人为死者十六人，若是者，其于长者薄而于妇人厚。"故从母言
　　之，之为贤母也。从妇言之，必不免为妒妇也。故其言一也，言者

异则人心变矣。①

公父文伯之母的逸事，见于《国语·鲁语下》与《礼记·檀弓下》②，只提到公父文伯死后，其母告诫他的妻妾，不要表现出过分悲伤的神情，以彰公父文伯之德。其中并未提到有妇人为文伯而死的事。楼缓对赵王的这段说辞，也见于《史记·虞卿传》与《新序·善谋九》中，其中说到从死妇人二人。可见此处之十六人之说，纯属楼缓为了耸人听闻，引起赵王的兴趣，随意添加的。这种随意的夸张，在《战国策》中屡见不鲜，不胜枚举。

《战国策》中还多处使用顶真格，为《左传》《国语》中所无。如《赵策三·平原君谓平阳君》中，平原君对平阳君说道："……夫贵不与富期而富至，富不与粱肉期而粱肉至，粱肉不与骄奢期而骄奢至，骄奢不与死亡期而死亡至。……"此外，《魏策一·张仪为秦连横说魏王》中，张仪说魏王曰："劫卫取阳晋，则赵不南；赵不南，则魏不北；魏不北，则从道绝；从道绝，则大王之国欲求无威，不可得也。"③ 这种顶真格的使用，构成一气呵成之势，对形势的推断环环相扣，具有毋庸置疑的雄辩之风。

（三）善用故事与寓言说理的特征

以事说理的根源来自人们的认识规律，人们的抽象思维最早都是在具体事件的经验总结中形成的，因此最能说明抽象道理的方法，就是把它与事实相结合。早在《尚书》中，就常见教寓中出现对历史的回顾。但彼时还只是"含事"，未及"叙事"。在早期诸子中也是如此，如《论语》中也多为含事，用来说明道理的事，并不加以完整叙述。到了《国语》中，情况就发生了变化，贤臣良相在苦口婆心地对君主进行劝谏时，往往引用前代故事来加强说服力。虽然其中大多数也只是简单地提及历史上所发生的事件，但也出现了一些完整叙事的片段。如《国语·晋语一》中，史苏论伐骊胜而不吉时，为了说明"有男戎必有女戎。若晋以男戎胜戎，而戎亦必以女戎胜晋"这一观点，一连举出夏、商、周三个朝代的覆亡

① 范祥雍：《战国策笺证》，上海古籍出版社 2006 年版，第 1112—1113 页。

② 李学勤：《礼记正义》，北京大学出版社 1999 年版，第 282 页。

③ 范祥雍：《战国策笺证》，上海古籍出版社 2006 年版，第 1110 页。

之事来加以说明：

> 昔夏桀伐有施，有施人以妹喜女焉，妹喜有宠，于是乎与伊尹比
> 而亡夏。殷辛伐有苏，有苏氏以妲己女焉，妲己有宠，于是乎与胶鬲
> 比而亡殷。周幽王伐有褒，褒人以褒姒女焉，褒姒有宠，生伯服，于
> 是乎与虢石甫比，逐太子宜臼而立伯服。太子出奔申，申人、鄫人召
> 西戎以伐周，周于是乎亡。①

这里的三个事件，虽然叙述得极为简单，但已经可以成为相对完整的叙事段落。这一时期，用来说明观点的事，在内容上，多以历史事件为主。

到了战国时期，处士横议之风盛行，为了达到充分说明个人观点的目的，所运用的事例更加丰富，在内容上，不仅有比较完整的历史故事，而且出现了不少民间故事与论者自编的寓言故事。这一点在下一节中有较详细论述，在此从略。

第三节　独特的插入文本——人物语言

先秦叙事性说体文中的人物语言多是直接引语，很少用间接引语。直接引语有时甚至可以被看作写作整篇文章的重点所在。如果说先秦叙事性说体文的整体是一个相对完整的叙事结构，把它看作主要文本的话，则其中那些大段的人物语言，便成为与主要文本的重要地位不相上下的插入文本。与那些单纯记言的文章相比，叙事性说体文给这些言辞一个叙事的框架。也正是因为有了这个框架，使这些言辞发生了质的变化：由记言体文本中的主体——言辞，转变为叙事文本中的人物言辞，从而具有了功能性及表现性的双重功能，既能有效地参与情节的发展变化，也能成为作品中具有特色的人物语言，参与文本中人物形象的塑造。本节就对先秦说体文中这一独特的要素作一较为全面的审视。

---

① 上海师范大学古籍整理研究所：《国语》，上海世纪出版有限公司、上海古籍出版社1998年版，第255页。

一　插入文本所造成的戏剧性效果

先秦说体文以大量人物语言为主，同时又具有叙事特征，就使其文本具有很强烈的戏剧性。

插入文本的绝大多数是非叙述性的。在它们当中并不讲述故事。一个插入文本的内容可以是任何东西：对于一般事情的主张，行为者之间的讨论、描述、内心秘密，等等。最主要的形式是对话。两个或更多行为者之间的对话甚至可以构成整个文本的一大部分。对话是行为者自身，而不是主要叙述者的讲话形式。由行为者所讲述的全部话语在文本的这些部分产生意义，这样的插入文本也具有戏剧文本的特征。在戏剧文本中，整个文本由行为者的话语组成，这些行为者在一起相互影响产生意义。插入在叙述文本中的对话在种类上是戏剧性的。叙述文本所包含的对话越多，这一文本就越富于戏剧性①。

戏剧的剧本，就主要以人物对话为主，对话以外的语言是很少的。但戏剧中人物语言要想用来叙事，单纯的只言片语是不够的，必须满足一台戏所叙述的相对完整情节，不能随意省略。比如在戏剧的人物语言中，必须要加入交代无法正面演出的一些背景情况，而且即使是对情节发展无关的一些话，如道别、请安等语言也必须写出，无法省略。而成熟的小说叙事中，人物对话却并非越多越好，而是直接写出的那些神气活现的，对刻画人物、发展情节效果显著，不可或缺的话语；其余许多对话语言都略而不写，或以一语概而言之。因此，成熟小说的人物语言中，有多种引述方式：直接引语、间接引语、被遮覆的引语、自由间接引语……②先秦叙事性说体文中，虽然人物语言绝大多数都是直接引语，但也有一些省略后的间接引语出现。如《国语·周语下》中："景王既杀下门子，宾孟适郊，见雄鸡自断其尾，问之，侍者曰：'惮其牺也。'"……《周语中》："定王八年，使刘康公聘于鲁，发币于大夫。季文子、孟献子皆俭，叔孙宣子、东门子家皆侈。归，王问鲁大夫孰贤？对曰：'季、孟其长处鲁乎！……'"但这类间接引语的数量在先秦说体文中并不多，影响也不占

---

① ［荷］米克·巴尔著，谭君强译：《叙述学——叙事理论导论》，中国社会科学出版社2003年版，第70页。

② 申丹：《叙述学与小说文体学研究》，北京大学出版社2004年版，第288—291页。

优势地位，相反，大量直接的引用人物语言，是先秦说体文中最鲜明的一大特点。

在叙事文本中出现大量的人物语言及对话，会使文本呈现出戏剧性效果，颇具生动的现场感。但如果把小说同电影和戏剧加以比较，就会发现人物话语的不同表达形式是小说艺术的"专利"。在电影和戏剧中，观众直接听到人物的原话；而在小说中，人物的话语则需由处于另一时空中的叙述者转述给读者。戏剧中的人物对话，实质上也是对生活中人物话语的描摹，但却不取描摹的形式，因为没有叙述人——描摹者，而是以人物讲话的形式同读者直接见面，独立存在。……小说不然，它有一个叙述人，或出面（第一人称），或不出面（第三人称），一切都是他的叙述，他的描摹，人物的对话也是叙述者的转述，嵌在叙述的语言之中。这样，小说中的人物对话就不但具有描摹的实质（摹写人物的说话），而且具有描摹的形式。① 因此先秦说体文中的人物语言所造成的戏剧性，实质上是一种艺术性的效果，增加了说体文叙事的艺术特征。在后来的文体中，与小说的人物语言所造成的效果最为类似。

二　插入文本的材料来源

说体文中言辞材料的来源之一，便是之前流传下来的公文材料。以简策的形式进行公文传录，即把文字应用于国家政治生活当中的时间，大概比我们如今所想象的要早很多。有人认为，有文字参与的秘书工作当产生于原始社会后期，在我国，具体地说应当是在黄帝时代。② 但是前述左史所记王侯之命的文献，却并非后来说体文采用的主要材料，相反，构成先秦说体文记言材料的，多是一些士大夫之言。

除了由周室史官所记周王诸侯所发布具有重要意义的言辞之外，春秋时期，还有大夫记言现象的出现。《国语·鲁语上》中提到，鲁国的展禽在劝谏鲁大夫臧文仲勿祭海鸟时的话很有说服力，于是在臧文仲被说服之后，"使书以为三筴"。筴通"策"，韦昭注：筴，简书也。这三筴，三卿卿一通也，谓司马、司徒、司空。也就是说，臧文仲命人把展禽的良言，用文字写下了三份，分别交给了三名卿大夫。虽然搞不清楚把良言写下

---

① 马振方：《小说艺术论稿》，北京大学出版社 1991 年版，第 157 页。

② 聂中东：《中国秘书史》，中州古籍出版社 2000 年版，第 33—37 页。

来，交给他们是一种制度，用来保存这种文献；还是属于他个人的一种行为，想让众大夫一起与他接受教育。但说明当时在诸侯国内的大夫阶层，已经有了这种记善言并加以传播的现象发生。同时，在其时士大夫身边也存在着一批以记录抄写为务的秘书官。《国语·晋语九》中智伯瑶的家臣士茁便说自己是"秉笔事君"之人，读过不少典籍，言便引古"志"来说明自己的观点。《国语》《左传》等典籍中也屡屡出现"史佚有言""周任有言""臧文仲有言"等引言现象，说明当时这种贤大夫之言流传的情况。最古老的引言当属《尚书》《盘庚》篇中，商王盘庚讲话时的引言："迟任有言曰：'人惟求旧，器非求旧，惟新。'"此后，言辞中的引言不绝如缕：《左传·宣公十二年》："仲虺有言曰：'取乱侮亡。'"仲虺是商汤左相，其言能流传到春秋而不亡，足见此一传统形成颇早。史佚据说是周武王时太史尹佚，其言流传亦颇广泛，如《国语·周语下》："昔史佚有言曰：'动莫若静，居莫若俭，德莫若让，事莫若咨。'"此外，引述史佚之言的还有《左传》中成公四年、僖公十五年、文公十五年、襄公十四年等文献记载。周任是周代史官，《左传·隐公六年》中还记有他的言辞："周任有言曰：'为国家者，见恶如农夫之务去草焉，芟夷蕴崇之，绝其本根，勿使能殖，则善者信矣。'"周任之言还见于《左传·昭公五年》和《论语·季氏》篇中。臧文仲在《国语》中是一个既有贤德，有时也犯糊涂的鲁国执政大夫，其中提到他的言辞，还只是记载，没有在他人的言辞中，被作为"有言"引用过，但在《左传》中，他的言辞已经成为像周任、史佚之言一样屡被引用的名言了，如《左传·襄公二十四年》中所记，鲁国穆叔所言"不朽"，具体举鲁国先大夫臧文仲为例，说："鲁有先大夫曰臧文仲，既没，其言立。其是之谓乎？"可见臧文仲本人的言辞在当时的士大夫中也广为流传。在《左传》僖公二十年、僖公三十三年、文公五年、文公十七年、文公十八年中，均有对他言辞的记载。其流传方式，大约与前述展禽善言的传播方式是一样的。由于没有第一手资料，所以无从得知当时写下的，只是单纯言辞的记载，还是已经加工过，附带有与言辞有关事件的前因后果交代的简单叙事文体。但据有些学者研究，认为对这些言辞的记载，形成了早期的语录体，如今我们所能见到的《论语》便是这种文体的一个典型代表①。也就是说，这种早期士大

---

① 董芬芬：《春秋辞令的文体研究》，博士学位论文，西北师范大学，2006 年，第 121 页。

夫言辞的记录所形成的文体,并非叙事性的说体文。但这些言辞,却成了构成说体文的核心材料,占据了说体文中的突出位置。

此外,说体文中人物言辞的来源还有一个途径,那就是当时贵族士大夫所写的文字信件等原始文件的转录摘抄。春秋时期,文字形态的书信便已经开始在士大夫之间流传:《左传·昭公六年》载"叔向使诒子产书",对子产铸刑书的行为提出意见,子产阅后,还"复书"给叔向表示谢意。《左传》文公十七年郑子家"使执讯而与之书,以告赵宣子"。襄公三年,晋魏绛杀了晋侯之弟的仆人,晋侯大怒,欲杀之,魏绛自来,"授仆人书,将伏剑。士鲂、张老止之。公读其书曰:……"《国语·鲁语上》中记载鲁宣公"使仆人以书命季文子,曰:……"鲁太史里革遇到传书者,竟私自更改其中内容,使季文子收到信后,做出了与宣公意思完全相反的事。说明春秋时期,诸侯士大夫之间,以书信,即文本的形式言事,已经成为一种普遍现象,其中一些书信流传下来,成为后来说体文作者参考的重要原始材料。战国时期,这种直接以文本方式进行交流的情况更加多起来,加上游士的出现,他们的劝谏之辞有时直接以文本形式出现,并流传开来,成为说体文整理者的重要原始材料。

战国时期,许多谋士都采用文本的方式向君主言事,现存的文本也不少,如马王堆汉墓出土的帛书《战国纵横家书》中,总共二十七篇文章中,只有七篇属于有叙事框架的说体文,其余二十篇都是对谋士们的书信及言辞的记录,这些都有可能成为被后来的人整理为具有叙事框架的说体文或史传叙事文的材料。同时,《战国策》中也有不少篇目就是这种原始材料的直接收录。如《战国策·燕策二》中"苏代自齐献书"一则,就是对苏代向燕王所献之书的内容抄录:

> 苏代自齐献书于燕王曰:"臣之行也,固知将有口事,故献御书而行曰:……(下省 246 字)"。①

文章中只有对此文作者及其对象极其简单的介绍,并没有一个叙事框架去包容它。这些材料,经过整理者的简单加工,对此文献的前因后果进行了介绍,便使其具有了一个叙事外壳,一变而为说体文。如《战国

---

① 范祥雍:《战国策笺证》,上海古籍出版社 2006 年版,第 1736 页。

策·秦策三》中的"范子因王稽入秦"章：

> 范子因王稽入秦，献书昭王曰："臣闻明主莅正，有功者不得……（下省362字）"书上，秦王说之，因谢王稽，使人持车招之。①

除了这些来源于文献的材料，可以形成叙事性说体文中的人物语言之外，前述口传历史传闻中的人物语言，也同样能够进入文本中，成为人物语言。如鲁宣公十五年，楚宋讲和之事，《左传》中记载比较简略：

> 宋人惧，使华元夜入楚师，登子反之床，起之曰："寡君使元以病告，曰：'敝邑易子而食，析骸以爨。虽然，城下之盟，有以国毙，不能从也。去我三十里，唯命是听。'"子反惧，与之盟而告王。退三十里。宋及楚平，华元为质。盟曰："我无尔诈，尔无我虞。"②

单从本文上看，这段故事中引了两段话，一是宋华元私入楚帅子反之帐中所言，二是两国盟辞。在叙事特征上明显受到叙事性说体文的影响。似乎作者所引用的人物语言，是有文献材料为据的。但对照《春秋公羊传》就会发现，情形可能并非如此。对这一段，《公羊传》是这样记载的：

> 庄王围宋，军有七日之粮尔，尽此不胜，将去而归尔。于是使司马子反乘堙而窥宋城，宋华元亦乘堙而出见之。司马子反曰："子之国如何？"华元曰："惫矣。"曰："何如？"曰："易子而食之，析骸而炊之。"司马子反曰："嘻，甚矣惫！虽然，吾闻之也，围者柑马而秣之，使肥者应客。是何子之情也？"华元曰："吾闻之，君子见人之厄则矜之，小人见人之厄则幸之。吾见子之君子也，是以告情于子也。"司马子反曰："诺，勉之矣，吾军亦有七日之粮尔，尽此不胜，将去而归尔。"揖而去之，反于庄王。庄王曰："何如？"司马子反曰："惫矣。"曰："何如？"曰："易子而食之，析骸而炊之。"庄

---

① 范祥雍：《战国策笺证》，上海古籍出版社2006年版，第305—306页。
② 李梦生：《左传译注》，上海古籍出版社2004年版，第494页。

王曰："嘻，甚矣惫！虽然，吾今取之，然后而归尔。"司马子反曰："不可。臣已告之矣，军有七日之粮尔。"庄王怒曰："使子往视之，子曷为告之！"司马子反曰："以区区之宋，犹有不欺人之臣，可以楚而无乎！是以告之也。"庄王曰："诺，舍而止。虽然，吾犹取此然后归尔。"司马子反曰："然则君请处于此，臣请归尔。"庄王曰："子去我而归，吾孰与处于此？吾亦从子而归尔。"引师而去之。①

《春秋公羊传》是根据齐公羊高对《春秋》的口头讲说为主记录的，具有鲜明的口传文本特点。两个版本的故事中，相同的因素只有对楚围宋，宋城内已经断粮绝炊情形的描述，和楚与宋讲和是由于宋华元和楚子反两个臣子的交涉。在这两个因素之间，即楚围宋即下之时，子反何以要与华元讲和，后人却有诸多猜测，而且颇具传奇色彩。《左传》中说是由于宋华元身手了得，居然半夜孤身闯进楚帅子反大帐，子反惧而与之盟。《公羊传》中则认为是由于两个人的坦率诚实，赢得了对方的尊重，从而能够讲和。也颇有理想化色彩。可见其间缘由，在当时除当事者外，对其他人而言就已经是不可考的事情，其间缘由及发生于私密环境中的人物语言，自然也是由传说者根据传说中不同的情节，也根据文本文体特征的制约，捕风捉影捏造出来的。

三　插入文本中的叙事

出现于人物语言中的二级叙事文本，这一层面的叙事文本相对于第一层次而言，是插入的，一般来讲，在篇幅上比较简短，而且更多叙述语言，在文本特征上与说体文有所不同，基本上以事为主，而不以人物的言辞为主。

《国语》当中出现的二级叙事文本的故事内容，多是对所言之事有说明意义的历史故事。如《楚语上》"椒举娶于申"一文：

……（蔡声子）还见令尹子木。子木与之语，曰："子虽兄弟于晋，然蔡吾甥也，二国孰贤？"对曰："晋卿不若楚，其大夫则贤，其大夫皆卿材也。若杞梓皮革焉，楚实遗之，虽楚有材，不能用

---

① 王维堤、唐书文：《春秋公羊传译注》，上海古籍出版社 2004 年版，第 331—332 页。

也。"子木曰："彼有公族甥舅，若之何其遗之材也？"对曰："昔令
尹子元之难，或谮王孙启于成王，王弗是，王孙启奔晋，晋人用之。
及城濮之役，晋将遁矣，王孙启与于军事，谓先轸曰：'是师也，唯
子玉欲之，与王心违，故唯东宫与西广实来。诸侯之从者，叛者半
矣，若敖氏离矣，楚师必败，何故去之！'先轸从之，大败楚师，则
王孙启之为也。……"①

　　接着，为了说明这一点，蔡声子还举了另外四个发生在楚国历史上的
事情，来说明楚国不能用人之弊。这些相似的故事按时间顺序，由远及
近，使听者不得不信服，并产生由衷的紧迫感。类似的例子在《郑语》
《鲁语》《晋语》等多篇文章中都有出现。其中有些故事颇类传说。如
《国语·郑语》中，郑桓公问及史伯周之败时，史伯认为周的衰败已经很
近了，并举褒姒的来历以说明此祸乱之源。故事从周宣王时的民谣说起：

　　且宣王之时有童谣曰："檿弧箕服，实亡周国。"于是宣王闻之，
有夫妇鬻是器者，王使执而戮之。府之小妾生女而非王子也，惧而弃
之。此人也，收以奔褒。天之命此久矣，其又何可为乎？训语有之
曰："夏之衰也，褒人之神化为二龙，以同于王庭，而言曰：'余，
褒之二君也。'夏后卜杀之与去之与止之，莫吉。卜请其漦而藏之，
吉。乃布币焉而策告之，龙亡而漦在，椟而藏之，传郊之。"及殷、
周莫之发也。及厉王之末，发而观之，童妾未既龀而遭之，既笄而
孕，当宣王时而生。不夫而育，故惧而弃之。为弧服者方戮在路，夫
妇哀其夜号也，而取之以逸，逃于褒。褒人褒姁有狱，而以为入于
王，王遂置之，而嬖是女也，使至于为后而生伯服。天之生此久矣，
其为毒也大矣，将使侯淫德而加之焉。……②

　　虽然史伯在言谈中，讲述这个褒后传奇来历的故事，是为了说明后面
的那句"天之生此久矣"，必定待时祸于周室的道理，不是为了讲故事以

　　①　上海师范大学古籍整理研究所：《国语》，上海世纪出版有限公司、上海古籍出版社
1998年版，第535—536页。
　　②　同上书，第519页。

满足听众的好奇心。但在客观上，已经形成了一个相对完整的故事文本。

到了战国时期，游说之风盛行，成功劝说诸侯大臣，成为非常值得追求的功利目的。为了达到更理想的说服效果，深入浅出的故事成为说客们经常运用的手段。这其中除了传统的历史故事之外，还出现很多民间小故事和寓言故事。

有一些可以说是从当时人们日常流传的小故事中选取的，如《战国策·宋卫策》中"卫人迎新妇"章：

　　卫人迎新妇。妇上车，问："骖马，谁马也？"御曰："借之。"新妇谓仆曰："拊骖，无笞服。"车至门，扶，教送母："灭灶，将失火。"入室，见臼，曰："徙之牖下，妨往来者。"主人笑之。引三者言，皆要言也，然而不免为笑者，早晚失时也。①

故事里这个卫人的新妇，还没有娶进门，刚上车，就关心地问娶亲的车马是谁的，知道是借来的，便叮嘱赶车人小心爱护。要进婆家门，告别母亲时，交代母亲晚上注意把灶膛里的火灭了；进得门来，一眼看见舂米的臼，说："赶紧把这个臼搬到窗户下面，放在路中间影响人走路。"说的话都是很重要的话，但是时候不对，就成了大家笑话的对象。这个故事在《吕氏春秋·不屈》篇中也有，应当是当时在民间流传的小笑话，像今天民间故事中比较多见的"傻女婿""巧媳妇"一类。

还有不少是由说客随机创作的寓言故事，如《战国策·齐策二》中的"昭阳为楚伐魏"章：

　　昭阳为楚伐魏，覆军杀将，得八城，移兵而攻齐。陈轸为齐王使，见昭阳，再拜贺战胜。起而问："楚之法，覆军杀将，其官爵何也？"昭阳曰："官为上柱国，爵为上执珪。"陈轸曰："异贵于此者何也？"曰："唯令尹耳。"陈轸曰："令尹贵矣，王非置两令尹也。臣窃为公譬，可也？楚有祠者，赐其舍人卮酒。舍人相谓曰：'数人饮之不足，一人饮之有余。请画地为蛇，先成者饮酒。'一人蛇先成，引酒且饮之，乃左手持卮，右手画蛇，曰：'吾能为之足。'未

①　范祥雍：《战国策笺证》，上海古籍出版社 2006 年版，第 1846 页。

成，一人之蛇成，夺其卮曰：'蛇固无足，子安能为之足？'遂饮其酒。为蛇足者终亡其酒。今君相楚而攻魏，破军杀将，得八城，不弱兵，欲攻齐。齐畏公甚，公以是为名足矣。官之上非可重也。战无不胜而不知止者，身且死，爵且后归，犹为蛇足也。"昭阳以为然，解军而去。①

其中陈轸劝说楚将昭阳罢攻魏，用了一个闻名后世的"画蛇添足"寓言故事来作类比，以增强说服力。此外，像今天耳熟能详的"狐假虎威""鹬蚌相争""南辕北辙"等《战国策》中的寓言小故事，在叙事性说体文的人物语言中，虽然以插入的方式存在，但即使将其单独取出，作为一个叙事文本也仍然是相当完整的。与从前各种文本形态的叙事相比，这种叙事的个体创造性是最强的。它的作者与其说是文章中用这些寓言来劝说某人的说客，不如说是写下这段文字的人，正是他们将这些口头形态的故事，用文字固定了下来，并成为某种文本模式，对后来的文本发生着重大的影响。

---

① 范祥雍：《战国策笺证》，上海古籍出版社 2006 年版，第 564—565 页。

第五章

敷理以举统（二）：先秦说体文的虚构特征

这里所谓的虚构，是指文本中故事的情节并非真实发生过的已然事件，即故事情节与客观真实世界曾经发生过的事件之间的非真对应关系。先秦叙事性说体文既然已经构成简单的故事，就必然存在辨识其是否虚构，在多大程度上虚构的问题。叙述性文本在西方，因其模式的不同，很早就被区分为两类：传奇和小说。前者是"史诗和中世纪浪漫传奇的延续体，它无视细节的逼真，致力于更高的现实和更深的心理之中"。而后者是"由非虚构性的叙述形式即书信、日记、回忆录或传记以及编年纪事或历史等一脉发展而来，因此可以说它是从文献资料中发展出来的"①，在中国先秦时期的叙事文本中，似乎也可以据此进行简单分类：《山海经》《穆天子传》等属于前者，文本中的故事情节并不在意与现实经验的对应关系，想象荒诞的成分似乎更多一些；而先秦说体文及《左传》等却属于第二类，即由历史材料一脉发展而来，因此，看上去似乎更加贴近真实的客观世界。这种特点也使人们在很长时间内，以历史文献的标准来审视先秦说体文，并以此为标准，去要求后来的"小说"。

第一节　貌似史实的虚构叙事

由于先秦说体文的内容特征，以记叙历史上实存的人物言行及事件为主，所以在整体的层面上，其虚构性是相当隐蔽的，多数情况下被视为历史叙事中的合理虚构。但也有历史学家认为，《国语》《战国策》等并非

---

① ［美］韦勒克、沃伦著，刘象愚等译：《文学理论》，江苏教育出版社 2005 年版，第252—253 页。

史书，而只是史料，因为它们从内容特征等方面看，更像讲述历史内容的故事。在说体文中，时间、地点、人物一般都交代得比较具体，所以人们在读的时候，不自觉地就将其看作真实发生的历史事件记录。心理学研究显示，对儿童来说，想要分辨假装，与所使用的替代物有很大关系，所使用的替代物越是接近（在外形等因素上）被假装物，假装就越难以被识别。① 文本中的真实与虚构似乎也是如此，所讲述的内容越接近历史真实，其虚构性越难以被发现。但仔细分析几个文本，情况却并非如此。从作者的写作意图来说，并不是要记录真实发生过的事，历史的真实只是他们用以说明问题的载体，而非目的，只要曾经发生过的事能够证实文中言辞的价值，就是可以被讲述的。相对于细节的虚构而言，这类虚构是整体的虚构，在整个故事中，除了人物与一些背景事件是曾经真实存在的以外，包括言谈在内，主要情节、人物行为、语言等都是后人为了某种意图而虚构的，并非历史真实。

　　这类虚构故事的典型代表，就是刘勰在《文心雕龙·论说》中所举的"端木出而存鲁"一事。刘勰重在指称所谓的子贡之言与其游说之事密切相关。事之不存，言将焉附？然就其事之真伪而言，历来聚讼颇多。载之甚详的当属《史记·仲尼弟子列传》《越绝书·陈成恒内传》和《孔子家语·屈节》，为论述方便起见，将《史记》中相对完整一段摘录如下：

　　　　田常欲作乱于齐，惮高、国、鲍、晏，故移其兵欲以伐鲁。孔子闻之，谓门弟子曰："夫鲁，坟墓所处，父母之国，国危如此，二三子何为莫出？"子路请出，孔子止之。子张、子石请行，孔子弗许。子贡请行，孔子许之。

　　　　遂行，至齐，说田常曰："君之伐鲁过矣。夫鲁，难伐之国，其城薄以卑，其地狭以泄，其君愚而不仁，大臣伪而无用，其士民又恶甲兵之事，此不可与战。君不如伐吴。夫吴，城高以厚，地广以深，甲坚以新，士选以饱，重器精兵尽在其中，又使明大夫守之，此易伐也。"田常忿然作色曰："子之所难，人之所易；子之所易，人之所难。而以教常，何也？"子贡曰："臣闻之，忧在内者攻强，忧在外

────────

① 王桂琴、方格：《3—5 岁儿童对假装的辨认和对假装者心理的推断》，《心理学报》2003年第 5 期。

者攻弱。今君忧在内。吾闻君三封而三不成者，大臣有不听者也。今君破鲁以广齐，战胜以骄主，破国以尊臣，而君之功不与焉，则交日疏于主。是君上骄主心，下恣群臣，求以成大事，难矣。夫上骄则恣，臣骄则争，是君上与主有郤，下与大臣交争也。如此，则君之立于齐危矣。故曰不如伐吴。伐吴不胜，民人外死，大臣内空，是君上无强臣之敌，下无民人之过，孤主制齐者唯君也。"田常曰："善。虽然，吾兵业已加鲁矣，去而之吴，大臣疑我，奈何？"子贡曰："君按兵无伐，臣请往使吴王，令之救鲁而伐齐，君因以兵迎之。"

田常许之，使子贡南见吴王。说曰："臣闻之，王者不绝世，霸者无强敌，千钧之重加铢两而移。今以万乘之齐而私千乘之鲁，与吴争强，窃为王危之。且夫救鲁，显名也；伐齐，大利也。以抚泗上诸侯，诛暴齐以服强晋，利莫大焉。名存亡鲁，实困强齐，智者不疑也。"吴王曰："善，虽然，吾尝与越战，栖之会稽。越王苦身养士，有报我心。子待我伐越而听子。"子贡曰："越之劲不过鲁，吴之强不过齐，王置齐而伐越，则齐已平鲁矣。且王方以存亡继绝为名，夫伐小越而畏强齐，非勇也。夫勇者不避难，仁者不穷约，智者不失时，王者不绝世，以立其义。今存越示诸侯以仁，救鲁伐齐，威加晋国，诸侯必相率而朝吴，霸业成矣。且王必恶越，臣请东见越王，令出兵以从，此实空越，名从诸侯以伐也。"

吴王大说，乃使子贡之越。越王除道郊迎，身御至舍而问曰："此蛮夷之国，大夫何以俨然辱而临之？"子贡曰："今者吾说吴王以救鲁伐齐，其志欲之而畏越，曰'待我伐越乃可'。如此，破越必矣。且夫无报人之志而令人疑之，拙也；有报人之意，使人知之，殆也；事未发而先闻，危也。三者举事之大患。"勾践顿首再拜曰："孤尝不料力，乃与吴战，困于会稽，痛入于骨髓，日夜焦唇干舌，徒欲与吴王接踵而死，孤之愿也。"遂问子贡。子贡曰："吴王为人猛暴，群臣不堪，国家敝于数战，士卒弗忍，百姓怨上，大臣内变；子胥以谏死，太宰嚭用事，顺君之过以安其私：是残国之治也。今王诚发士卒佐之以徼其志，重宝以说其心，卑辞以尊其礼，其伐齐必也。彼战不胜，王之福矣。战胜，必以兵临晋，臣请北见晋君，令共攻之，弱吴必矣。其锐兵尽于齐，重甲困于晋，而王制其敝，此灭吴必矣。"越王大说，许诺。送子贡金百镒，剑一，良矛二。子贡不受，遂行。

战事基本上都存在，（《春秋》《左传》《国语》《史记》中关于此事的情节要素比较，见第 164 页表一）但事件跨度相当大，如果从鲁哀公十一年，齐国第二次向鲁国开战时算起，到吴王于哀公二十二年战败身死，经过了十一年。而子贡于各国的游说之辞，必须在哀公十一年春齐伐鲁到五月的艾陵之战时停止。其间只有短短的四五个月时间。即使子贡的说辞的确管用，他从鲁之齐，从齐至吴，由吴到越再返回吴，然后适晋，最后回到鲁国，兜了一个不小的圈子，其足迹涉及今天山东、江苏、浙江、山西等省，以当时的交通情况看，不是件容易的事，何况还要说服各路诸侯，不是一朝一夕之事，其时间之局促，放在真实生活中，是不可能的事。《左传》记载，吴在艾陵战胜齐国之后，又返回了自己的国家，于此时杀了犯颜强谏的伍子胥，而越国并没有在此时趁机攻打吴国，夫差的势力方如日中天。两年后，夫差北上与晋侯会盟，的确是在黄池，且有盟主之争，但并未发生战争。当时晋国公室也已经大权旁落，赵鞅执政，无力与风头正健的吴国争锋。此时越王趁吴王率大军北上会盟，对吴国发起偷袭，杀了守国的吴太子等人。闻听夫差盟毕将归，不敢贪战，与吴议和，率部辙退。此后吴国又遇天灾，国力渐渐衰弱。九年后，越经过多次战争得胜，吴王才彻底战败，自杀身亡。

由此看来，在这十几年中，吴国戏剧性地由胜转衰，最主要的原因是由吴、越二国君主的政治策略决定的，而非区区一个子贡，鼓动三寸之舌所能完成。因此，梁玉绳引宋代刘恕《资治通鉴外纪》云："齐鲁交兵数矣，一不被伐安能存哉？田氏弱齐，一当吴兵安能乱哉？吴不备越而亡，胜齐安能破哉？四卿擅权，晋以衰弱，修兵休卒安能强哉？越从吴伐齐，灭吴乃强，此安能霸哉？十年之中，鲁、齐、晋未尝有变，吴越不为是而存亡，迁之言华而少实哉！"[①] 齐、鲁二国打仗的次数多了，只有一次不打怎么就能说"存鲁"？田氏家族剥夺齐公室权力时间已经很长了，只挡了一次吴兵，怎么就能说乱了？吴国因为不防备越国而亡，战胜齐国怎么能成为破国的原因？晋国四卿当权，晋国势衰弱，仅靠修治士兵，又怎能一下强大起来？越纵容吴国讨伐齐国，灭了吴国强大起来，只有这样又怎么能称"霸"呢？十年之中，鲁、齐、晋各国政局均未有什么大的改观，吴、越不是因为这些因素或存或亡的。由此可见司马迁的"子贡存鲁"

---

① 梁玉绳：《史记志疑》，中华书局 1983 年版，第 1214 页。

一事，的确如苏辙所谓"战国说客设为子贡之辞以自托于孔氏"，纯为战国时人为突出说辞的重要性而编撰的传奇性故事，文字好看却绝非史实。

表一　　　　　　　　　　子贡存鲁诸书年表

	《史记·弟子传》	《春秋》	《左传》	《国语》
鲁哀公元年			吴入越	
鲁哀公八年		吴伐我	与吴、齐平	
鲁哀公十年		公会吴伐齐		
鲁哀公十一年	田常……移其兵欲以伐鲁，兵业已加鲁	春，齐国书帅师伐我	鲁国打败了齐国	
	子贡赴齐说田常			
	子贡赴吴说吴王			
	子贡赴越说越王			
	子贡复至吴，报吴王			
	越使大夫种顿首言于吴王，奉先人藏器，甲二十领，鈇屈卢之矛，步光之剑		吴将伐齐，越子率其众以朝焉，王及列士，皆有赂遗	
	子贡赴晋说晋君，复至鲁			
鲁哀公十二年	吴王果与齐人战于艾陵，大破齐师，获七将军之兵而不归，果以兵临晋，与晋人相遇黄池之上。吴、晋争强。晋人击之，大败吴师。越王闻之。涉江袭吴，吴王闻之，去晋而归，与越战于五湖。三战不胜，城门不守，越遂围王宫，杀夫差而戮其相	五月，公会吴伐齐。甲戌，齐国书帅师及吴战于艾陵，齐师败绩，获齐国书		十二年，遂伐齐。齐人与战于艾陵，齐师败绩，吴人有功。……吴王还自齐，乃讯申胥，……遂自杀。吴王夫差既杀申胥，不稔于岁，乃起师北征。……以会晋午公于黄池。于是越王勾践乃命范蠡、舌庸，率师沿海泝淮以绝吴路。败王子友于姑熊夷。越王勾践乃率中军泝江以袭吴，入其郛，焚其姑苏，徙其大舟。吴、晋争长未成，边遽乃至，以越乱告。……吴公先歃，晋侯亚之。吴王夫差还自黄池，息民不戒。……于是吴王起师，军于江北，越王军于江南。……三战三北，乃至于吴。越师遂入吴国，围王台。……夫差……遂自杀
鲁哀公十三年		夏五月，公会吴于橐皋	夏五月，公会吴于橐皋子贡拒吴寻盟	
		夏，公会晋侯及吴子于黄池		
			盟，吴、晋争先。乃先晋人	
鲁哀公十五年		于越入吴	冬，吴及越平	
			夏，楚子西、子期伐吴	
鲁哀公十六年		夏四月己丑，孔丘卒	吴人伐慎，白公败之	
鲁哀公十七年			三月，越子伐吴，…遂败之	
鲁哀公十九年			十九年春，越人侵楚，以误吴也	

续表

	《史记·弟子传》	《春秋》	《左传》	《国语》
鲁哀公二十年			吴公子庆忌……闻越将伐吴，冬，请归平越，遂归，欲除不忠者以说于越，吴人（要离）杀之。十一月，越围吴，赵孟降于食。遣楚隆往造吴王，时吴王已在越军重围之中，以"溺人"自喻	
鲁哀公二十一年			二十一年夏五月，越人始来	
鲁哀公二十二年			冬十一月丁卯，越灭吴，请使吴王居甬东，辞曰："孤老矣，焉能事君？"乃缢，越人以归	

　　既然此事不实，其言从何而来颇为可疑。但不论出处如何，都绝不可能是对真实语言活动的忠实记录。没有了真实的事件为依据，子贡精彩的说辞也只能是与它的存在背景一并被战国说士编撰创作出来的。就为附会历史而编演出的这段子贡逸事而言，无论其最初是口头形态还是文本形态，都是在创作了子贡穿梭于鲁、齐、吴、越、晋五国之间，影响了他们历史进程的故事同时，创作出子贡精彩说辞的。因此，子贡精彩的言辞，也同样无法脱离这个实属虚构的历史故事的框架，只能与其一样，是被虚构出来的。记载这件事的几种版本也证实了这个推测。在情节不变的前提下，人物语言的功能也没有太大的变化，但是繁简铺排却有较大的差别。在这几个版本中，就时间先后而言，司马迁绝非第一个创作者，这个故事应该是自战国中期就开始流传起来的。而且从《越绝书》与《孔子家语》的情况看，最初的形态应该就是单篇文章，其体制当为叙事成分较多的说体文。《史记·仲尼弟子列传》中的"子贡存鲁"版本，结构严谨，用词精练，在艺术性上较其他版本有较大提高，应该是在原说体文基础材料上作的整理。

　　《国语》中的一些说体文，也存在这种整体上的虚构现象。如《国语·周语中》"定王八年，使刘康公聘于鲁"一则。所记之言，是周定王八年，即《春秋》所记鲁宣公十年，公元前599年秋受周定王派遣，访问鲁国回来后，根据他的所见所闻，对鲁国季文子、孟献子、叔孙宣子、东门子家四位卿士和鲁君将来的前途命运所作的推断：

归，王问鲁大夫孰贤？对曰："季、孟其长处鲁乎！叔孙、东门其亡乎！若家不亡，身必不免。"王曰："何故？"对曰："臣闻之：为臣必臣，为君必君。宽肃宣惠，君也；敬恪恭俭，臣也。宽所以保本也，肃所以济时也，宣所以教施也，惠所以和民也。本有保则必固，时动而济则无败功，教施而宣则遍，惠以和民则阜。若本固而功成，施遍而民阜，乃可以长保民矣，其何事不彻？敬所以承命也，恪所以守业也，恭所以给事也，俭所以足用也。以敬承命则不违，以恪守业则不懈，以恭给事则宽于死，以俭足用则远于忧。若承命不违，守业不懈，宽于死而远于忧，则可以上下无隙矣，其何任不堪？上任事而彻，下能堪其任，所以为令闻长世也。今夫二子者俭，其能足用矣，用足则族可以庇。二子者侈，侈则不恤匮，匮而不恤，忧必及之，若是则必广其身。且夫人臣而侈，国家弗堪，亡之道也。"王曰："几何？"对曰："东门之位不若叔孙，而泰侈焉，不可以事二君。叔孙之位不若季、孟，而亦泰侈焉，不可以事三君。若皆蚤世犹可，若登年以载其毒，必亡。"①

记言已毕，又写道：

十六年，鲁宣公卒。赴者未及，东门氏来告乱，子家奔齐。简王十一年，鲁孙叔宣伯亦奔齐，成公未殁二年。②

刘康公所推论的结果，在文本中被后来发生的事一一验证了。从所记之事来看，写下这个文本的时间当不早于鲁成公已殁之年，公元前573年。其间有二十六年的间隔。不由得令人质疑，二十六年，差不多是一代人的时间，一段发生在君臣间的对话，是怎样被留存下来的？是当时记录下来的原话，还是事情发生后，人们的追记？如果是原话，当时刘康公在

① 上海师范大学古籍整理研究所：《国语》，上海世纪出版有限公司、上海古籍出版社1998年版，第76—77页。
② 同上书，第78页。

向周王复命时，这一段只能被看作正式复命之后的闲聊，很难想象会被当作"君举必书"的对象而被记录，因此更像是一种事后的追记。而追记所依据的，更多是追述者的记忆。这些关联的情节及言辞中的细节，都为记忆不足而不得不进行的虚构留下了足够的空间。

事实上，说体文中也的确存在这样的现象。如《国语·周语下》第一则"柯陵之会"：

> 柯陵之会，单襄公见晋厉公视远步高。晋郤锜见，其语犯。郤犫见，其语迂。郤至见，其语伐。齐国佐见，其语尽。鲁成公见，言及晋难及郤犫之谮。单子曰："君何患焉！晋将有乱，其君与三郤其当之乎！"鲁侯曰："寡人惧不免于晋，今君曰：'将有乱'，敢问天道乎？亦人道也？"对曰："吾非瞽史，焉知天道？吾见晋君之容，而听三郤之语矣，殆必祸者也。夫君子目以定体，……且夫长翟之人（鲁大夫叔孙侨如）利而不义，其利淫矣，流之若何？"鲁侯归，乃逐叔孙侨如。简王十一年，诸侯会于柯陵。十二年，晋杀三郤。十三年，晋侯弑，于翼东门葬，以车一乘。齐人杀国武子。①

在这一则故事当中，后来的事件基本上是按照单襄公的预言发展的。虽然他的预言并非出自巫术或其他什么神秘力量，而是来自经验的总结，但并不影响编辑此文本的人对这一预言的推崇，为了证明这个预言的真实性，提到了其后各个人物的下场。但据《春秋》所载，柯陵之会在鲁成公十七年（公元前574）："六月乙酉，同盟于柯陵。"而鲁大夫叔孙侨如出亡事在柯陵之会的前一年，即鲁成公十六年（公元前575）："冬十月乙亥，叔孙侨如出奔齐。"也就是说，至少在流放叔孙侨如这件事上，不可能是鲁成公在柯陵之会上听从了单襄公的提议而作出的决定，因为叔孙侨如早在柯陵之会的前一年，就已经因为串通晋国郤犫，妄图灭了季孙氏和仲孙氏，事未成而败露，被迫放逐于齐，后至卫，《左传》载之甚详。《春秋》是鲁国的记事之史，对这件关系鲁国重臣的未遂事件及其后果，应当是比较可信的。那么《周语》中的这一篇文章，就具有了非真实的

---

① 上海师范大学古籍整理研究所：《国语》，上海世纪出版有限公司、上海古籍出版社1998年版，第89—94页。

意味。可能这种非真实并非出自作者的本意，但至少说明一点，那就是在叙事性说体文中，历史的真实尚未得到关注和重视。人们在叙事性说体文中讲述历史，是由于这些历史故事与主要人物的重要言辞相关，通过它们，可以证明所记言辞的意义和真理性。也就是说，先秦叙事性说体文，主要以"意"为主，而非以"事"为主。与其把它们看作历史记录，不如看作历史故事，更贴近它们的事实情况。与司马迁在《太史公自序》中，为说明历代圣贤均为"发愤著书"而举"不韦迁蜀，世传《吕览》。韩非囚秦，《说难》《孤愤》"的例子，却全然不顾其与史实相悖，故此一节，一向被视为文人之作，而非史家之作的情况一样。

　　虚构的历史故事，到了战国时代，又有了进一步的发展。不但有《国语》中那样，不惜扭曲事实时间来达到表现创作者意图的虚构现象出现，还出现了明显不以事实为依据，将完全不相干的事件关联在一起，以说明某个道理的寓言性质的虚构文本。前者如《战国策·赵策二》中"秦攻赵，苏子为赵说秦王"一事，从其语中"今虽得邯郸，非国之长利"来看，此事当在公元前 259 年秦围邯郸之时。据文中所说，苏子说秦王之后："于是秦王解兵，不出于境，诸侯休，天下安，二十九年不相攻。"据清末学者于鬯考证云："案《中山策》言昭王息民缮兵，正在长平之役之后、邯郸之役之前，则即此时也，是故暂不相攻矣。然正有疑者。长平之役在周赧五十四、五十五、五十六三年。邯郸之役在周赧五十六、五十七、五十八三年。秦纪昭王四十八年，即周赧五十六年，言正月兵罢。又言其十月，五大夫陵攻赵邯郸。然则正月罢兵，而十月复攻，中间息兵仅八月耳。若依《白起传》十月作九月，中间又少一月，仅七月耳。"[1] 虽然他认为，与此处所言时间相对照的，只有《史记》，是否《史记》在时间上出错，"学者心知其未必然可耳"。但此处"不相攻"二十九年是否确数，仍然是存疑的。不少学者以《史记》为信史，参照此文，认为确是"策士增饰语，不足辨"[2]。也就是其文中所谓"二十九年不相攻"的劝说效果，完全是虚构之事，与真实的历史事件不相符。这种虚构，如果不以比较可信的历史记载去核对，读者很容易视其为史实而不加警惕。

---

　　① 范祥雍：《战国策笺证》，上海古籍出版社 2006 年版，第 1039—1040 页。
　　② 同上书，第 1041 页。

　　较明显地不以客观事实为据，读者很容易就辨识出其为虚构的叙事文本，如《战国策·秦策二》中《医扁鹊见秦武王》一文：

　　　　医扁鹊见秦武王，武王示之病，扁鹊请除。左右曰："君之病在耳之前，目之下，除之，未必已也，将使耳不听，目不明。"君以告扁鹊。扁鹊怒而投其石："君与知之者谋之，而与不知者败之。使此知秦国之政也，则君一举而亡国矣！"①

　　扁鹊为何人？《史记》中提到扁鹊治赵简子之病，赵简子为晋大臣，是晋顷公时，约在公元前510年，而秦武王即位是在公元前310年，其间相差近二百年。编撰者即使是汉初之人，对这一历史事实也不会不清楚，因此，创作者有意将数百年前名医放在秦武王之世，虚构情节，是想借此说明"国事当与知之者谋"的道理。虚构在这样的故事当中，是有意而为之的。

　　《战国策》中有不少与史不合的游说之事，这些事与游士之辞就有了很大的虚构可能。《齐策三》中"楚王死，太子在齐质"一篇，就是这种虚构之辞的集大成，见到这篇文章，我们可以想见，那些与史不符的记载游说之事的文本是怎样被创作出来的：

　　　　楚王死，太子在齐质。苏秦谓薛公曰："君何不留楚太子以市其下东国？"薛公曰："不可，我留太子，郢中立王，然则是我抱空质而行不义于天下也。"苏秦曰："不然。郢中立王，君因谓其新王曰：'与我下东国，吾为王杀太子。不然，吾将与三国共立之。'然则下东国必可得也。"②

　　如果不论苏秦生活的年代与楚王死，太子在齐为质这两件事在时空上是否对得上，这件事是貌似真实的。但文章接着写道：

　　　　苏秦之事，可以请行；可以令楚王亟入下东国；可以益割于楚；

———————————

① 范祥雍：《战国策笺证》，上海古籍出版社2006年版，第250页。

② 同上书，第578页。

可以忠太子而使楚益入地；可以为楚王走太子；可以忠太子，使之亟去；可以恶苏秦于薛公；可以使人说薛公以善苏子；可以使苏子自解于薛公。①

于是下面的故事就有了不同的情节和结局：

　　苏秦谓薛公曰："臣闻谋泄者事无功，计不决者名不成。今君留太子者，以市下东国也。非亟得下东国者，则楚之计变。变则是君抱空质而负名于天下也。"薛公曰："善，为之奈何？"对曰："臣请为君之楚，使亟入下东国之地。楚得成，则君无败矣。"薛公曰："善。"因遣之。故曰：可以请行也。②

　　这一段的对话和情节在一样的背景下，也非常类似历史叙事，但却完全是虚构的。接下来的几段，分别按照以上所列不同目的，给说客苏秦安排了不同的游说对象和说辞。因此我们很有理由相信，除了一开始的背景：楚王死，太子质于齐一事是真实发生的历史事件之外，其他各段都是游说之士为了揣摩学习而写下的虚构文本。

　　据缪文远先生考辨，从总体上讲，《战国策考辨》中所考460首（以姚宏本为底本），有90余章均出于后人拟托，约占全书五分之一，其中包括许多文学色彩浓郁的著名篇章，如《秦策一·苏秦始以连横说秦》《齐策一·邹忌修八尺有余》《楚策四·魏王遗楚王美人》《赵策二·张仪为秦连横说赵王》《魏策四·秦王使人谓安陵君》等皆是。③

第二节　先秦说体文中的细节虚构

　　在先秦说体文中，还存在一些细节的虚构。即使整个故事能够被证实是曾经真实发生过的历史事件，但这些事件中的一些细节，按常理推测，

---

① 范祥雍：《战国策笺证》，上海古籍出版社2006年版，第578页。
② 同上书，第579页。
③ 缪文远：《战国策考辨》，中华书局1984年版，第7页。

远非当时在场的记录者依据所见所闻而作，而是撰述者根据自己的生活经验，和所讲述故事的具体情节想象推测出来的。如《国语》中经常为学者所提及的钼麑死前之叹，骊姬对晋献公的夜半而泣和里克与优施的夜半密语。这些言辞在日常生活中，只有言说者及与其密谋者能够听到，作者既无从得知，文本中的那些话又从何而来？只能是作者依照情节推测想象而来，谓其虚构，亦无不可。

在我国的先秦时代，用来表现行动者（人物）思想活动的方式，如"某某想"之类还不曾在叙事文本中出现（司马迁《太史公自序》中有"乃喟然而叹……退而深惟曰：……"这种用来表达自己内心活动的形式，也只能在有明确作者进行创作的时代出现，此前均未见）。要满足对行为者行为及其后果动机及原因进行提示的叙事需要，一般只采用"某某曰"的方式来表现，即使行为者孤身一人，或处于极私密的情形，如《左传·宣公二年》所记钼麑刺赵盾一事中，钼麑临死前的一番话。虽然这时的"某某曰"已经不是对某个历史人物语言的记录，而是对此人的内心活动的想象。但因为只有这一话语活动的出现，才能使钼麑的自杀行为得到理解，因此是必不可少的。作为促使行动者采取行动的内心活动，在故事中是必需的，没有因果联系的单纯现象记录，并不能构成故事，而在先秦叙事传统中，对行动者的行动动机的描述，在早期，更多的是通过人物语言来完成，使后人从现象上看，"记言"成为先秦说体文中必不可少的一个环节。

如备受争议的《左传·宣公二年》中记载钼麑奉命刺杀赵盾一事：

> 晨往，寝门辟矣，盛服将朝，尚早，坐而假寐。麑退，叹而言曰："不忘恭敬，民之主也。贼民之主，不忠。弃君之命，不信。有一于此，不如死也。"触槐而死。①

其中钼麑临死前的话，就因为属于人物的内心思想活动，历来颇受诟病。如钱钟书《管锥编》中就说："盖非记言也，乃代言也，如后世小说，剧本之对话独白也。左氏设身处地依傍性格身份，假之喉舌，想当然耳。……史家追叙真人实事，每须遥体人情，悬想事势，设身局

---

① 李梦生：《左传译注》，上海古籍出版社 2004 年版，第 430—431 页。

中，潜心腔内，忖之度之，以揣以摩，庶几入情合理。"① 其实问题不在《左传》作者，而在后人的态度。此文以汉以后才形成的历史"实录"标准来看，的确不合要求。但于其作者而言，彼时所述不过是对历史事件的记忆，这些记忆从很早的时候起，就用文学的叙事方式来表达了，《左传》作为对《春秋》所记事件的补充说明，运用代代相传的历史故事，是很自然的事，无可诟病。这一故事，在《国语》中也有：

公患之，使钼麑贼之，晨往，则寝门辟矣，盛服将朝，早而假寐。麑巡，叹而言曰："赵孟敬哉！夫不忘恭敬，社稷之镇也。贼国之镇不忠，受命而废之不信，享一名于此，不如死。"触庭之槐而死。除了语言的整齐与精练方面稍逊于《左传》外，大体内容与《左传》相差不多。如果不考虑《左传》《国语》之间的承继关系，可以说这两个历史故事基本上是同一个版本，因为其首创者在对这一事件的行动者的内心活动及其因果关系的理解上是一致的。

但《春秋公羊传》中所记与此则有较大不同，可以看出是由对同一事件作出另一种理解的叙述人所作：

> 灵公……于是使勇士某往杀之。勇士入其大门，则无人门焉者；入其闺，则无人闺焉者；上其堂，则无人焉。俯而窥其户，方食鱼飧。勇士曰："嘻！子诚仁人也，吾入子之大门，则无人焉；入子之闺，则无人焉；上子之堂，则无人焉；是子之易也。子为晋国重卿，而食鱼飧，是子之俭也。君将使我杀子，吾不忍杀子也。虽然，吾亦不可复见吾君矣。"遂刎颈而死。②

虽然都认为这刺客的死是出于对忠臣的不忍，对他本人在左右为难的处境中所作出的主动选择这一理解上，与《左》《国》的版本是一致的，但在其他方面有着很大的不同：一是叙述人对刺客的名字不了解；二是对刺客感受赵盾为忠臣的原因理解不同。传说者想象中，刺客之所以视赵盾为忠臣的原因，在《左》《国》是由于他黎明即起，盛服端坐，准备上朝，略有空暇，坐而假寐，可见是一个以国事

---

① 钱钟书：《管锥编》，中华书局 1979 年版，第 164—166 页。
② 王维堤、唐书文：《春秋公羊传译注》，上海古籍出版社 2004 年版，第 312 页。

为重的好官。而公羊高所传则认为是由于赵盾家里一反贵族家里前呼后拥的常态，仆人、内宅人丁稀少，早饭只是"鱼飧"①，生活简单。三是刺客之言不同。不论如何，这都只能是刺客自己的内心活动，传说者为了理解他去刺杀赵盾未果，却杀死了自己这一反常行为，想象他的内心活动，就成为使所叙之事完整而必不可少的环节。在为赵盾的生活及人品感动这一大前提下，传说者可以自由设想刺客的内心活动。在《左》《国》中，刺客是个比较有政治思想的人，能想到"不忘恭敬，民之主也。贼民之主，不忠。弃君之命，不信。有一于此，不如死也"。运用了"恭敬、忠、信"这三个在先秦内涵已经得到充分积累的重要政治哲学的概念，来决定自己的行为，作者代言的痕迹很重。而《公羊传》中的刺客思想活动比较贴近于人物自身，他讲不出许多大道理，只是表达了触目所及，让他良心受到的震撼："嘻！子诚仁人也，吾入子之大门，则无人焉；入子之闺，则无人焉；上子之堂，则无人焉；是子之易也。子为晋国重卿，而食鱼飧，是子之俭也。君将使我杀子，吾不忍杀子也。虽然，吾亦不可复见吾君矣。"在公羊氏的刺客眼里，赵盾的生活状态体现出他是一个生活简朴的好官，虽然说不出许多道理，但还是不忍杀的。自己又是负命而来，至此却左右为难，只能以自杀而死。这番话，没有很多大道理，也没有用什么内涵丰富的政治哲学概念，比较起来，更接近刺客的身份，也使刺客的形象生动起来。四是自杀方式的不同。《左》《国》均是触槐而死，《公羊传》是自刎而死。在此我们不作史家般的考证，去考证究竟哪种说法更接近事实，而是通过这一细节的差异，证实当时人们对这一事件的了解，是以传说的方式进行传播的。也就是《公羊传》所说"所见异辞，所闻异辞，所传闻异辞"所造成的结果。其间大量的细节，都是由传说者在传播的过程中虚构的。

在《战国策》的说体文中，这类虚构性的细节描写，同样也给情节

———————

① "飧"有两种理解，一是晚餐，二是用水泡饭。因此对"鱼飧"的理解，一种是指早饭吃的是昨天晚饭时剩下的鱼；另一种是指鱼汤泡饭。不论哪种，都意为赵盾所用早餐至为简单，生活作风俭朴。但晋国深处内陆，视鱼为珍稀佳肴，则赵盾食鱼，不能以俭视之，之所以用"鱼飧"来代表简单饮食，乃是因为作者公羊高是齐人，无晋地生活经验，而齐人以食鱼为简，故想象赵盾简朴的早餐也应该是"鱼飧"。则此传说中的想象因素于此可见一斑。

与人物形象增色不少。如《秦策一》"苏秦始将连横说秦惠王"篇中,写到苏秦"乃夜发书,陈箧数十,得《太公阴符》之谋,伏而诵之,简练以为揣摩。读书欲睡,引锥自刺其股,血流至足,曰:'安有说人主不能出其金玉锦绣,取卿相之尊者乎?'"① 这一细节中,苏秦读书欲睡,引锥刺股时而发的感慨,当是独自一人时的内心活动,文中并未显示出当时有何人在场听闻此言,则文中此段应该是作者据传闻再加上自己的想象写出来的。

又如《齐策一》"邹忌修八尺有余"篇中,说到邹忌在妻妾和客人说自己比徐公美之后,"明日,徐公来,孰视之,自以为不如。窥镜而自视,又弗如远甚。暮寝而思之,曰:'吾妻之美我者,私我也。妾之美我者,畏我也。客之美我者,欲有求于我也。'"② 这里有两段心理活动,一段是简单地说"弗如远甚",一段是以直接引语的方式,把他的内心活动表现出来。这两段话在故事中都是主人公邹忌的心理活动,应该没有人能够听闻,作者又是如何得知的?且据史实考证,后文所述"燕、赵、韩、魏闻之,皆朝于齐"之事,当在齐威王始继位之时,而本书把这一历史事件看作齐威王在听从邹忌的劝谏,广纳善言,齐国大治后的表现,显然是为文者为了故事情节的需要而借用历史事件,其意在文而不在史实。这一故事的原型在先秦有若干版本,其一为:

> 齐有田巴先生,行修于外,王闻其贤,聘之,将问政焉。田巴改制新衣,拂饰冠带,顾谓其妾。妾曰:佼。将出门,问其从者,从者曰:佼。过于淄水,自照视,丑恶甚焉。遂见齐王。齐王问政,对曰:今者大王召臣,臣问妾,妾爱臣,谀臣曰:佼。问从者,从者畏臣,谀臣曰:佼。臣至临淄水而观,然后知丑恶也。今王察之,齐国治矣。③

《吕氏春秋·达郁》中也有类似的故事:

---

① 范祥雍:《战国策笺证》,上海古籍出版社 2006 年版,第 142 页。
② 同上书,第 521 页。
③ 王应麟:《困学纪闻》,辽宁教育出版社 1998 年版,第 232 页。

　　　列精子高听行乎齐湣王，善衣东布衣，白缟冠，颡推之履，特会
朝雨，袪步堂上，谓其侍者曰：我何若？侍者曰：公姣且丽。列精子
高因步而窥于井，粲然恶丈夫之状也。喟然叹曰：侍者为吾听行于齐
王也，夫何阿哉！又况于所听行乎万乘之主，人之阿之亦甚矣！而无
所镜，其残亡无日矣！①

　　由此可见，邹忌之事也极有可能是作者据流传甚广的故事原型，通过
改变主人公姓名和细节虚构出来的。在这则文本中，虚构的细节部分如此
之多，以至于基本上已经完全没有了史料的价值。

　　在细节的虚构中，还有一类值得注意，那就是说辞中虚构的寓言。先
秦说体文在记录说辞的同时，也孕育了中国古代文本书写传统中更为纯粹
的虚构性叙事文本——寓言。如果说在先秦说体文的整体叙事结构中出现
的虚构，还不能确定是撰述者有意为之的话，存在于言辞之中，用于说明
道理的寓言，则能够确定是有意识的虚构叙事之作，因此，寓言在某种程
度上具有了小说早期源头的意义。

　　对先秦说体文而言，文本传统中的历史记忆与口说传统中的民间故事
是它的源泉，因此存在于其中的寓言故事中的情节，应该都其来有自，但
由于先秦时期文献散失严重，口头文化几乎无从可考，本书只能根据现有
材料推测，寓言中有相当一部分受到传统故事原型的影响，除了在一些细
节上增减修饰之外，罕有创新之处。但仍然有不少是说者根据现实需要即
时创作的。值得注意的是，先秦说体文中的寓言，在《国语》《春秋事
语》中是没有的，用来说明道理的故事，一般都是前代的事件典故。只
有到了《战国策》及诸子书中，才出现纯为说理而创作的寓言。这类寓
言中最具创造性的，是《战国策》中一些游说之士随口而出的即兴之作。
如《燕策二》的"鹬蚌相争"、《齐策二》的"画蛇添足"、《楚策一》的
"狐假虎威"、《魏策四》的"南辕北辙"等，可谓俯拾即是，妇孺皆知。
这些寓言大都即事编撰，独出心裁，比附现实，准确地表情达意。这类独
出心裁，针对性极强的寓言故事用来形象化地说理，能起到比雄辩更理想
的效果。

---

　　①　陈奇猷：《吕氏春秋校释》，学林出版社 1984 年版，第 1374 页。

第三节　先秦说体文虚构叙事对中国古代小说的影响

一　先秦说体文虚构特征的演变与存留

先秦说体文的两级叙事文本中，都具有一定的虚构特性。文本整体的虚构性与寓言的虚构性对后世文本虚构的影响，自汉代以后，走上了不同的道路。

寓言文本中的虚构相对而言，为后世所继承的更多一些，"……但在各家的寓言故事之中，仍可窥见小说的雏形，这就是后世小说写作的蓝本。后人模仿其风格、体制和写作的方法，从而扩展和铺排起来，逐渐演变，便写成怪异体（如两晋六朝的小说）、传奇体（如唐宋的小说）和章回体（如元明清的小说）种种的小说来了。……实在是开导小说写作的渊源的"①。寓言文本中的虚构意识虽然在当时更突出一些，但由于虚构叙事的传奇情节终非其追求目标，在处士横议的社会风气骤然停止，思想大一统的汉代，议论文中创作寓言故事来强化说服效果的现象大大减少。但用来说理的寓言故事，却自此得到了专门的关注：战国晚期的韩非子专门辑录《说林》，《储说》以备游说之用；《吕氏春秋》中大量使用寓言来说明道理，几乎篇篇如此；汉初《淮南子》中也有《说训》，集录各类用于明理的小故事；刘向《说苑》，《新序》《世说》（已逸）专门辑录各种历史小故事，虽然在这一过程中，把先秦说辞中用来说理的虚构性寓言故事都删去了，只保留历史题材的小故事，对纯虚构的叙事文本创作路线是一种毁灭性的打击；另外，却开启了中国古代志人笔记小说的先河，南朝刘义庆作《世说新语》，便是在继承刘向《世说》等文体传统的基础上，结合魏晋以来的社会风尚形成的。在讲述历史故事时，为表意而不执着于历史真实的虚构特征，被保留下来。

而先秦说体文整体的叙事特征，包括貌似真实的虚构性，经过史传体的吸收，成为汉以后所形成的史学意识下编撰历史文本的文体之一。其自身所带有的虚构性，被后来的史家在正史的写作中有意识的淘汰，正史文本在"实录"精神的指导下，形成越来越规范的历史文体。但在记录

---

① 詹安泰：《中国文学史》，高等教育出版社 1957 年版，第 123 页。

"另类"历史时，却在承袭了已经发展起来的史传文体同时，形成魏晋时的志怪笔记小说，如曹丕的《列异记》和干宝的《搜神记》等。魏晋志人与志怪的笔记体小说，到了唐代，终于发展成为具有中国古代小说文体独立意义的唐传奇。在这个过程中，虽然在文体上，都以先秦说体文为其共同的渊源，但其虚构特征，却几经波折。被保留在通过压缩，用于说理的历史小故事和志人志怪笔记小说中，得以继承下来。

志怪小说从今天的认知角度看，自然是虚构，但就当时的作者而言，却是秉承了太史公"见疑存疑"创作原则的成果。由于其所取材为传闻，传闻所具有的虚构性，便自然地进入志怪体笔记小说的文本中。对于这一点，干宝在《搜神记序》中说得很清楚：

> 虽考先志于载籍，收遗逸于当时，盖非一耳一目之所亲闻睹也，又安敢谓无失实者哉？卫朔失国，二传互其所闻；吕望事周，子长存其两说。若此比类，往往有焉。从此观之，闻见之难，由来尚矣。夫书赴告之定辞，据国史之方册，犹尚若此，况仰述千载之前，记殊俗之表，缀片言于残阙，访行事于故老，将使事不二迹，言无异途，然后为信者，固亦前史之所病。①

说明所谓信史的材料来源在其根本途径上与野史并无本质差异，既为传闻，自然均难免虚构，不过有些更加逼真，让人难以分清是否真实，而有些则为生活中罕见之事，易被认为是杜撰出来的。这种与正史同出一源，但在内容上又不同的文本，正是中国古代志怪小说的源头。这些志怪文本，虽然在内容上也与先秦说体文并不一致，而是继承了战国《琐语》一类猎奇寻异的偏好，但在文体上，其成功之作正是借鉴了由先秦说体文发展而来的史传散文的艺术性叙述手法创作出来的，如《宋定伯捉鬼》，其中人物形象（包括鬼的形象）的生动传神，基本上都是通过语言与行动的描写完成。

比较特别的是志人笔记，历来以为写的是生活中的真人真事，其中不少是当时的名人，为后人视为对事实的真实记录，所以宋代秦果云："诸子百家小说，诚可悦目，往往或失之诬。要成不烦，信而可考，其《世

---

① 干宝：《搜神记》，中华书局1985年版，第1页。

说》之题欤?"① 其中多项材料与《晋书》重合,据考证,《晋书》与《世说》相同之事,或各自有出处,或同出一源,并不能证明《晋书》取材于《世说》。② 其中多有虚构之处,虽然是源于传闻,但刘义庆照单辑录,却是出于作《世说》重在"传神写照",而非实录的目的,在这一目的下存留的虚构,正与先秦说体文以表意为主,无异于史实而形成虚构的原因一致。正是文本中追求表意化的叙事,使虚构叙事自先秦说体文至《世说新语》一脉相承下来。

二　先秦说体文中的虚构对后世小说虚构产生的意义

先秦说体文在整体上,往往容易被后来的读者视为历史文本。自汉代至今,莫不如此。但在文史尚未分家的先秦时期,这种最早出现的,由记录特性发展而来的叙事性文本,虽然具有史料价值,但从其自身的功效看,却重在起到表意作用,历史意味只是由文献记录作为材料而带来的附加价值。而在《左传》《史记》中,历史意义是著作者有意的追求。因此虚构在早期说体文中不受历史求真意识的束缚,自由地存在着。正是这一点,使后世目之为史之末,列入"杂史"。汉代以来发展成熟的史学意识,使人们在对先秦典籍整理过程中,更为关注那些有更多史料价值的说体文,而忽视史料价值淡薄的类型。这一点,在班固《汉书·艺文志》中便体现出来。《艺文志》中录入的"小说家者流",如《青史子》《虞初周说》等,在后来都因没有史料价值,依托迂诞,无人关注并加以收藏整理,遂严重散失,使我们在今天无法窥见先秦说体文的全貌。中国古代文人中"经世治用"的观念体现在对待文本态度方面,便是对典籍重视程度的等差。儒家的六经至高无上,其次是历史,小说等叙事文体是最末之流。小说在明清发展起来以后,唯有与"史"密切相关,才能获得一定的地位。这种亲缘关系,使小说常常受到"史"的荫庇,某种程度上限制了中国古代小说想象虚构的充分发展。另外,这种在史传名目下,似是而非发展着的虚构叙事,在文体上,比那些记怪志异的文本,更深刻地影响了后世小说的发展。

史传散文中的虚构大体来说有两类,一类是在今天看来,不可能是真

---

① 丁锡根:《中国历代小说序跋集》,人民文学出版社 1996 年版,第 369 页。
② 余嘉锡:《世说新语笺疏》,中华书局 2007 年版,第 428 页。

实发生过的鬼怪梦兆之事。但在当时，却极有可能被看作真实发生过的事件来对待。如《左传》中出现过的两次"白日见鬼"的情景。这种片段之所以会被记录在历史著作中，有两个原因。首先是先秦人们的历史观念与魏晋以后不尽相同。在先秦人的观念中，更看重人们所传承下来的历史记忆，而非经过严格筛选的真实历史事实。其次是先秦史传散文的材料来源不同，造成对同一事件在传播过程中，出现了"所见异辞，所闻异辞，所传闻异辞"①的局面。编撰者在没有现代唯物主义思想指导的情况下，要把夹杂在各种历史传闻中的鬼神、梦兆片段视为另类，剔除出来是不太可能的。直到魏晋时期，干宝作为史官，虽然迫于当时的历史著作撰写的真实性要求，不能再像《左传》那样，述"怪力乱神"之事，但并不影响他在作《搜神记》时，将其中所记灵异之事视为真实发生过的事件记录下来。

　　另一类是貌似历史真实的虚构叙事。在这样的文本中，事件性质和逻辑关联都符合生活的真实，但却并非历史上真实发生过的事情，为了达到表意的目的，创作所遵循的是对生活真实规律的遵从，甚至所用的人物也是历史中真实存在的，但事件却完全虚构。先秦说体文中的这种虚构文本，被《史记》所继承。如被后世史家评为太史公"见疑存疑"的撰述方法，即对同一件事，在《史记》中不同的地方，有不尽相同，甚至相悖的记载，就是由于司马迁所接触的材料本身就存在这样的抵牾，为了不以自己的妄断影响了历史记忆，故将二者兼收并蓄，都收录进来，以备后来人们的研究。造成这种现象的主要原因，在于其所面对的材料本身。历来在真实性上备受质疑的《史记》篇目，也大多存在于文学性较强的记人写事的《世家》《列传》之中，这两部分的材料来源，有不少是当时尚存的先秦说体文。

---

① 王维堤、唐书文撰：《春秋公羊传译注》，上海古籍出版社 2004 年版，第 562 页。

结　论

先秦说体文叙事传统
——中国古代小说的文体渊源之一

小说这一概念，专门用来指虚构的叙事文本，是近代西方思潮涌入后的事，关于这一点，陈洪在《中国小说理论史》中所论甚详：

> 文学小说成为社会普遍认可的概念，是清末的事情。其原因有三：一是外国小说的翻译介绍，既提高了小说在知识界的地位，又因译者多以"小说"为名，促进了这一概念内涵的彻底转变；二是康有为、梁启超等政治、思想界的领袖人物皆有小说专论，后者尤多。他们使用的小说概念都是很明确的文学专论，……而当时兴办的刊物亦径以"小说"为名，如《新小说》《绣像小说》《月月小说》《小说林》等，且多开宗明义，申明取西洋文学小说之义，……第三个原因不是那么直接，也不是那么明显，却可能是更根本一些。那就是随着科学技术、科学知识的传播，科学主义产生了越来越大的影响，从而在很大程度上改变了国人的思维方式。西方近代以来的学科分化、学科概念逐渐成为被普遍接受的学术通则。①

对于现代小说概念而言，中国古代的"小说"概念远不如唐传奇、宋话本、明清小说这些具体作品，与之相吻合的程度高。因此，论者在研究中国古代小说史时，往往有两条线索并行不悖：一是梳理古代"小说"概念的发展流变；二是梳理虚构性叙事文本在中国文学史中的实际存在情状。前者与现代小说概念对应的是"能指"，后者与之对应的是"所指"。而后者之所以能确定这些在当时并不以"小说"名之的作品，在归属现

---

① 陈洪：《中国小说理论史》，天津教育出版社 2005 年版，第 18—19 页。

代的"小说"概念时毫无违和感，原因在于这些作品具有与现代小说相似的文体特征：叙事与虚构。

把"小说"概念的外延任意延伸扩大，是不科学的。叙事与虚构，作为小说的两个基本特点，缺少任何一个特征，都无法继续视其为小说。如果没有虚构，我们就不能把那些只有故事情节、有人物形象的叙事散体文，都视为小说，而应当把严格的历史著作，以及那些记言、说理、议论时政的文章，与小说区别开来。而这一区别的主要标志，就是所叙之事和所写之人，是否借助于想象和虚构。[①] 如果没有叙事，只有虚构，也很难在文体上称之为小说，如《山海经》。而叙事与虚构，作为现代小说的两大基本特征，在中国古代文本传统中，是由先秦说体文最早孕育和形成的。

目前学界有一个基本共识，那就是从文体上看，中国古代小说文体的独立应当以唐传奇为标志。但"一种新文体的产生并不是凭空进行的，而一种旧文体的消失也不是完全彻底的、干干净净的。新文体必然产生于对原有文体的创造性转化中"[②]。唐传奇并非横空出世，在此之前，有许多种文体或题材，都可以算得上是使它得以形成的前提条件，或者说是它继承的传统。但是关于这个传统是什么，学界却并没有达成共识。李剑国认为"可以肯定地说，唐初传奇小说是在志怪小说基础上融合史传、辞赋、诗歌、民间说唱艺术及佛教叙事文学而形成的，是多种作用力综合作用下的结果"[③]，在这一理解中，唐传奇的文体渊源只追溯到六朝志怪小说，没有指向更古老的文体。而方正耀则认为"中国小说起源很早，一是源之于古代神话传说和先秦诸子篇籍中的寓言，二是源之于史传文学"[④]，这其中，神话传说是内容上的渊源，先秦诸子寓言及史传文学才有可能具有文体影响力。与他持相似看法的董乃斌也以为唐传奇的形成，"不仅与魏晋志怪、志人小说有直接继承关系，而且还和许多其他更古老的文体，如子部的寓言、史部的传记以及诗歌、辞赋等，有着程度不同的瓜葛。其中尤其是史传，简直可以说是古典小说的不祧之祖。而辞赋这种

① 吴志达：《中国文言小说史》，齐鲁书社 1994 年版，第 36 页。
② 陶东风：《文体演变及其文化意味》，云南人民出版社 1994 年版，第 15 页。
③ 李剑国：《唐五代志怪传奇序录》，南开大学出版社 1993 年版，"前言"。
④ 方正耀：《中国小说批评史略》，中国社会科学出版社 1990 年版，第 8 页。

粗看与小说无关的文体，竟也蕴藏着丰富的小说因素"①。不同的是追溯到了唐传奇更早的渊源：子部的寓言、史部的传记以及诗词歌赋。

这些看法虽然比较常见，看上去也颇有道理，但具体到这些众多因素究竟是如何共同作用以形成中国古代独立的小说文体的，却无法说清。宋常立在《中国古代小说文体论》中意识到了这种认识的不足，他说："小说史的研究者一论到中国小说的起源，大多从神话传说、史传文学、诸子散文等对小说文体的影响与孕育谈起，说某篇小说更多神话，某篇小说更近史传，某篇小说更似子书等，似乎中国小说的起源是多祖、多源的，每个源头都可以独立地孕育出小说，这种说法看似全面，实则让人感到渊源不清。"② 认为要以作品中的"虚构"为线索，才能找到小说的真正源头，按照这一思路，他认为既然唐传奇以前的作品中，作者并无有意识的虚构，那么古小说中的虚构成分只能来自"传说"。并将"传说"进入文体的杂史小说和笔记小说作为小说文体最早的研究对象。这一看法虽然避免了中国古代小说文体多源说的混乱，并抓住了"虚构"进入文体于何时这一思路，但仅将虚构在文本中的存在限定在杂史小说和笔记小说中，显然是不符合事实的。杂史小说与笔记小说的出现大致在魏晋时期，也就意味着小说文体的源头确认只能到此。但众所周知的是，在更早的先秦时期，诸子和史传散文中便出现了虚构。

人们在提及中国古代小说渊源时，总是追溯到史传散文《左传》与《史记》，以为这是中国古代小说的源头，"史传之外，几乎别无规模较大的、完整统一的叙事文学。这样，史传著作就成为我国早期叙事性文体雄视一切的代表，是后起的叙事性作品唯一的可资仿效的榜样"③。"历史散文，尤其是先秦历史散文，从主要性质和文体上讲肯定不是小说，但其中又确实蕴含着不容忽视的小说因素，蕴含着后世小说尤其是历史小说的种种原型和母题，是后世小说赖以萌生和发展的土壤。"④ 虽然《左传》《史记》并非小说，但先秦说体文的叙事传统，特别是其所蕴含的叙事艺术及虚构性，至《左传》《史记》而大放异彩。

《左传》与《史记》从整体上看，是为了记录历史而作的，不具有文

---

① 董乃斌：《中国古典小说的文体独立》，中国社会科学出版社 1994 年版，第 8 页。

② 宋常立：《中国古代小说文体论》，天津社会科学出版社 2000 年版，第 1 页。

③ 张稔穰：《中国古代小说艺术教程》，山东教育出版社 1991 年版，第 287 页。

④ 褚斌杰、王恒展：《论先秦历史散文中的小说因素》，《天中学刊》1995 年第 2 期。

学作品的结构特征，因此长期以来冠之以史传散文之名。但是在《国语》《战国策》等书中出现的单篇先秦说体文，特别是其复杂结构的文本，如"冯谖客孟尝君""荆轲刺秦王"等篇，不但具有叙事及虚构的特征，而且由记言演变而来的人物语言的丰富形象，由叙述发展而来的描写，使文章无论从故事情节、人物形象还是艺术表现手法方面，都能够与后世的小说相媲美。更值得关注的是它具有完整的单篇形式，整个文本就是为了叙述这个故事而存在。再加上先秦时文本的书面语言，是在当时口语基础上形成的①，彼时书面语言与口头语言尚未分化。对先秦时期的读者而言，阅读这些与当时的口语通行语"雅言"说体文所获得的感受，可能更接近后来的读者读历史小说时的感受。由此，是不是可以推测先秦说体文在文体形态上，在所具有的叙事与虚构特征上，是当时最接近当代小说内涵的文本。

陆机在《文赋》中说："说炜晔而谲诳"。以"炜晔"与"谲诳"概括了"说"体的特点。关于"炜晔"，《文选》李善注："说以感动为先，故炜晔谲诳"。②认为炜晔谲诳是说辞为了打动听者所具有的审美感染力和吸引力。李周翰注："说者，辩词也，辩口之词，明晓前事，诡谲虚诳，务感人心。炜晔，明晓也。"③这一解释比较详细一些，但也把"说"理解为说辞，从这一点出发，"说"作为在口头上分析事物的说辞，具有让听者明了眼前之事利害的功效，为了达到这一点，不惜使用"诡谲虚诳"之言，来打动听者。"炜晔"在这里似乎被理解为明白晓畅地分析当下利害之意。《说文》中："炜，盛赤也，从火，韦声。""晔，光也。"可见"炜晔"的本义是指红色的光，不但具有照亮黑暗的功用，而且富有视觉的美感。晔，是光，引申为李周翰所说的"明晓"，也就是言辞的通俗易晓，不可想象用佶屈聱牙的语言来演讲，会赢得观众的青睐；炜，是大红色，色彩的富丽在这里应该是用来形容说辞之美，足使听者悦耳。

---

① 王力先生认为，"古代汉语是一个比较广泛的概念，大致说来它有两个系统：一个是以先秦口语为基础而形成的上古书面语以及后来历代作家仿古的作品中的语言，……"也就是说，先秦时期的古汉语是自然而然在其口语基础上形成的。而先秦口语能够成为书面语基础的，应该是较为通行的"雅言"，而非各地方言。王力：《古代汉语·绪论》，中华书局1999年版，第1页。

② 陆机著，张少康集释：《文赋集释》，人民文学出版社2002年版，第119页。

③ 同上。

刘勰在这点上与陆机相同，也指出说具有"飞文敏以济辞"，即以敏捷的文思来调剂文辞①的特点，都意识到了说体文在语言风格上所特有的美感和艺术性。

"谲诳"，《说文》中"谲，权诈也。益梁曰：谬欺天下曰谲"。"诳，欺也。"本意为欺、诈，不实。如按本意理解，正如徐复观所说："此处指以奇异不实之言掀动他人。"② 刘勰也正是将陆机所谓"谲诳"理解为说者对听者在言辞上进行欺瞒之意，提出了对陆机的批评："自非谲敌，则唯忠与信，披肝胆以献主，飞文敏以济辞：此说之本也。而陆氏直称说炜晔以谲诳，何哉？"③ 认为"说"既然是臣子对君主的劝谏之词，只要说者不是对方的敌人，有意要用说来进行欺骗这种特殊情况，自然应当体现出臣子竭忠尽智的特点。而陆机所总结的说体具有欺骗性的特点，就并不符合说体本身的特点，不具备普遍性，只能被看作特例。如苏秦为齐臣，所谋之事的最终目的都是止齐伐燕，④ 从这个角度看他对齐王、赵王的劝说之词有一定的欺骗性。但这种情况并不普遍，多数谋臣在为君主策划时，都是在追求一种既利己又利他的"双赢效果"。因此，陆机在这里用到"谲诳"，应该不是指说者用欺瞒等下三烂的伎俩，恶意去骗听者，自古以来，这种故意用来骗人的言语，本身就足以招人厌恶，不可能被人传诵模仿，成为一种颇有影响的文体；陆机也不可能公然将欺诳瞒骗之言列为十体之一。"谲诳"应该是指游说之士的言辞都有一定的迷惑性，在说客极力渲染下，听者当时也许会信以为真，觉得颇有道理，但这道理仔细想想，却未必经得起推敲。但如果将陆机所谓"谲诳"的迷惑性，用来形容先秦说体文的叙事艺术性及其虚构性所造成的阅读效果，却是再合适不过的了。

"炜晔而谲诳"，如果只是陆机对记言兼记事的先秦文体感性直觉的表述，则恰好非常精到地概括了先秦说体文的特征——蕴含文学特质的叙事与虚构，正是这一特点，使之成为后世小说最早的文体渊源之一。

---

① 龙必锟：《龙心雕龙全译》，贵州人民出版社1992年版，第227页。
② 陆机著，张少康集释：《文赋集释》，人民文学出版社2002年版，第120页。
③ 范文澜：《文心雕龙注》，人民文学出版社1958年版，第329页。
④ 唐兰：《司马迁所没有见过的珍贵史料——长沙马王堆帛书〈战国纵横家书〉》，《战国纵横家书》，文物出版社1976年版，第123—153页。

主要参考文献

（一）相关文献、专著

1. 《十三经注疏·论语注疏》，中华书局 1980 年版。

2. 《十三经注疏·毛诗正义》，中华书局 1980 年版。

3. 《十三经注疏·尚书正义》，中华书局 1980 年版。

4. 《十三经注疏·孟子注疏》，中华书局 1980 年版。

5. 《十三经注疏·礼记正义》，中华书局 1989 年版。

6. 陈经：《尚书详解》，中华书局 1985 年版。

7. 林之奇：《尚书全解》，江苏广陵古籍刻印社 1990 年版。

8. 李民、王健：《尚书译注》，上海古籍出版社 2004 年版。

9. 陈梦家：《尚书通论》，中华书局 2005 年版。

10. 李民：《〈尚书〉与古史研究》，中州书画社 1983 年版。

11. 王维堤、唐书文：《春秋公羊传译注》，上海古籍出版社 2004 年版。

12. 承载：《春秋谷梁传译注》，上海古籍出版社 2004 年版。

13. 黄怀信：《逸周书校补注译》，西北大学出版社 1996 年版。

14. 秦永龙：《西周金文选注》，北京师范大学出版社 1992 年版。

15. 李道平：《周易集解纂疏》，中华书局 1994 年版。

16. 刘毓庆：《诗经百家别解考》，山西古籍出版社 2002 年版。

17. 周振甫：《诗经译注》，中华书局 2002 年版。

18. 上海师范大学古籍整理研究所：《国语》，上海世纪出版有限公司、上海古籍出版社 1998 年版。

19. 董立章：《国语译著辨析》，暨南大学出版社 1993 年版。

20. 何晏：《论语集解义疏》，中华书局 1985 年版。

21. 李梦生：《左传译注》，上海古籍出版社 2004 年版。

22. 王先谦：《荀子集解》，中华书局 1954 年版。

23. 郑玄：《周礼注疏》，北京大学出版社 2000 年版。

24. 孙诒让：《墨子间诂》，中华书局 2001 年版。

25. 范祥雍：《战国策笺证》，上海古籍出版社 2006 年版。

26. 缪文远：《战国策考辨》，中华书局 1984 年版。

27. 陈奇猷：《韩非子新校注》，上海古籍出版社 2000 年版。

28. 陈奇猷：《吕氏春秋校释》，学林出版社 1984 年版。

29. 戴望：《诸子集成·管子校正》，河北人民出版社 1992 年版。

30. 王先谦：《庄子集解》，成都古籍书店 1988 年版。

31. 杨宝忠：《论衡校笺》，河北教育出版社 1999 年版。

32. 孔鲋：《孔丛子》，上海古籍出版社 1990 年版。

33. 俞纪东：《越绝书全译》，贵州人民出版社 1996 年版。

34. 马王堆汉墓帛书整理小组：《战国纵横家书》，文物出版社 1976 年版。

35. 王肃：《孔子家语》，中州古籍出版社 1991 年版。

36. 王应麟：《困学纪闻》，辽宁教育出版社 1998 年版。

37. 张觉：《全本搜神记评译》，学林出版社 1994 年版。

38. 余嘉锡：《世说新语笺疏》，中华书局 2007 年版。

39. 施耐庵：《水浒传》，湖北人民出版社 1994 年版。

40. 杨燕起：《史记全译》，贵州人民出版社 2001 年版。

41. 王先谦：《后汉书集解》，上海古籍出版社 2006 年版。

42. 李延寿：《南史》，中华书局 2000 年版。

43. 刘知几：《史通》，中国文史出版社 1999 年版。

44. 杜佑：《通典》，浙江古籍出版社 2000 年版。

45. 许嘉璐：《二十四史全译·晋书》，汉语大词典出版社 2004 年版。

46. 班固、颜师古：《汉书艺文志》，商务印书馆 1955 年版。

47. 长孙无忌：《隋书经籍志》，中华书局 1985 年版。

48. 马端临：《文献通考》，中华书局 1986 年版。

49. 乔好勤：《中国目录学史》，武汉大学出版社 1992 年版。

50. 梁玉绳：《史记志疑》，中华书局 1983 年版。

51. 章学诚：《文史通义》，古籍出版社 1956 年版。

52. 章炳麟：《国学讲演录》，江苏文艺出版社 2007 年版。

53. 李零：《简帛古书与学术源流》，生活·读书·新知三联书店 2004
    年版。

54. 顾颉刚:《古史辨》，海南出版社 2005 年版。

55. 邹文贵:《史记讲论》，黑龙江人民出版社 2006 年版。

56. 张舜徽:《中国史学名著题解》，中国青年出版社 1984 年版。

57. 李炳泉:《中国史学史纲》，辽宁师范大学出版社 1997 年版。

58. 杨翼骧:《杨翼骧中国史学史讲义》，天津古籍出版社 2006 年版。

59. 王国维:《观堂集林》，中华书局 1959 年版。

60. 瞿林东:《中国史学史纲》，北京出版社 1999 年版。

61. 伊永文:《东京梦华录笺注》，中华书局 2006 年版。

62. 周祖谟:《尔雅校笺》，云南人民出版社 2004 年版。

63. 段玉裁:《说文解字注》，上海古籍出版社 1988 年版。

64. 刘熙:《释名》，国际文化出版公司 1993 年版。

65. 蔡邕:《独断》，全国图书馆文献微缩中心 2004 年版。

66. 于省吾:《甲骨文字释林》，中华书局 1979 年版。

67. 李孝定:《甲骨文字集释》，中央研究院历史语言研究所 1970 年版。

68. 郭沫若:《甲骨文合集·殷墟文字丙编》，中华书局 1981 年版。

69. 裘锡圭:《文字学概要》，商务印书馆 1988 年版。

70. 王力:《古代汉语》，中华书局 1999 年版。

71. 曹丕:《典论》，中华书局 1985 年版。

72. 张少康:《文赋集释》，人民文学出版社 2002 年版。

73. 范文澜:《文心雕龙注》，人民文学出版社 1958 年版。

74. 龙必锟:《龙心雕龙全译》，贵州人民出版社 1992 年版。

75. 萧统:《六臣注文选》，中华书局 1987 年版。

76. 李昉:《文苑英华》，中华书局 1966 年版。

77. 姚铉:《唐文粹》，吉林人民出版社 1998 年版。

78. 吕祖谦:《宋文鉴》，吉林人民出版社 1998 年版。

79. 真德秀:《文章正宗》，北京图书馆出版社 2006 年版。

80. 苏天爵:《元文类》，商务印书馆 1958 年版。

81. 程敏政:《明文衡》，吉林人民出版社 1998 年版。

82. 吴讷:《文章辨体序说》，人民出版社 1962 年版。

83. 姚鼐:《古文辞类纂》，中国书店 1986 年版。

84. 纪昀:《四库全书总目提要》，河北人民出版社 2000 年版。

85. 吴楚材:《古文观止》，中华书局 1959 年版。

86. 方铭:《战国文学史》,武汉出版社 1996 年版。

87. 袁行霈:《中国文学史》,高等教育出版社 1999 年版。

88. 章培恒:《中国文学史》,上海文艺出版社 2004 年版。

89. 谭丕模:《中国文学史纲》,中央人民政府高等教育部教材编审外,1954 年。

90. 詹安泰:《中国文学史》,高等教育出版社 1957 年版。

91. 教育部审定:《中国文学史教学大纲》,高等教育出版社 1957 年版。

92. 陆侃如:《中国文学史简编》,开明书店 1947 年版。

93. 刘大白:《中国文学史》,大江书铺 1933 年版。

94. 徐扬:《中国文学史纲》,神州国光社 1932 年版。

95. 曾毅:《中国文学史》,泰东书局 1923 年版。

96. 葛遵礼:《中国文学史》,会文堂书局 1930 年版。

97. 《中国文学史》,出版地不详,1914 年。

98. 陈平原:《早期北大文学史讲义三种》,北京大学出版社 2005 年版。

99. 李壮鹰:《逸园丛录》,齐鲁书社 2005 年版。

100. 童庆炳:《文体与文体的创造》,云南人民出版社 1994 年版。

101. 陶东风:《文体演变及其文化意味》,云南人民出版社 1994 年版。

102. 郭英德:《中国古代文体学论稿》,北京大学出版社 2005 年版。

103. 吴承学:《中国古代文体形态研究》,中山大学出版社 2000 年版。

104. 王德春:《语体略论》,福建教育出版社 1987 年版。

105. 高语罕:《语体文作法》,出版地不详,黄华社出版部 1933 年版。

106. 郭预衡:《中国散文史》,上海古籍出版社 2000 年版。

107. 褚斌杰:《中国古代文体概论》,北京大学出版社 1990 年版。

108. 刘孝严、王湘:《中国古代常用文体规范读本·散文卷》,吉林人民出版社 2004 年版。

109. 张寿康:《文章学导论》,湖北教育出版社 1985 年版。

110. 王凯符:《古代文章学概论》,武汉大学出版社 1983 年版。

111. 谭家健:《先秦散文艺术新探》,齐鲁书社 2007 年版。

112. 董乃斌:《中国古典小说的文体独立》,中国社会科学出版社 1994 年版。

113. 〔美〕王靖宇:《中国早期叙事文研究》,上海古籍出版社 2003 年版。

114. 高小康：《中国古代叙事观念与意识形态》，北京大学出版社 2005 年版。

115. 陈洪：《中国小说理论史》，天津教育出版社 2005 年版。

116. 吴志达：《中国文言小说史》，齐鲁书社 1994 年版。

117. 李剑国：《唐五代志怪传奇》，南开大学出版社 1993 年版。

118. 方正耀：《中国小说批评史略》，中国社会科学出版社 1990 年版。

119. 宋常立：《中国古代小说文体论》，天津社会科学出版社 2000 年版。

120. 张稔穰：《中国古代小说艺术教程》，山东教育出版社 1991 年版。

121. 马振方：《小说艺术论稿》，北京大学出版社 1991 年版。

122. 曾祖荫：《中国历代小说序跋选注》，长江文艺出版社 1982 年版。

123. 丁锡根：《中国历代小说序跋集》，人民文学出版社 1996 年版。

124. 茅盾：《茅盾评论文集》，人民文学出版社 1978 年版。

125. 钱钟书：《管锥编》，中华书局 1979 年版。

126. 聂中东：《中国秘书史》，中州古籍出版社 2000 年版。

127. ［美］阿尔伯特·贝茨·洛德：《故事的歌手》，中华书局 2004 年版。

128. ［荷］米克·巴尔：《叙述学——叙事理论导论》，中国社会科学出版社 2003 年版。

129. 申丹：《叙述学与小说文体学研究》，北京大学出版社 2004 年版。

130. 张寅德：《叙述学研究》，中国社会科学出版社 1989 年版。

131. 韦勒克、沃伦：《文学理论》，江苏教育出版社 2005 年版。

（二）单篇学术论文

132. 张政烺：《〈春秋事语〉解题》，《文物》1977 年第 1 期。

133. 俞志慧：《语：一种古老的文类——以言类之语为例》，《文史哲》2007 年第 1 期。

134. 张亮：《论先秦之"语体"》，《绥化学院学报》2007 年第 4 期。

135. 姚爱斌：《有特征的文章整体与有特征的语言形式——中国古代文体论与西方 Stylistics 的本体论比较》，《郑州大学学报》（哲学社会科学版）2007 年第 1 期。

136. 马王堆汉墓帛书整理小组：《马王堆汉墓出土帛书〈春秋事语〉释文》，《文物》1977 年第 1 期。

137. 吴长庚：《左传与中国古代小说的起源》，《上饶师范学院学报》

1982 年第 1 期。

138. 刘继保：《中国古代小说起源于左传》，《中州学刊》2004 年第 1 期。

139. 刘节：《左传国语史记之比较研究》，《说文月刊》1944 年第 2 期。

140. 张大可：《论史记取材》，《甘肃社会科学》1983 年第 5 期。

141. 肖黎：《关于"太史公曰"的几个问题》，《学习与探索》1984 年第 1 期。

142. 童庆炳：《中国叙事文学的起点与开篇——〈左传〉叙事艺术论略》，《北京师范大学学报》（社会科学版）2006 年第 5 期。

143. 薛富兴：《历史意识：中国古代叙事艺术的参照系》，《思想战线》、《云南大学人文社会科学学报》2000 年第 2 期。

144. 谢保成：《神话传说与历史意识——三谈中国史学起源》，《中国社会科学院研究生院学报》2004 年第 3 期。

145. 高小康：《论中国古代叙事文学的深层结构》，《中山大学学报》（社会科学版）2005 年第 2 期。

146. 王桂琴、方格：《3—5 岁儿童对假装的辨认和对假装者心理的推断》，《心理学报》2003 年第 5 期。

147. 褚斌杰、王恒展：《论先秦历史散文中的小说因素》，《天中学刊》1995 年第 2 期。

148. 过常宝：《〈论语〉的文体意义》，《清华大学学报》（哲学社会科学版）2007 年第 6 期。

（三）学位论文

149. 张铁：《语类古书研究》，北京大学中国语言文学系，2003 年。

150. 廉萍：《西汉政事文章研究》，北京大学中文系，2000 年。

151. 董芬芬：《春秋辞令的文体研究》，西北师范大学中文系，2006 年。